SINESTRA

Née en 1975, Armelle Carbonel travaille pour le ministère des Armées. Surnommée la « nécromancière », elle a écrit plusieurs thrillers dont *Criminal Loft*, *Majestic Murder*, *Sinestra* et *L'Empereur blanc*.

Paru au Livre de Poche :

L'Empereur blanc

ARMELLE CARBONEL

Sinestra

THRILLER

ÉDITIONS RING

ISBN : 978-2-253-24266-6 – 1re publication LGF

À la mémoire de ma grand-mère,
Colette Arqué
(22/01/1922 – 18/08/1989)

Prologue

Paris, 23 juillet 1942

Mon cher Guillon,

J'ai bien reçu ta lettre et me désole d'apprendre que tes affaires déclinent depuis l'avènement du Führer. Le vernis de la civilisation s'effrite et les tensions économiques affectent toute l'Europe. La pénurie de charbon s'aggrave en zone occupée, à tel point que l'on redoute déjà l'approche d'un hiver qui ne viendra peut-être jamais...

Par miracle, ton pays reste épargné de la gangrène humaine qui ensanglante les rues, et je suis piqué d'une pointe d'envie à l'idée de te rejoindre !

Mes obligations me contraignent cependant à demeurer ici, même si cela implique de subir la crise de l'intérieur. Nos correspondances se feront désormais plus rares en raison de la censure. N'y vois qu'une rupture momentanée de nos échanges dont je demeure friand !

Je tenais à t'annoncer l'arrivée d'un nouveau convoi de pensionnaires le mois prochain. Ce sont d'honnêtes gens que j'ai eu plaisir à croiser au fil de mes missions. Je te les confie en espérant que tu les accueilleras et les soigneras avec toute l'ingéniosité qui te caractérise.

Transmets ma sympathie à notre aimable docter[1]. *Ses méthodes se révèlent-elles efficaces ? Tu n'en fais pas état dans tes missives. Par pitié, dès que l'occasion s'en présentera, assouvis ma curiosité avec force détails !*

À ce propos, j'ai eu connaissance d'un article édifiant concernant des expériences médicales conduites sur des prisonniers politiques. Je te le ferai parvenir lors d'un prochain billet. Ces découvertes interpelleraient certainement il docter *dans le cadre de ses pratiques.*

Enfin, je t'en conjure, mon ami, apporte un soin tout particulier à ma douce Rose. Tu sais le chagrin qui me ronge de la savoir éloignée. Ne l'épargne pas de tes faveurs généreuses et rappelle-lui combien son parfum manque cruellement à mes nuits…

Ton fidèle compagnon

---

1. « Docteur » en romanche.

1

Ana

De cette nuit du 19 août 1942 subsistent encore le fracas de l'orage et la pluie de grêlons battant les rues minées de la capitale. On aurait cru qu'ils s'échinaient à creuser un gouffre sous leurs pas précipités. Si loin que se retirât la mémoire d'Ana demeurait la vision d'une vareuse raidie par un bras armé. Un bras ignorant les supplications de son père recroquevillé en chien de fusil sous le joug d'une mitraillette. Une part d'elle-même – de la taille d'un noyau de cerise – estimait la dette à sa juste valeur. *On récolte ce que l'on sème*, répétait souvent maman. Le condamné avait planté une bien mauvaise graine, ça oui ! Mille fois il avait imploré son pardon. Elle le lui avait toujours accordé. Alors pourquoi le Boche braquait-il une arme sur son front ? L'aigle cousu sur l'uniforme avait soudain déployé ses ailes…

Ana se souvint de la décharge foudroyante crachée par le canon, des pétales de roses rouges écrasés en flocons humides contre ses joues rebondies. Du silence, tombant subitement au creux de son oreille avant qu'une poigne déterminée traîne son corps chiffon sur les gravats d'un bourg bombardé, pauvres haillons agrippés aux rues désertées.

En ces temps troublés, chacun piétinait son enfance sur des pavés de regrets. Le décompte des âmes s'amenuisait au fil des embuscades. L'engagement dans l'Armée secrète en emportait quelques-unes et la déportation se chargeait des autres. Ana se souviendrait longtemps de l'odeur des couches de fortune se succédant alors que débutait leur exode, le rationnement vissé au ventre, juste à côté de la peur. Elle n'oublierait jamais les nuits douloureuses lovées au creux du sein maternel, les jours bénis d'espoir à l'aube nouvelle, ni les jours maudits, quand le détachement clandestin perdait un compagnon de route, emporté par la famine ou la folie.

Le malheur exhibait ses masques interchangeables.

Le sien fut des plus inattendus.

Au lendemain de l'exécution dont elle avait été témoin, Ana s'était réveillée sans plus entrevoir l'éclat du jour. Sans plus rien voir que l'obscurité du monde. Maman parlait de *choc*, d'*affection psychique*. La petite mesurait à demi-mot la gravité des diagnostics prononcés entre deux sanglots. Elle se réfugiait alors contre sa poupée de porcelaine fendue, semblable à un reflet déformé porté à bout de bras, et lui chuchotait ses pleurs d'enfant, ses joies fugaces.

Après des jours d'errance, ballottées entre insouciance et terreur, Ana et sa mère grimpèrent dans un train de marchandises, détourné de sa vocation initiale grâce à des appuis influents. Les rails filèrent en les éloignant des massacres et de l'indigence promus par la guerre.

Un rideau de pluie cognait contre la tôle ce matin-là.

Le ciel pleurait ses morts.

Sa poupée serrée tout contre son cœur, Ana foula des heures durant la misère noire écrasée de soleil. La puanteur animale de la couverture en laine dissimulant la présence des fugitifs dans un chariot à bestiaux s'incrusta sous sa peau. « La maladie honteuse du survivant », murmuraient certains. Car tel fut leur quotidien jusqu'à l'intervention des passeurs.

« Nous sommes venues ici pour échapper à la mort. Là où nous allons, la haine est un écho lointain qui ne franchit pas la frontière. Notre hôte prendra soin de toi, mon ange. Tu verras… », scandait Klara.

Maman disait vrai.

Ils pénétrèrent dans l'œil du cyclone le 29 août 1942.

Au cœur de cette enclave verdoyante s'érigeait un cœur libre et pur, dégoupillé de la violence humaine. On assurerait leur sécurité derrière les remparts formés par les Grisons. Le souffle du vent balayait la crasse sur leurs visages émaciés mais heureux. Le ruissellement accueillant des rivières tintait en contrebas des routes sinueuses et le parfum de résine flottait sur les massifs boisés tel un enchantement.

Derrière ses rétines mortes, Ana imagina cette contrée lointaine qu'on appelait *Suisse*. Elle s'en émerveillait à travers les descriptions qu'en faisaient les *autres*. Le silence de sa mère évoquait la plénitude, l'engouement délirant du jeune Valère composait un tableau féerique et les borborygmes d'un vieux mourant dessinaient les pourtours d'une représentation surréaliste.

Le fantasme s'éroda quand la charrette bringuebalante s'aventura sur une route cabossée, menaçant de désosser sa fragile carcasse.

« Je n'ai jamais vu autant d'arbres, Ana ! s'extasia

soudain Valère. Y a une sorte de grand manoir perché là-haut ! Je crois que c'est là qu'on nous emmène… »

Ana aimait bien Valère. Il avait rejoint le convoi six jours plus tôt dans un village du Midi. Sans père ni mère. Juste lui et ses douze printemps.

Elle l'écouta tracer le portrait poétique de terres inconnues.

Dans cet ailleurs, on soignait les gens comme elle. Comme eux.

Elle se figura un paradis rempli de rires, de réglisses fondantes et de pommes d'amour, jusqu'à ce que l'haleine démoniaque du Val Sinestra effleurât sa nuque délicate tel un tisonnier labourant les cendres de l'innocence perdue.

Alors, Ana sut que maman s'était trompée.

Le Mal ne connaissait pas de frontière.

Il *était* la frontière.

2

Signur Guillon

La cargaison humaine fut livrée à l'aube. La chaleur estivale avait contribué à la fonte des neiges, facilitant la traversée des Grisons par les routes escarpées et les ponts suspendus jusqu'à la *Berghaus*[1] du Val Sinestra. De l'hiver, on devinait encore un voile de givre tissé sur les hauteurs infranchissables, et, par endroits, des monticules poudreux, plus solides que le roc, surgissaient de l'humus.

Bienheureux d'abriter de nouveaux pensionnaires loin des puissances belligérantes, Guillon avait donné des consignes strictes en cuisine afin d'élaborer un menu digne d'un jour de libération. L'ensemble des dix-neuf résidants profiterait de ce nouvel arrivage en Basse-Engadine. Les enfants demeuraient rois dans ce royaume du fait de leur supériorité numérique. Douze bambins à soigner. Autant d'âmes à sauver. Guillon se montrait prévenant envers chacun d'eux, comme s'ils

1. « Maison de campagne » en allemand.

étaient siens. C'était sa manière à lui de faire la niche au malheur, caresser l'innocence d'infortunés marmots.

La nostalgie d'un passé glorieux, nourri de tourisme élitiste, s'inclinait désormais devant le sens de sa mission.

Il vissa un chapeau de paille sur son crâne pelé et partit à la rencontre des derniers réfugiés, évacués grâce aux bons soins de son plus fidèle compagnon. Sa démarche altière invitait au respect, sa mâchoire taillée à la serpe incitait à la méfiance qu'on éprouve en présence d'un fauve.

Tandis qu'il progressait sur l'allée de roches calcaires, des pas claquèrent dans les siens. Guillon fit volte-face, dominant de son imposante stature l'aîné des patients du Val.

« Arthur… Que fais-tu là ? C'est l'heure de ta séance, non ? »

Sous l'effet du mécontentement, son accent roulait comme un tambour.

Le gamin baissa les yeux sur ses galoches usées. Les mains enfoncées dans les poches d'une salopette maintes fois rapiécée, il haussa les épaules, avec l'aplomb fragile de ses treize ans.

« *Il docter* s'occupe de Colette. La p'tite s'arrête plus de brailler depuis que sa mère a disparu… Elle serait pas partie en l'abandonnant, hein, *signur*[1] ? »

Agacé, Guillon éluda la question d'un claquement de langue. Depuis l'évaporation de Rose, deux jours plus tôt, les lippes se confondaient en interrogations dérangeantes. On entendait chuchoter son prénom dans

1. « Monsieur » en romanche.

les couloirs comme un mystère entachant la réputation de l'établissement thermal. Sa propre créativité s'en trouvait contrariée, même aux heures sombres volées à la faveur de la nuit.

Guillon plaqua deux gros poings noueux sur ses hanches grasses. Il soutint le regard d'Arthur avec l'autorité d'un patriarche. Son front large, sa bouche volontaire et l'étincelle espiègle dans ses yeux trahissaient une maturité précoce pour un gamin de son âge.

« Nous en discuterons plus tard… Et cesse d'alimenter les rumeurs au sujet de sa mère. Tu ne ferais qu'effrayer Colette. Tu m'as compris ? »

Arthur opina du chef.

« À propos, selon un récent rapport du *docter,* ton état se serait aggravé… Tu m'en vois navré, mon grand. N'aie pas l'air si inquiet. Il étudie actuellement une méthode qui pourrait faire ses preuves, crois-moi…

— Je ne suis pas inquiet, assura Arthur en fixant la route située en contrebas. S'agit-il d'un nouveau convoi ?

— En effet… Je souhaiterais que nos nouveaux pensionnaires se sentent à leur aise. Tu comprends ce que ça signifie ?

— Oui, *signur*…

— C'est bien, mon garçon, souffla Guillon en ébouriffant sa chevelure charbon.

— Laissez-moi vous accompagner ! Je serai obéissant, je vous le promets… »

De mauvaise grâce, Guillon accéda à sa requête. Il accéléra la cadence en direction de la charrette humaine, un masque jovial plaqué sur son visage buriné. Arthur lui emboîta le pas. Avalée par la nature sauvage, sa silhouette longiligne se fondit au cœur du massif épineux.

Quatre pauvres hères quittèrent le plancher à foin.

Deux gamins, une femme et un vieil homme – visiblement mal en point – approchèrent prudemment, leurs maigres baluchons jetés sur l'épaule.

« Une bien misérable récolte… », songea Guillon.

« Bienvenue au Val Sinestra, mes amis ! »

L'écho de sa voix se perdit dans le silence inquiétant des montagnes.

3

Ana

La main frêle de sa mère enserra la sienne. Un peu trop fort, peut-être. Comme si Klara craignait de la perdre au détour d'un chemin capricieux. À la ville, elle faisait la même chose dès qu'elles dépassaient une ruelle sordide. On les aurait crues talonnées par le diable. Et la petite savait sa morsure redoutable.

Ana se cramponna à sa poupée. La porcelaine sentait le chiendent et la sueur des mauvais jours. Les sens aux aguets, elle écouta l'accent chaleureux de l'homme l'aiguiller dans ses déplacements aussi sûrement que *Le Petit Roi des montagnes*[1] les menant dans sa tente pleine de gâteaux friands. *Et rataplan, guerre, guerre, guerre… Et rataplan, guerre au vent !*

Elle aurait aimé contempler le visage de celui qu'on appelait *signur,* mais s'en remit au jugement de Valère dont les sabots martelaient le sol rocheux.

« C'est un drôle de bonhomme, murmura-t-il à son oreille. Il a le sourire dans les yeux et la fringale sur

1. Comptine traditionnelle française.

l'menton ! Il pourrait nous dévorer tout cru avec des dents pareilles ! »

Ana pouffa de rire.

C'était si bon ! Elle avait oublié ce goût de miel que le ravissement déposait sur le palais.

« Et le manoir, tu le vois ? s'enquit-elle.

— Difficile de le manquer…

— Décris-le-moi ! »

Un silence fissura la fragile étoffe de l'air. Toute galéjade quitta subitement le ton de Valère :

« C'est pas vraiment un manoir, Ana…

— Bah c'est quoi, alors ?

— On dirait plutôt un vieux château hanté… »

La chair de poule glissa sous sa robe à volants au souvenir de *Jorinde et Joringel*[1] autrefois conté par sa mère. Ana eut la vision terrifiante d'un monstre en pierre éclairé par une lune sanglante.

« Qu'est-ce que vous marmonnez, tous les deux ? coupa Klara.

— Des sottises, madame », assura Valère.

Puis, se penchant vers Ana :

« Pardon, je suis un idiot… Je ne voulais pas t'effrayer. »

La vibration dans sa voix s'était muée en tressautement dénué de joie. Ana percevait désormais ces choses intangibles. Au mutisme des débuts s'était substituée l'incompréhension. Dame, oui, c'était injuste ! Le destin l'avait emprisonnée dans sa coquille de noir absolu, dérobant les formes et les nuances au profit d'un vide

---

1. *Contes de l'enfance et du foyer* (1re édition du volume I parue en 1812 et 1re édition du volume II parue en 1815), des frères Grimm.

cruel. Mais, au gré du temps, les bruits s'affûtaient, les odeurs se révélaient plus subtiles et le moindre froissement gagnait en puissance.

Aussi, lorsque l'homme qui se faisait appeler *signur* Guillon l'approcha, Ana sentit les fragrances sucrées accrochées à ses frusques, comme si on l'avait affublé d'une seconde peau. Son haleine de pain d'épices glissa soudain sur sa frimousse.

« Comment t'appelles-tu, mon enfant ?

— Ana.

— Tu es bien jolie, Ana. »

Klara resserra son étreinte en guise de protection illusoire.

« Elle est malade, monsieur, confia-t-elle.

— Appelez-moi *signur*, je vous en prie. Et de quoi souffre ce petit ange ?

— Elle ne voit plus. C'est arrivé à la suite d'un horrible drame… Mon mari avait rejoint le mouvement résistant… Un soldat allemand l'a fusillé sous nos yeux. »

Guillon promena ses doigts lourds devant le visage d'Ana.

« Cécité hystérique… », conclut-il à voix basse.

Klara plaqua une main contre sa bouche et son nez pour étouffer tout le malheur qu'ils déversaient, puis elle frissonna au contact d'une paume caressant doucement son épaule. Le geste lui parut soudain trop familier, presque déplacé.

« Nous trouverons le traitement approprié. J'en fais le serment », assura Guillon.

En signe de bonne foi, un doigt lascif effleura la croix argentée suspendue à son cou.

« Je vous en suis reconnaissante », répondit Klara.

Guillon s'attarda un instant sur sa beauté éthérée, conçue par une étrange alchimie de puissance et de fragilité. Puis il s'adressa à Ana :

« Ta poupée est aussi belle que toi… Comment s'appelle-t-elle ?

— Elle n'a pas de nom, monsieur. C'est une poupée. »

L'homme esquissa un sourire nerveux, puis il examina le jeune garçon :

« Et toi, qui es-tu ?

— Valère.

— Valère, répéta-t-il, écartant délicatement les lèvres de l'enfant pour sonder le désastre au-dedans. Tu as l'air sain…

— C'est que je le suis, monsieur ! »

L'homme chapeauté éclata de rire.

Son hilarité glaça le sang d'Ana. Brutale comme la cruauté crachée par la bouche d'un sorcier.

« *Il docter* s'en assurera… », se contenta-t-il d'ajouter.

Le passage en revue s'acheva sur le vieil homme, dont Guillon ne put tirer qu'une plainte lugubre. On aurait cru ses poumons asphyxiés sous la chair absente. Il l'entendit bredouiller un son exempt de signification. *Roland ? Ronan ?* Quelle importance ? Compte tenu de son état, sa stèle risquerait fort de demeurer anonyme.

« À mon tour de vous présenter Arthur, lança soudain leur hôte d'un ton guilleret. Un tantinet obstiné, mais un bon garçon, vous verrez ! »

Guillon coula un regard attendri sur son protégé, puis invita la procession à se mettre en marche. Ils longèrent la rivière bordée par une charmante *Berghaus*. Les rideaux tirés masquaient toute présence, mais on devinait le calme régnant à l'intérieur.

Le groupe débuta son ascension vers le bâtiment principal.

Curieuse, Ana tira sur la manche de Valère et demanda discrètement :

« Dis, à quoi il ressemble, Arthur ? »

Derrière son voile opaque, elle devina une moue indécise flotter sur le visage de son ami.

« À un *bon garçon* qu'a le vice au mauvais endroit », murmura-t-il.

4

Valère

L'édifice s'érigeait sur onze étages inégaux pourvus de contrevents roussis par l'usure. Les meurtrières côtoyaient de larges vantaux, percés de manière anarchique par le doigt affûté d'un architecte fou. Une tourelle arrondissait l'angle est comme une protubérance malsaine et l'ensemble formait un bloc lugubre. Valère se sentait mal à l'aise face à la démesure du lieu, sans doute parce qu'il n'avait jamais rien contemplé de tel. À moins que les forêts sombres et denses étouffant le paysage ne fussent à l'origine de son trouble ? Même la terrasse ombragée où les attendaient des rafraîchissements semblait fuir les lueurs de l'aube.

Valère but une gorgée de limonade. Une sensation exquise coula dans son gosier noué par le souvenir de ces après-midi printaniers dans le jardin familial. Il aurait tant aimé garder ces images en mémoire, ne pas les abandonner aux limbes d'un bonheur abstrait. Jamais plus il ne contemplerait le visage souriant de sa mère cueillant des dahlias pourpres pour en faire des bouquets. N'entendrait le rire gaillard de son père appelé sous les drapeaux bien trop tôt. Ne taquinerait l'innocente insolence de sa petite sœur égayant la maisonnée d'un charme suranné. La guerre lui avait tout pris. Il ne restait plus que lui. Et ses secrets honteux enfouis à l'intérieur comme un fruit pourri.

« À quoi tu penses, dis ?

— À rien.

— Je suis aveugle mais pas idiote. T'es bien silencieux pour quelqu'un qui pense à rien ! »

Valère soupira. La vivacité d'esprit d'Ana lui rappelait celle de sa jeune sœur, et ce constat remuait la douleur cuisante fichée dans sa poitrine.

« Tu as raison. Je me disais que cette limonade serait encore meilleure avec de la grenadine !

— Tu es un menteur, Valère. Mais je t'aime bien. »

Cette fois, il ne put se retenir d'esquisser un sourire conquis.

Il balaya la terrasse d'un regard absent, croisa celui d'Arthur, affalé sur une chaise en osier. Ses yeux somnolents s'étiraient en deux fentes étroites qui lui conféraient un air fourbe. On l'aurait cru endormi tant la mollesse étirait son corps maigre. « Méfie-toi de celui-là. Sûr qu'il a le vice au mauvais endroit... », songea Valère.

Sous une tonnelle située un peu à l'écart, la mère de la fillette échangeait avec *signur* Guillon. Leurs paroles inaudibles rendaient impossible l'interprétation des hochements de tête consentis par Klara. Quant au vieillard assis sous le patio, il crachotait toujours ses horribles glaires dans un mouchoir de poche à la teinte douteuse. Curieux bonhomme. Attifé tellement à l'ancienne qu'on n'aurait pas osé parier vingt centimes sur son âge.

« Vos chambres sont prêtes, mes amis. Que diriez-vous de prendre vos quartiers ? »

Un assentiment collectif s'éleva sur la terrasse. On rassembla les verres vides. Leurs tintements fusèrent comme des rires emportés par les vents. Tous s'apprêtaient à franchir les portes massives du Val Sinestra lorsqu'un hurlement lugubre déchira la profondeur des bois.

« C'était quoi ? s'effraya Ana.

— Je sais pas… Une bête, peut-être… »

Valère portait en lui de pieux mensonges. Il distinguait nettement l'accent de terreur du cri animal. Il suffisait de l'entendre une fois pour ne plus l'oublier. L'écho de la peur était inimitable. Glaçant, incisif. Fatal.

Signur Guillon émit cependant un tout autre avis :

« Pas de panique, mes amis ! Les cerfs sont légion dans les Grisons, tout comme leurs prédateurs… N'ayez crainte, ils s'aventurent rarement dans les hauteurs. Arthur, descends au lavoir prévenir les dames… Arthur ? »

Guillon tapota l'épaule du garçon affalé sur sa chaise. Valère comprit alors qu'il n'avait pas seulement *l'air* assoupi. Au milieu d'eux tous, sa conscience anesthésiée peinait à émerger.

« Arthur, le lavoir, s'il te plaît », répéta sèchement Guillon.

Hagard, le garçon hocha la tête et se mit en route. Sa curieuse démarche, à l'instar de son allure dégingandée, rappelait celle d'une marionnette désorientée.

Valère observa la silhouette s'évanouir dans l'opacité de la forêt. La honte cisailla alors son ventre d'un mal étrange. Coulait en lui un poison contre nature dissimulé par la douceur de l'âge tendre.

Un flottement l'arracha aux flagellations de son corps bouillonnant. Valère leva les yeux vers les fenêtres du premier étage. D'un petit signe maladroit, il salua l'ombre fantomatique déformée par l'ondulation d'un rideau. Mais l'apparition s'évapora aussitôt. Comme si elle n'avait jamais été là… L'hémorragie de son imagination s'enraya au terme d'un trop long voyage.

Harassé, il franchit à son tour le seuil du Val Sinestra.

Les portes s'étaient déjà refermées derrière lui lorsque la forêt se remit à hurler.

5

Arthur

Je m'autorise à rester éveillé.

Je m'autorise à rester éveillé...

Arthur répétait mentalement les mantras enseignés par *il docter*. S'octroyer des permissions lavait le cerveau des pensées parasites, assurait-il. Foutaises ! Sa colère grandissait à mesure qu'il progressait sur les cavées de caillasses. Aucun traitement ne venait à bout de son mal. Deux mois de convalescence ne lui avaient procuré que tourments et désillusions. Il aurait pu s'asseoir là, contre un gros tronc d'arbre, et se rendormir jusqu'à ce que la nuit l'encercle et l'emporte dans une spirale sans rêve.

Le regard insistant du petit nouveau pesait encore sur ses épaules comme la honte jetée sur des paillasses à boches. Qu'espéraient-ils fuir en s'exilant au Val, lui et sa mignonne aveugle ? Les bombardements ? Les couches sordides investies par l'ennemi ? Pour sûr qu'ils étaient à l'abri des hordes de soldats armés ! Mais personne n'échappait à l'enfer...

Suivant les ordres de *signur* Guillon, Arthur déambula sur les chemins conduisant au lavoir. Les sources couraient entre les roches, cernées par leur ruissellement incessant. Ses idées vagabondes déversaient plus de colère que ne pouvaient en contenir les rivières. Il haïssait cet endroit de malheur encastré au lit des montagnes. On n'y croisait que des bataillons épineux et des solitudes ramassées sur des trottoirs de guerre.

Mais parfois, dans ce décor sauvage, s'écoulaient aussi de longs sanglots.

Arthur suivit un étroit sentier balisé de rubans colorés. Les pleurs s'amplifiaient à mesure que le murmure de tristesse se rapprochait.

« Colette ? »

La fillette avait la tête enveloppée dans ses jupons retroussés. Elle releva lentement son menton barbouillé de terre et de larmes.

« Tu n'es pas censée être là… Où se trouve *il docter* ? » s'inquiéta Arthur.

Colette haussa les épaules et pointa du doigt l'obscurité d'un sous-bois. On aurait dit une minuscule madone sous sa cape dissimulant une longue chevelure rousse.

D'un pas hésitant, Arthur emprunta la direction indiquée. Le sol impraticable craquait sous ses semelles fatiguées et les pins se resserraient autour de lui comme s'ils voulaient l'étouffer. La nuit se matérialisait en plein jour, oppressant le cœur des Grisons sous un amas de branches et de boue. On aurait pu slalomer indéfiniment entre les arbres sans jamais retrouver son chemin. L'idée des rubans venait de Colette. Elle les avait accrochés à intervalles réguliers en guise de repères. Mais ce maigre subterfuge n'éloignait pas les dangers. Arthur, en proie à ses démons intimes, les sentait planer tout autour de lui comme une aura malsaine.

Le cri aigu d'un busard cendré détourna soudain son attention. Son pied heurta un entrelacs de racines et l'échalas s'écrasa contre une masse rocheuse. La douleur lui arracha un juron stupéfait tandis que ses mains prenaient appui sur un étrange jeu d'osselets. L'immonde effet de succion produit par la matière révulsa son estomac secoué de spasmes incontrôlables. Le pire survint lorsqu'un tissu spongieux coula entre ses doigts paralysés.

La morte macérait en flottaison dans un massacre de chairs fluides.

L'hypothèse de l'abandon s'écartait définitivement au profit d'un dénouement plus cruel encore.

La disparition de sa mère cesserait désormais de tourmenter Colette.

Ils avaient *enfin* retrouvé Rose.

6

Val Sinestra

Perché au-dessus des hommes, je couronnais la vallée et ses torrents. Je dominais le monde. On m'avait érigé en ermitage à des lieues de la première bourgade. Dans l'isolement de mes fortifications rayonnaient de grandes salles pourvues de hautes fenêtres et de parquets en chêne. Mon ventre majestueux renfermait onze boyaux et une cage d'escalier pour les relier entre eux. Gardien de cent vingt lits répartis en chambres spacieuses, j'avalais les âmes et les recrachais quand leur goût me devenait amer.

Je m'appelais Val Sinestra.

J'incarnais l'œil du cyclone où régnait l'absolu néant convoité par les bienheureux rescapés d'impitoyables combats. Je n'étais pourtant pas ce paradis si souvent décrit. *Signur* Guillon m'avait transformé en monstre malveillant. Tapissé de ses ornements macabres qu'il qualifiait d' « œuvres d'art », j'ingérais les représentations d'enfants morts, sans broncher. Accueillais de pauvres mortels en soufflant leur salut d'un simple courant d'air.

Pétrifié dans la pierre chaude de cet été 1942, j'ingérai donc de nouveaux pensionnaires tel un mets juteux.

Médusé par mes espaces improbables, le jeune Valère m'inspectait scrupuleusement et susurrait à l'oreille d'Ana mes vices cachés.

« C'est si grand qu'on pourrait s'y perdre ! Et bizarre aussi…

— Quoi donc ? s'enquit la petite.

— Les tableaux. Y en a dans tous les coins. Même dans le jardin d'hiver !

— Comme dans un musée ?

— Je sais pas. J'y suis jamais allé, s'excusa Valère. Ils ont l'air si tristes…

— Qui ça ?

— Les gens peints. Ils sont partout dans les couloirs… Enfin, je crois.

— T'es pas sûr ?

— Il fait trop sombre… »

Ana gloussa.

« T'oublies que tu causes à une aveugle ! »

En réponse, Valère rit de bon cœur.

« Quand je te disais que j'étais un idiot… »

Je les regardais progresser en moi, guidés par le verbiage incessant de Guillon décrivant mes dédales anatomiques.

« Le premier étage est à la disposition des dames. L'accès aux fourneaux y est plus commode, plaisanta-t-il en désignant une porte ouverte sur des marmites fumantes. Le second est réservé aux messieurs, et le troisième accueille nos enfants.

— Ma fille dort avec moi », décréta la femme.

Guillon diminua l'espace entre eux dans un simulacre

d'intimité. Klara le vit se renfrogner. Elle aurait pu compter les veinules rougeâtres courant sur ses nasaux.

« Nous respectons certaines règles afin de maintenir l'ordre établi, siffla-t-il. Une dérogation reviendrait à accorder des privilèges refusés à d'autres. C'est ainsi qu'on déclenche une guerre, Klara. Au Val, les dangers du dehors n'entrent pas dedans. Ana ne craint plus rien.

— Elle a besoin de sa mère !

— Et vous ne serez jamais loin, j'en suis certain..., rétorqua-t-il avec une pointe d'ironie. À présent, continuons la visite, voulez-vous ? »

Leurs piétinements fourmillaient sur mes renforts en parquet, grattaient le bois de leurs godillots crottés. D'une pièce à l'autre, chacun y allait de son petit commentaire.

Le vieux piano à queue prenait la poussière dans un angle du grand salon pourvu d'une horloge éclairée par des candélabres.

Le piano ne jouait plus depuis longtemps. Sa divine résonance me manquait cruellement. Le vieil homme traîna péniblement la patte pour l'approcher. Ses mains tremblotantes effleurèrent la laque noire comme s'il convoitait la sensation d'un bonheur perdu. Il ne prononçait pas un mot. Entre deux quintes de toux inquiétantes, le mourant admirait seulement l'élégance de ce pourvoyeur de musique.

Je l'observais. Intensément. Trop, sans doute, car ses yeux fiévreux s'arrondirent d'effroi en balayant furtivement mon ventre creux tapissé de portraits mortuaires. Il rejoignit alors le groupe pour une ascension vers mes étages résonnant des rires cristallins et des courses folles de mes petits résidents.

Leurs prénoms fleuraient bon le printemps. *André, Jean, François, Colette, Arthur, Henri, Josée, Michèle, Liliane, Marcel, Jacqueline, Danielle*… Ils étaient douze. Ana et Valère allongeaient la liste des jeunes pousses germant dans ce mouroir isolé. Je portais en mon sein les reliques de l'innocence. J'étais à la fois le témoin privilégié de leurs espérances et le complice de leurs souffrances incoercibles. Il suffisait de substituer une seule lettre pour me révéler tel que le monde m'avait forgé.

J'étais le Mal Sinestra.

7

Colette

La lourde porte s'ouvrit dans un fracas saisissant. Sur le seuil, Arthur s'époumona, hurlant à l'aide, ses bras maculés de sang écartés devant lui comme s'ils soutenaient toute la pauvreté du monde. Dans son sillage, Colette mordait à pleines dents la chair tendre d'une menotte ensanglantée qu'elle imaginait appartenir à une autre.

Il docter prétendait qu'elle était atteinte d'une maladie rare dont l'enfant ne retenait jamais le nom[1]. Il usait toujours de mots si compliqués que sa langue en devenait étrangère. Alors, à défaut de comprendre, Colette mordait, encore et encore, cette main qui, dans son esprit malade, n'était pas la sienne.

« *Signur* Guillon ! *Il docter !* » hurla Arthur.

Un gaillard râblé engoncé dans une blouse noire accourut vers le hall. Son faciès patibulaire s'empourpra aussitôt.

« Arthur ? Mon Dieu… Que s'est-il passé ? »

---

1. Syndrome de la main anarchique.

D'un rapide examen visuel, *il docter* évalua la gravité de la situation. Des filaments rouges s'écoulaient en langues visqueuses sur le sol autrefois immaculé.

« Rose… dans la forêt… », bredouilla Arthur, le souffle court.

Le médecin prit soudain conscience de la présence de Colette, menue poupée dissimulée par la carrure du jeune garçon.

« Ma pauvre enfant… Approche ! Et toi, es-tu blessé, Arthur ? »

Il fit non de la tête.

« D'où provient tout ce sang ?

— J'ai trébuché sur le cadavre… »

Ses bras suspendus à l'horizontale tremblaient comme articulés par deux ficelles invisibles.

« Doux Jésus… », jura l'homme.

Puis, peinant à conserver un semblant de contenance, *il docter* ajouta :

« Préviens Guillon ! Il fait visiter les étages aux autres… Pendant ce temps, je m'occuperai de Colette. Sa plaie risque de s'infecter. Il faut bander sa main pour la protéger, tu comprends ? »

Le gamin acquiesça. L'horreur dilatait ses pupilles. *Il docter* refermait déjà les doigts sur les frêles épaules de la petite, l'entraînant dans un corridor enténébré menant à l'infirmerie.

Arthur s'apprêtait à gravir l'escalier tarabiscoté sous la surveillance de portraits figés, quand une voix caverneuse résonna dans son dos.

« Ce ne sera pas nécessaire… Je suis là. De quoi doit-on m'avertir ? »

Le silence prit son tour de garde, évinçant un instant

le tic-tac de l'horloge et le fracas des cavalcades au-dessus de leurs têtes. À bout de forces, rompu par l'épuisement et la panique, Arthur laissa éclater *son* indicible vérité :

« *Signur* Guillon, c'est Rose... Je crois que Colette l'a tuée ! »

*

Sa poitrine expulsa un cri déchirant.

Maman !

Il docter procéda aux précautions d'usage, attristé par ses propres méthodes néanmoins incontournables. Colette sentit les sangles se resserrer sur ses minuscules poignets. Allongée sur la table d'examen, elle observait les va-et-vient du médecin qui s'affairait à endiguer l'hémorragie à l'aide de linges blancs. Blancs, ils ne le demeurèrent pas longtemps. Le tissu imbibé rappelait la vision de sa mère baignant dans une mare d'organes brunâtres. L'insoutenable prise de conscience se forgeait un chemin aliéné par le souvenir. Alors, Colette se remit à hurler.

« Cesse de t'agiter, Colette, c'est bientôt fini... »

Et tandis que l'homme en blouse noire prononçait ces mots empreints de douceur, une brûlure intense irradia cette main qui ne lui appartenait pas. Les plaies absorbaient le désinfectant aussi efficacement qu'un buvard. Les émanations du liquide incolore lui piquaient les narines, enflammaient sa gorge.

Pourquoi le docteur refusait-il d'écouter ? Fallait-il mugir plus fort encore, comme ces bêtes traînées à l'abattoir ? Elle en avait vu, des troupeaux décimés !

Sa campagne bordelaise regorgeait de carcasses avariées qu'on laissait pourrir sous des étables à défaut de pouvoir s'en nourrir. Fuir le chaos ne suffisait pas à l'effacer… Et Colette portait les stigmates d'une prime jeunesse ordinaire, soumise à la rudesse du terroir. Aucun soin ne panserait ces blessures-là. Leur encrage profond avait créé un monstre difforme, une vision erronée d'elle-même.

« Elle fait de vilaines choses ! » s'écria Colette.

Le docteur desserra les bracelets en cuir. Mais ses lèvres restaient scellées sur son impuissance. Il saisit un bocal rempli de berlingots importés de France et tendit une confiserie acidulée à sa jeune patiente. Les délices de l'enfance agissaient parfois favorablement sur les crises. *Parfois*…

Colette repoussa son geste de ses poings gros comme deux oignons prêts à vous tirer les larmes.

« Vous m'entendez ? Cette main fait de vilaines choses… Mais moi, je ne veux pas !

— Quel genre de choses ?

— Un jour, elle a tordu le cou d'un oisillon ! Et l'autre nuit, j'ai senti qu'elle me voulait du mal… Elle a glissé sous ma couverture et s'est mise à frotter très fort ! »

Désarmé, *il docter* tourna le dos à Colette.

Il reposa le bocal sur la desserte, au milieu d'autres objets infantiles tout aussi inutiles.

La petite venait de perdre sa mère. Il jugeait inopportun de lui promettre qu'il tenterait tout pour la soigner…

Avant de se résoudre à l'amputer.

8

Ana

Les motifs rugueux glissèrent sous la pulpe de ses doigts. Chaque aspérité heurtait la fluidité de ses gestes délicats. Elle visualisait à travers eux les flocons poussiéreux sur les meubles dont les formes se révélaient graduellement. Le crissement aigu d'un ongle indiquait une matière noble différente de celle générant un grincement sourd. Ici, le toit pentu d'une vieille maisonnette en carton. Là, les fers clinquants d'une commode à trois tiroirs. Chaque objet intégrait sa place en se positionnant dans l'espace. Ils ne représentaient plus des obstacles, mais des repères facilitant ses déplacements.

Ana explora à tâtons la couverture moelleuse bordant son lit. Elle déposa délicatement sa poupée sur l'oreiller rembourré et se hissa sur la courtepointe. Une agréable sensation de chaleur enveloppa son assise. Sans doute le soleil dardait-il ses rayons à travers une fenêtre ?

Elle inspira profondément en visualisant mentalement la lucarne ouverte sur la vallée.

Un léger parfum de jasmin flottait dans la chambre. Avait-on cueilli et déposé un joli bouquet à son intention ? Si l'endroit – tel que le décrivait Valère – donnait la chair de poule, *signur* Guillon, lui, semblait bien prévenant !

Un craquement la fit soudain sursauter.

Quelqu'un s'était introduit dans la pièce et s'approchait d'elle par-derrière. Attentive aux fluctuations de l'air, Ana se redressa lentement. Son buste juvénile pivota en direction du bruit comme s'il pouvait en éclairer la source.

Derrière l'essence de fleurs se dégageait une fragrance familière. L'amour d'une mère.

« Ana, mon trésor… »

Klara l'enserra à l'asphyxier. Son cœur cognait si fort dans sa poitrine que celui d'Ana se mit à pulser en rythme.

« J'insisterai auprès de *signur* Guillon pour que tu dormes auprès de moi. Je suis certaine qu'il finira par comprendre…

— Ne t'inquiète pas, maman. Je serai bien traitée ici, tu verras… Et puis, il a promis de me guérir ! Bientôt, je redeviendrai ta petite Ana, celle d'avant !

— Oh, ma chérie, tu n'as jamais cessé de l'être ! Je suis tellement désolée… »

L'affliction s'apparentait désormais à un cri rauque dans les fantasmes d'Ana.

« Papa te manque ? » demanda-t-elle.

Klara étouffa un sanglot. La fillette perçut le froissement d'un mouchoir au creux de sa main lorsque celui-ci enserra violemment son poignet.

« Personne ne doit savoir ce qu'il t'a fait… Tu m'entends ? *Niemals*[1] ! »

---

1. « Jamais » en allemand.

Ana hocha vivement la tête. Les ténèbres n'occulteraient jamais les souvenirs. Ni la déchirante culpabilité d'avoir mené son propre père au peloton d'exécution. Il aurait suffi de taire l'humiliation. Mais elle avait parlé.

On récolte ce que l'on sème…

Si l'adage disait vrai, alors de quoi serait fait le jardin de sa vie ? Ana se figura un long chemin de ronces perdu dans la brume et se mordit l'intérieur de la joue pour ne pas pleurer.

Le matelas se délesta soudain d'un poids.

Klara s'apprêtait à descendre au premier étage, où les dames, probablement revenues du lavoir, l'attendaient.

Ana l'arrêta sur le seuil :

« Dis, maman, comment elle est, ma chambre ?

— Aussi belle que toi un jour de grand soleil, mon ange. En plus rouge ! » plaisanta-t-elle.

Son sourire flotta un instant parmi les effluves de fleurs. Puis il s'évapora comme il était apparu. Sans un bruit.

*

Elle avait dû s'assoupir, car les cris alarmés de Valère la frappèrent de plein fouet. On aurait cru un orage sans pluie. Ana mit quelques secondes à rassembler ses esprits, à se resituer dans l'espace et le temps.

Le Val Sinestra. Étage des enfants. Valère logé à l'extrémité du couloir, dans le secteur réservé aux garçons. Valère qui n'arrête pas d'aboyer…

« Ana ! Viens vite ! lança-t-il, essoufflé par sa course folle.

— Que se passe-t-il ? Pourquoi tu…

— Viens, je te dis ! »

Une main moite se referma sur la sienne. Au contact de sa paume, Ana comprit que Valère suintait la panique, sous couvert d'une sourde excitation. Il la guida dans un dédale de couloirs balayés de courants d'air et de miaulements affolés. Des voix inconnues vibrionnaient autour d'elle, un tourbillon de murmures qui l'entraînait vers une chute vertigineuse des sens.

« La mère de Colette est morte, assura un garçon prénommé Jean.

— Arthur a découvert son cadavre près des sources ! lança un autre.

— Un ogre l'a dévorée !

— Arrête tes sottises, Michèle ! Les ogres n'existent que dans ta tête ! » s'emporta un quatrième gamin.

C'était Marcel. On le disait atteint de démence. Il n'avait pourtant pas l'air bien malade, celui-là. Un solide gaillard. Mais que savaient-ils de la démence, après tout ?

Leur territoire enflait de protestations et de peurs criantes. Une porte claqua quelque part tandis qu'une autre s'ouvrit à la volée. Dans le désordre ambiant, Valère se refusait à lâcher la main d'Ana.

« Où tu m'emmènes ? C'est vrai ce qu'ils disent ? Quelqu'un est mort ? »

Ils s'engouffrèrent dans la cage d'escalier séparée du couloir par une porte vitrée. Le chahut des autres s'estompa tel un écho lointain. Valère plaqua la petite Ana contre le mur froid épinglé de visages inconsolables. Il lorgna les tableaux et murmura en dépit de leurs oreilles indiscrètes :

« On a retrouvé une femme dans la forêt ! J'ai surpris *signur* Guillon parler d'une certaine Rose…

Apparemment, elle vivait ici avec sa fille… Et devine qui est rentré tout couvert de sang ? »

Un hoquet de stupeur secoua Ana :

« L'un des garçons a prétendu qu'Arthur…

— Bingo ! s'exclama Valère. Quand je te disais qu'il avait le vice au mauvais endroit, celui-là…

— De quoi tu parles, à la fin ?

— C'est à son nez qu'on le reconnaît ! De profil, on dirait un 6. Et cet air fourbe…

— Qu'on reconnaît quoi ? s'emporta Ana sous l'effet de l'incompréhension.

— Un Juif, pardi ! »

La fillette acquiesça frileusement à ces errements méprisants dont elle ne saisissait pas les fondements. Valère avait certainement ses raisons pour s'enflammer de la sorte…

« Sais-tu où est ma mère ? enchaîna-t-elle.

— Elle est en bas avec les autres. Allez, suis-moi… »

Confiante, Ana marcha dans les pas de Valère.

Chaque degré constituait une épreuve guidée par son ami. Ses souliers se dérobaient sur une cascade en carrelage lustrée de frais et ses genoux cagneux tremblaient sous la robe à volants.

Malgré l'obscurité dans laquelle elle évoluait, Ana sentait peser sur sa nuque la respiration brûlante d'une présence rôdant continuellement dans ses parages. L'haleine souffreteuse du Val Sinestra flottait en étendard funeste sur la horde indisciplinée des enfants. À l'image d'un ogre fossilisé dans la pierre.

9

Arthur

Choquées par l'annonce du décès de Rose, les femmes s'étaient regroupées dans le grand hall. Quatre mères en deuil d'une cinquième encerclaient le jeune Arthur, dans l'espoir de comprendre les causes de ce drame insensé. En dépit de son détachement émotionnel, Klara compatissait à leur chagrin en affichant une mine défaite. L'une d'elles lui prit la main. Une poigne ferme en guise de pacte solidaire contre les tourments que leur faisait subir la guerre. Klara coula un regard vers l'inconnue. Des mèches blondes s'affolaient sous un fichu serré et ses yeux bleus embués de larmes soutenaient le regard de Guillon, affairé à calmer l'adolescent. La femme tenta une approche, mais leur hôte la repoussa poliment. Sa réticence signifiait clairement que sa présence n'était pas requise en pareilles circonstances.

Sous l'insistance de Guillon, Arthur s'écarta du clan des femmes. Aucune d'elles n'était sa mère. Mais, à leur manière, toutes lui ressemblaient. Dans ce chaos, il se surprit à espérer que la sienne viendrait le chercher pour le ramener dans leur modeste logis de la rue Lestienne. Quand cesseraient les combats, peut-être…

Tandis qu'il rêvassait à l'impossible, des bras rassurants l'enveloppèrent d'une attention particulière. La chemise de Guillon absorba le surplus de sang, mais l'homme semblait indifférent aux détails. Les dames récureraient le lin à se rompre les reins pour lui rendre sa couleur originelle. C'était ainsi qu'on se comportait au Val. En convives domestiqués.

D'une voix radoucie par la désolation, Guillon réclama des explications :

« Qu'as-tu vu, Arthur ?

— L'enfer, *signur*… »

Un soupir apitoyé lui enjoignit de poursuivre.

« J'allais au lavoir comme vous l'aviez ordonné… J'ai entendu quelqu'un chigner, alors j'ai coupé par les sentiers, et c'est là que j'ai aperçu Colette…

— Continue, mon garçon. »

Arthur implorait mentalement qu'on le laissât tranquille, qu'on l'autorisât à plonger dans le sommeil et l'oubli. Tout, plutôt que subir l'interrogatoire de Guillon.

« La petiote geignait sous sa capuche, reprit-il. Elle a pointé du doigt la zone où on ne s'aventure jamais…

— Mais tu y es allé quand même. »

Arthur hocha la tête comme un pécheur repenti pris en flagrant délit d'onanisme.

« Oui… Je me suis enfoncé dans les bois et j'ai buté sur les ossements de Rose… *Signur*, ne m'obligez pas à y retourner ! »

D'un regard circulaire, Guillon s'assura que les femmes se tenaient suffisamment éloignées pour leur épargner les détails sordides. Des enfants agrandissaient désormais le cercle, nichés dans les jupons de leurs mères. La petite Ana boudait sous les caresses de Klara. Ses yeux privés d'éclat s'amarraient à des souvenirs détériorés par l'usure du temps.

Seul le jeune Valère sondait sa solitude au travers des tableaux tapissant les murs. Il semblait consumé par le vécu tragique que narraient en silence ces familles éternisées sur des toiles séculaires.

Intrigué, Guillon reporta son attention sur Arthur :

« Pourquoi prétends-tu que Colette l'a tuée ?

— J'ai jacté sur l'coup de la peur… C'était stupide…

— Tu es un garçon intelligent, Arthur… Jamais tu n'aurais porté de telles accusations sans une raison valable. J'attends de toi plus d'honnêteté envers celui qui t'héberge et te nourrit… Tu comprends ? »

Tant de sous-entendus en si peu de mots… Tant de promesses de sombres calvaires derrière ces appels à délation. La guerre l'avait si bien éduqué qu'Arthur céda sous la pression exercée par un tortionnaire d'apparence pacifique :

« Colette est incurable, vous le savez ! Son mal lui fait la pige au point qu'elle contrôle plus ses actes… Elle l'a pas vraiment tuée, mais je crois que Rose est morte de chagrin par sa faute ! J'ai remarqué la corde autour de son cou ! Mon Dieu, *signur* ! Elle avait la chair en bouillie ! Je sais pas quand c'est arrivé, mais je suis sûr qu'ils l'ont dévorée après qu'elle a…

— Qui ? le coupa Guillon.

— Les fauves de Sent !

— Voyons, c'est une légende destinée à effrayer les plus jeunes afin qu'ils ne s'aventurent pas au-delà des limites que nous avons fixées ! Les fauves de Sent sont une invention d'*il docter* !

— Alors, qui lui a fait ça, à Rose ? » s'écria Arthur.

Tous les regards convergèrent dans leur direction.

Les portraits eux-mêmes parurent dévier de leurs cadres sophistiqués.

« Va te laver, trancha Guillon. Nous allons bientôt passer à table. »

Arthur remit en mouvement son corps alangui. Au centre de l'attention des pensionnaires, il se sentait acculé par leur dégoût déguisé en pitié.

Il fuit le hall à grandes enjambées et se réfugia dans la salle d'eau. La pièce déserte lui offrait un peu d'intimité sans pour autant l'abriter des regards indiscrets. Ses bretelles défaites, Arthur arracha sa salopette souillée et l'abandonna sur le carrelage. Un courant d'air glacial mordit soudain sa peau.

Il actionna la pompe. Le jet froid le frappa en plein visage, cingla ses bras et son torse comme une flagellation inéluctable. L'eau roussâtre tourbillonna longtemps sur la bonde encrassée du lavabo. Puis, au terme de ses ablutions douloureuses, Arthur s'écroula dans le coin le plus reculé de la pièce. Les portes battantes dressaient une maigre muraille entre sa nudité et les patients du Val. Il commit alors l'erreur de fermer les yeux.

Au demeurant, l'action ne présentait rien d'inquiétant. Excepté lorsqu'elle se soldait systématiquement par un sommeil proche du coma. Dès lors, un simple battement de cils constituait à lui seul une menace. Les paupières closes, Arthur sombra pour un étrange voyage dont il ne maîtrisait ni la destination ni la durée.

Il émergea une heure plus tard à la perception d'une

caresse s'attardant sur sa peau mise à nu. Son corps hérissé sonna l'alerte et se cambra pour échapper au contact sensuel d'une intimité proscrite.

Un garçonnet se tenait debout devant lui, les joues empourprées de honte.

Grelottant, Arthur rampa sur le carrelage à la manière d'un serpent échappant à son assaillant.

Dans un filet de voix à peine audible, le nouveau marmonna :

« Le gibier va refroidir… Tout le monde t'attend pour le bénédicité. Tu viens ? »

Arthur desserra la mâchoire pour infliger sa morsure :

« T'avise plus jamais de me toucher, sale petit morveux ! »

Valère ne chercha pas à nier ni même à se rebeller. Il se contenta de traîner ses sabots loin de ce démon au nez crochu inoculant en lui un venin contre nature.

10

Colette

Il docter l'avait gardée en observation jusque tard dans l'après-midi sous prétexte que l'arrivée des nouveaux pensionnaires risquait fort de la déstabiliser. On lui avait servi son repas sur un plateau. Du ragoût de biche, des pommes de terre cuites au fourneau et des baies cueillies lors des travaux des champs. Un délice écourté par le supplice des liens resserrés sur ses poignets.

Colette n'avait pas touché au pain dur. Elle n'en mangeait que les jours de ravitaillement, lorsque les commerçants du village de Vulpera s'aventuraient dans les Grisons pour les approvisionner en produits frais. Ils ne montaient au Val Sinestra qu'une fois la semaine et les denrées périssables s'épuisaient bien souvent avant leur retour. Alors Colette patientait pour attraper une miche de pain frais, en dévorer la croûte et en arracher la mie qu'elle cachait comme un trésor près du puits asséché. Elle courait jusqu'au pré ensoleillé dominant le torrent Brancla, empilait les rations et les ensevelissait sous un monticule de terre fraîchement retournée.

Personne ne se souciait guère de son manège en raison de l'incompréhension suscitée par cette curieuse manie. Elle-même ne l'expliquait pas. Il fallait enterrer la mie. C'était ainsi…

Sanglée à la table d'examen, Colette considérait sa main folle – il n'existait pas d'autre mot pour qualifier ce bout de soi qui ne vous appartenait pas. Elle ressassait les propos tenus par Arthur. *Il docter* les lui avait rapportés, sans doute dans le but de jauger sa réaction. En dépit de ses mauvais agissements, le membre étranger n'endossait pourtant aucune culpabilité dans le massacre commis sur sa mère. Colette savait les rumeurs tenaces au Val. Elles s'agrippaient au cœur de la nuit silencieuse et greffaient des mensonges aux cauchemars de ses résidents. Cependant, l'enfant ne se défendrait pas. À quoi bon ? Personne ne l'entendrait…

Signur Guillon était venu la visiter dans l'après-midi pour lui exprimer sa peine et recueillir la sienne. Il n'avait su tirer d'elle qu'un silence opiniâtre. Après tout, lui aussi niait l'évidence quant à ses doigts articulés de phalanges importunes ! Alors pourquoi Colette aurait-elle fait l'effort de s'épancher ? Personne ne l'écoutait jamais ! Bien sûr que son cœur saignait à l'idée d'être éternellement confronté à la vision horrifique qu'elle garderait de sa mère ! Même de si loin, la guerre raflait tout. La distance n'y changeait rien. Mais, *elle*, la guerre, changeait tout. Les gens, surtout…

Plus tard, il y avait eu ce vieil homme qu'elle ne connaissait pas. Certainement l'un des patients issus du dernier convoi. Il s'était faufilé dans la salle aseptisée peu après le départ de Guillon. Il avançait voûté, terrassé par une toux maligne qui le tordait tel un saule en pleurs. L'inconnu avait contourné la table d'examen, sans fournir la moindre réponse aux rares questions posées par Colette. Il ne révéla ni son nom ni les raisons de sa présence. On aurait dit que la maladie lui avait volé sa voix... Il s'était contenté d'observer attentivement sa chair vulnérable comme s'il avait convoité l'un de ces horribles tableaux accrochés partout.

Elle n'avait pas aimé ce regard de lave coulant sur sa peau frissonnante. L'enduit malsain de ses intentions l'avait figée en statue de pierre. Mais, après son tour d'inspection, le vieillard malade était reparti cahin-caha, crachotant sa bile dans l'obscurité d'un couloir.

Et Colette avait repris la contemplation de sa boule de pain.

Les lueurs du jour flanchaient déjà vers le crépuscule lorsqu'ils la détachèrent. *Il docter* s'arma de précaution pour lui éviter tout mal tandis qu'il ôtait ses liens sous les encouragements muets de Guillon.

« Viens avec nous », ordonna-t-il.

Les bras et les jambes ankylosés par l'inactivité, Colette se redressa lentement. Sous les bandages suintaient encore les morsures auto-infligées.

Guillon recouvrit ses épaules de sa cape et la poussa doucement devant lui jusqu'au grand hall désert. D'ordinaire, l'agitation insufflait la vie à l'intérieur de ce gros ventre ceinturé par les forêts de mélèzes.

Mais pas ce soir.

Seul le tic-tac régulier de l'horloge démontrait que le temps ne s'était pas arrêté à la mort de Rose.

Le jour déclinant plaquait sa nébulosité contre les hautes fenêtres serties de colliers de perles en forme de larmes.

« Il pleut », fit remarquer Colette.

Guillon ouvrit la porte massive. Une bourrasque tiède s'engouffra dans les boucles rousses de la fillette. Elle rabattit sa capuche, suffisamment bas pour occulter le sentier sur lequel les deux hommes l'entraînaient. Le terrain glaiseux ralentissait leur progression à travers les bois éclairés par le seul faisceau d'une lampe-tempête.

« Conduis-nous au cadavre de ta mère. »

Colette sentit sa main gauche la démanger sous ses bandages trop serrés. Pourquoi la forçaient-ils à avancer malgré sa résistance ?

« Il s'agit d'une approche thérapeutique, tempéra *il docter*. Nous pensons que certains rituels symboliques pourraient favoriser ta guérison…

— Je ne suis pas malade ! » hurla la fillette.

Trois bras costauds la soulevèrent de terre tandis que la lampe oscillait au bout d'un quatrième.

« Ne m'obligez pas… Vous me faites mal ! »

Ses cris détalèrent dans la nuit.

Elle n'était plus qu'une plume virevoltant entre les branchages parés de rubans colorés, une poupée de chiffon ballottée au gré de leur volonté. Ses petites jambes nues pédalaient dans le vide, en marche arrière, espérant sans doute remonter le temps. Son corps de fillette échoua soudain comme un poids mort sur un lit de feuillage.

« Où est Rose ? » interrogea fermement Guillon.

Son accent prononcé marquait les limites de sa patience, mais Colette ne céda pas et garda le silence..

Excédé par le mutisme de l'enfant, Guillon lança une œillade à son acolyte. De mauvaise grâce, *il docter* exécuta l'ordre tacite. La laisse en cuir se balança un instant le long de sa jambe.

« Non, pas ça !

— Tu ne nous donnes pas vraiment le choix… »

Et le collier se referma froidement sur son cou.

Traînée comme un cabot, Colette se plia à leurs exigences et les mena jusqu'aux lambeaux de sa mère. Sous la contrainte des deux geôliers, sa patte folle n'eut d'autre choix que d'explorer les chairs putréfiées de Rose. Du bout des doigts, elle éprouva l'horreur d'un marécage humain. Ils la forcèrent à plonger plus profondément dans ce ventre qui l'avait expulsée dix ans plus tôt. Sous un clair de lune intimidé, Colette se mit à hurler, menue madone priant tous les saints pour que cesse son calvaire. Ils testaient sa sensibilité au toucher. Preuve indéniable, selon les conclusions d'*il docter*, que sa main senestre lui appartenait…

Mais Colette demeurait toujours prisonnière de sa propre réalité.

Ils avaient échoué.

Elle les entendit alors murmurer l'impensable.

« Arthur ne mentait pas, on distingue la corde avec laquelle Rose s'est pendue…

— Dommage, on ne peut même plus ôter ses frusques pour fagoter les autres… »

De retour au Val, Guillon l'accompagna à l'étage des enfants. Il la borda, embrassa ses joues glacées. Puis il referma la porte, l'abandonnant au rejet de sa difformité imaginaire.

11

Ana

Après un déjeuner solennel, Ana avait passé l'après-midi à fouler les prés en compagnie de Valère. Dans ces grands espaces dépouillés, elle s'était autorisée à courir sans craindre de tomber. C'était peut-être ça, la liberté. Courir sans jamais s'arrêter…

Klara l'avait mise en garde contre les dangers des herbes abondantes et des roches égarées, mais la fillette s'était détournée de la protection maternelle qu'elle jugeait parfois étouffante. La donne s'inversa lorsque, confrontée aux prismes du soir, Ana se mit à invoquer ardemment sa présence.

La première nuit sur ce sol étranger se solda par une longue insomnie.

Le craquement des lattes en bois, le grincement des portes mal fermées, le sifflement des conduits, autant de menaces invisibles auxquelles sa cécité devait s'acclimater. Les courants d'air s'immisçant sous la couverture de laine ajoutaient à l'inconfort un soupçon de cruauté, comme un lutin farceur s'amusant à la mordiller de la tête aux pieds.

Le claquement singulier d'un pas lourd, confusément mêlé à des gémissements sourds, la tira de sa transe. Sa poupée serrée tel un bouclier protégeant son cœur, Ana s'extirpa du lit – incomparable aux paillasses qu'elle avait connues durant leur exil. L'ample chemise, récupérée dans un surplus de vêtements rapiécés, ramassait la poussière entre ses plis qui s'empêtraient sous ses pieds nus. Crevassés, minés d'ampoules, ces deux-là commençaient à la faire souffrir sans pour autant freiner son exploration nocturne.

Du bout des doigts de sa main libre, Ana effleura le mur et glissa le long de ses aspérités. Elle atteignit la porte, souleva la clenche puis, guidée par les geignements, s'engagea dans le couloir.

Sous la pulpe de ses doigts se dessinèrent successivement l'angle d'un cadre ouvragé, le renfoncement d'une porte, les contours en dur d'un meuble bas. Les ténèbres la forçaient à enregistrer mentalement l'emplacement et la particularité de chaque objet. Ils s'inscrivaient dans sa mémoire à la manière d'une feuille de route dont on ne se sépare jamais au risque de s'égarer.

Le crissement de gonds rouillés sonna l'alerte. Un froissement dans l'air modifia sa perception de l'espace. Elle flaira soudain l'énergie émanant d'une présence, tout près d'elle…

Sa gorge libéra à grand-peine un souffle craintif :

« Ohé… »

La sensation diffuse d'être observée se substitua à l'appel de la curiosité. Figée au milieu de ce boyau hostile, Ana entendit des pas s'éloigner, creusant une distance rassurante entre elle et…

« Qui est là ? » s'obstina-t-elle, timidement.

Le vantail de la cage d'escalier se referma en grinçant. *Il* – ou *elle* – était parti.

Ana hésita à faire demi-tour pour calfeutrer son angoisse sous sa couverture trop rêche. Elle avait compté les encadrements des portes la séparant de sa chambre rouge. *Aussi belle que toi un jour de grand soleil...* Il aurait suffi de reculer de seize pas. Au lieu de cela, ses jambes bondirent vers l'avant pour se fondre dans le sillage d'un parfum sucré. Une odeur de pain d'épices…

Au bout du couloir, Ana se heurta à un pan de mur froid et malheureux comme le marbre. Son corps menu fusionna avec la pierre lisse. Elle tendit le bras jusqu'à atteindre la porte vitrée. Sa mémoire reconfigura l'environnement en une volée de marches qu'elle et sa poupée affronteraient seules. Dans cette partie du Val, le silence vous giflait par ses échos rythmant la valse de vos pas indécis.

Première marche. La sensation d'osciller au-dessus d'un gouffre.

Deuxième marche. L'impression de hurler dans le vide.

Troisième marche. Paralysie totale. Accentuée par des fragrances prégnantes et familières.

« Aidez-moi… »

Une douce chaleur enveloppa sa main. Des doigts rugueux pressèrent les siens contre la rampe.

« Tu comptais passer la nuit ici ? Tu sais pertinemment qu'il est imprudent de se balader seule dans ton état, jolie Ana… »

Plus qu'à sa voix chantante, c'est à son odeur gourmande qu'elle l'identifia :

« Pardon, *signur*, j'ai entendu du bruit et…

— Et tu t'es dit que ça valait bien une chute dans les escaliers ? ».

Ana haussa les épaules, penaude.

« Oublions cela et profitons de l'occasion pour discuter, toi et moi. Allons dans un endroit plus approprié, si tu n'y vois pas d'inconvénient. Tu veux bien ? »

La petite hocha vivement la tête. La descente lui sembla plus pénible encore que la première fois. À la patience de Valère se substituaient l'empressement de Guillon et sa pogne inflexible.

Ana tentait de compter les marches virevoltant sous ses pieds douloureux mais elle abandonna ses calculs, savamment faussés par la brutalité de son hôte. Sa poupée lui échappa. Elle la retrouverait, tôt ou tard.

« Viens par là. »

Le tic-tac de l'horloge indiquait qu'ils avaient atteint le rez-de-chaussée. Sa main libérée cherchait à agripper la matière pour se construire des repères, mais l'immensité du hall ne laissait place qu'à de l'air brassé en vain.

La fraîcheur du carrelage. La tiédeur d'un sol moquetté. Le chuintement d'une porte. Ana mémorisa tout.

« Voici mon jardin secret », déclara Guillon.

À sa voix, on le sentait si fier qu'il devenait impossible de résister à son envoûtement.

« Ça sent mauvais ! lâcha Ana, assaillie par une acidité brûlante.

— Oh… Il s'agit d'essence de térébenthine, indissociable de l'art auquel je m'adonne assidûment. Tu fais partie des rares privilégiés à pénétrer l'atelier de l'artiste, Ana… »

Les flatteries de Guillon déposèrent du velours sur ses craintes. Elle se laissa asseoir sur un siège si haut que ses jambes pendantes cherchaient désespérément un ancrage.

« Avant cette maudite guerre, reprit-il, les familles se pressaient pour séjourner au Val Sinestra. Certaines se déplaçaient dans le but de faire le deuil d'un enfant mort. Mon rôle consistait principalement à les représenter emmaillotés afin de les humaniser dans les bras de parents éplorés. J'épongeais leur chagrin à l'aide de mes pinceaux… »

Ana frissonna.

Était-ce donc ce réalisme qui conférait au Val l'illusion d'une présence permanente ?

« Les tableaux…, se souvint-elle.

— Valère les a-t-il évoqués ? Je l'ai surpris en méditation devant l'un d'entre eux ! Vous avez l'air très proches, tous les deux…

— Je l'aime bien, c'est vrai…

— Et tu as raison. Il a tout d'un ami loyal et fidèle. Maintenant, je souhaiterais aborder le sujet de ta thérapie. D'où ta présence ici… »

Ana se raidit.

Une étoile brillait soudain dans l'obscurité.

« *Il docter* prétend que tu souffres de névrose hystérique… Ta cécité est la résultante du traumatisme que ta mère m'a relaté. Accepterais-tu de décrire l'homme à l'origine de ce choc ? De puiser dans tes souvenirs afin que je puisse les apprivoiser ? »

La fillette fronça les sourcils. Il mentait. Klara n'aurait jamais trahi leur secret…

« Je ne sais pas… Ce serait mal, non ?

— Pourquoi diable ? Nous nous baladerions longuement dans les bois, à la recherche de l'inspiration… Ce que je te demande, Ana, permettrait de provoquer une abréaction susceptible de guérir ta pseudo-cécité. Tu comprends ce que ça signifie ?

— Vous voulez peindre ma vie… »

Guillon émit son rire glaçant.

« En quelque sorte, oui ! Je souhaite plus précisément reproduire le visage de cet homme qui l'a gâchée en exécutant froidement ton père. »

La fillette se détendit un peu. Il n'était pas question de dévoiler leur terrible secret, mais de l'ensevelir au contraire sous des couches de peinture.

« À quoi ça servirait ? Ce tableau, je ne le verrai pas !

— C'est pourquoi nous utiliserons des matériaux comme le bois, le coton ou l'ardoise pour créer un relief qui le définira tel que toi, tu le perçois… »

Si tu parles, Ana, nous irons nourrir les bûchers ! aurait crié Klara.

Mais sa mère n'était pas là.

Alors, la fillette accepta. Malgré le contact calleux d'une paume sous sa chemise et des caresses concentriques qui égratignaient ses cuisses…

12

Valère

Au matin du deuxième jour, les rires sémillants et les chiquenaudes égayaient déjà la ribambelle d'enfants. Les femmes, plus discrètes, s'accordaient à feindre l'enthousiasme autour d'un tricot ou cantonnées aux fourneaux. Le chant des bécasseaux concurrençait les manifestations enjouées par leurs notes haut perchées, à l'instar du vrombissement lointain des torrents éclaboussés de soleil.

Ils avaient perdu l'une des leurs, mais le bonheur faisait encore illusion. Les tragédies successives s'inscrivaient dans la pierre, suintaient des murs tel un invisible vernis délicatement appliqué par le temps. À côtoyer la mort, on finissait par entretenir avec elle une relation de convenance favorisant les cicatrisations miraculeuses.

Et par ce formidable processus d'autoguérison, le Val avait fait son deuil de Rose.

Les questions au sujet de son suicide s'évanouissaient déjà sur les lèvres en dépit des circonstances reléguées au rang de l'abominable interdit. Mais la présence légendaire des fauves de Sent enflait dans les esprits greffés d'une tumeur incurable : la terreur.

Même en sursis, la vie triomphait sur sa rivale et reprenait posément son cours.

Valère se réveilla tout vaseux. Le chahut au-dehors venait lentement à bout de ses réticences à quitter le lit. Il céda à l'appel, s'approcha de la fenêtre, son torse nu exposé à la clarté d'un ciel sans nuages. De ce côté du Val, la blancheur immaculée des sommets enneigés éclaboussait le paysage verdoyant. Valère crut distinguer Ana aux abords d'un carré fleuri, tourbillonnant au milieu d'une ronde de bambins. Elle courait en direction d'un vaste pré niché au pied des montagnes. On aurait cru un oisillon prenant son envol après plusieurs jours de captivité.

La gorge nouée, Valère murmura le prénom de sa jeune sœur si cruellement rappelée à Dieu. Son souffle forma un nuage de buée sur la vitre comme la preuve d'un contact établi entre le monde des vivants et celui des morts. Sa bouche s'étira sur un sourire amer avant de se rétracter au souvenir embarrassant de son bref passage dans la salle d'eau. Effleurer la peau de ce diable au nez crochu lui avait procuré du plaisir, un émoi érigé sous la ceinture à la mesure de son dégoût pour lui-même. Il traînait désormais la honte chevillée au corps, craignant que la nature de son mal soit divulguée. Mais Arthur l'avait prodigieusement ignoré du déjeuner au coucher, comme si Valère ne représentait qu'un spectre de plus dans les coulisses de la guerre. Il n'était peut-être que ça, au final, un fantôme admirant depuis sa chambre le visage bucolique des Grisons…

Il tiqua en sentant une présence étrangère dans la pièce. Pas le temps de contrer le vieillard qui toussait dans son dos. Valère se retourna brusquement et manqua mouiller sa culotte lorsqu'il s'écria :

« Vous m'avez fichu la trouille ! »

L'importun plissa le front. La frange de ses cils disparut sous les plis des paupières, accentuant son regard étonnamment vif. Ses lèvres tremblaient, mais pas un mot ne les frôlait, comme si elles étaient soumises à l'incompréhension d'une langue étrangère.

« Vous parlez français ? » s'enquit l'enfant.

L'homme hocha lentement la tête, puis il se remit à cracher ses ignobles glaires. Valère plaqua le creux du coude contre sa bouche dans l'espoir d'échapper à la contagion.

« Il vous faut de l'aide… », observa-t-il, cherchant une issue au-delà de l'imposante stature du mourant, un espace dans lequel s'engouffrer.

Mais une main ferme stoppa son élan.

« Petit… Pourquoi n'es-tu pas avec les autres ? »

Sa voix grésillait comme du gravier qu'on écrase.

« J'allais les rejoindre, mentit Valère.

— Alors qu'attends-tu, mon garçon ? »

La pression exercée sur son torse se relâcha. L'enfant ne broncha pas.

« Comment vous vous appelez ?

— Mon nom a peu d'importance », affirma le vieil homme.

Puis, tirant un objet de sa besace usée :

« J'ai trouvé cette poupée coincée contre la rampe de l'escalier. Elle appartient à ton amie Ana, n'est-ce pas ? Je l'ai apportée afin que tu la lui rendes. »

Valère s'en saisit, reconnaissant, puis, intrigué par la pâleur de son interlocuteur, il demanda :

« Vous allez mourir ? »

La question prit l'homme au dépourvu. Ainsi s'exprimait l'innocence, par l'absence d'égard envers le poison de la fatalité.

« Nous mourrons tous un jour, mon garçon… »

Valère n'avait jamais envisagé sa propre fin malgré la perte des siens. Fort de ce constat effrayant, il détala comme un lapin qu'on s'apprête à égorger.

Je suis immortel, se répéta-t-il, tandis que ses jambes fluettes le portaient vers la campagne inondée de soleil. *Je suis immortel !*

Il franchit les portes massives, galopa sur la terrasse et se heurta à Klara.

« Valère ? Que se passe-t-il ?

— Rien, madame ! » répondit-il, essoufflé.

Son corps le porta jusqu'au pré tremblant sous les rires des vivants. Il s'effondra sur l'herbe humide, oubliant sa nudité presque parfaite.

Les jeunes pensionnaires, saisis de curiosité, formèrent un cercle où se mêlaient gloussements et hoquets de surprise.

« Viens vite, Ana, c'est ton ami ! » s'écria le plus jeune d'entre eux.

En dépit de son apparence chétive, Jean aurait réveillé un mort par ses intonations hystériques.

Valère consentit à rouvrir les yeux. Les minois penchés sur lui le couvaient d'une chaleur protectrice. L'une des fillettes se dépouilla d'un vieux gilet en laine pour en recouvrir ses épaules saillantes. Il reconnut le visage rondouillard de Jacqueline.

Ana tomba à genoux sur l'herbe fraîche. Ses mirettes aveugles sondaient une ligne imaginaire qui semblait la tracasser. Valère se redressa doucement et tendit sa poupée de manière à ce que ses doigts puissent l'agripper.

« Oh ! Tu l'as retrouvée ! s'exclama-t-elle, le cœur empli de joie.

— Faudra penser à lui donner un nom, à ta poupée… », dit-il, le souffle court.

Ana se jeta dans ses bras. Et il n'eut pas le courage de lui avouer n'être que l'humble messager d'un vieillard malade. Valère profita simplement de ce doux moment de gratitude en compagnie de ses camarades d'infortune. Ils formaient une famille à présent. De celles que la guerre engendre au plus fort des combats.

Parmi ces visages aimants se détachait l'insolente beauté d'Arthur. Son mépris augurait de sombres lendemains et son silence vibrait au chant des canons. Valère eut soudain la certitude que l'un des deux devrait mourir pour survivre à la haine de l'autre.

Je suis immortel, répéta-t-il inlassablement. *Immortel*...

13

Val Sinestra

Mon ventre se vida de toute vie à la tombée de la nuit. Il ne restait plus que les toiles austères épinglées au mur et la poussière soulevée par les courants d'air. Les cœurs bondissants s'en étaient allés. Si le piano avait pu jouer, peut-être m'aurait-il accompagné dans mes accords mélancoliques. Mais je restai la panse creuse, faute d'innocence à mastiquer…

Signur Guillon les avait tous emmenés pour un dîner champêtre au clair de lune. Le halo rond et puissant éclairait étrangement mes fortifications délaissées. Des volutes de fumée s'élevaient du pré voisin où mes résidents puisaient un peu de gaieté à la source de mes angoisses cristallisées par leur absence.

Mes doux minots se gavaient de sucreries sous les récriminations dérisoires des mères. Dans la moiteur de cette nuit d'été, l'identité du bonheur se déclinait en quatorze prénoms. *André, Jean, François, Colette, Arthur, Henri, Josée, Michèle, Liliane, Marcel, Jacqueline, Danielle, Ana, Valère.*

J'en fus meurtri.

S'ils pouvaient folâtrer sans moi, gare à ceux qui riraient de moi…

Arthur somnolait sur une paillasse à peine plus large que lui, tandis qu'*il docter* entonnait son premier chant enivré sous une ovation collective.

« Qui connaît *Le Petit Roi des montagnes* ? lança-t-il en pointant les enfants à tour de rôle.

— Moi, moi ! s'écria Ana.

— Alors, lève-toi et chante ! » l'encouragea Guillon.

La fillette bondit et, sans se soucier des railleries provoquées par sa voix chevrotante, elle enchaîna les couplets :

« Le petit roi des montagnes était un bon conquérant. Il a fait faire une armée de quatre-vingts paysans. Et rataplan, guerre, guerre, guerre, et rataplan, guerre au vent ! Et pour aller en campagne, quatre canons de fer-blanc, il les fit charger de raves pour nourrir son régiment. Et rataplan, guerre, guerre, guerre, et rataplan, guerre au vent ! Et suivi de demoiselles, pour lui servir d'officiers, il en fit de belles, de belles, qu'il voulait toujours marcher. Et rataplan, guerre, guerre, guerre, et rataplan, guerre au vent ! En les menant dans sa tente pleine de gâteaux friands, ils en mangèrent chacun trente, pas un de moins tout autant, et rataplan, guerre, guerre, guerre, et rataplan, guerre au vent ! »

Signur Guillon applaudit copieusement sa prestation. Et l'assemblée tout entière lui succéda. Les mères échangeaient des sourires complices, de ceux que la guerre confisque *et rataplan*.

Klara, l'esprit embrumé par le tord-boyaux sifflé au

goulot, s'enorgueillit de sa progéniture à grand renfort de superlatifs. *Une diva, cette enfant !* clamait-elle à cor et à cri. Chacun jouissait de ses propres ambitions à travers la liberté qui leur était donnée, mais nul n'ignorait son caractère éphémère. Au réveil frapperait la réalité d'une époque souillée de cadavres vidés de toute substance humaine.

Valère entraîna Ana à l'écart des pensionnaires grisés par l'abondance des rations et des vins sirupeux.

« Tu chantes comme un rossignol au cou tordu…

— Tu es jaloux ! se vexa la fillette.

— Non. Je suis sincère. »

Ana se renfrogna. Depuis la veille, son ami semblait taciturne. Ses calembours s'étaient vite épuisés, menaçant leur tendre complicité.

« Merci pour la poupée, dit-elle, espérant renouer le dialogue.

— Bah, c'est rien… D'ailleurs, comment elle s'est retrouvée coincée contre la rampe de l'escalier ? »

La jeune aveugle se mordit la langue. Qu'avait préconisé Guillon au sujet de son traitement ? Lui avait-il déconseillé d'en parler ? De révéler l'emplacement de son atelier ? Ana se rappelait les caresses sous son étoffe de lin, les promesses susurrées à l'oreille et l'odeur prégnante de térébenthine. Le reste demeurait étrangement confus.

« Je n'arrivais pas à dormir à cause de… enfin, tu sais, la femme morte… J'ai entendu du bruit, alors je suis allée dans le couloir et j'ai croisé Guillon. »

Elle prit un raccourci pour atteindre son but, excluant les couinements provenant de l'une des chambres, la peur, l'obscurité oppressante.

« Il m'a conduit à son atelier, reprit-elle. J'ai perdu ma poupée en chemin…

— Pourquoi il t'a emmenée là-bas en pleine nuit ?

— Pour me soigner, pardi ! »

Valère haussa les épaules, indifférent aux élucubrations d'Ana, qui n'avaient guère plus de sens que le mal dont elle souffrait.

Autour du feu, la fête battait toujours son plein. L'une des femmes massacrait un chant populaire sous une ovation collective. Jamais le ridicule ne fut plus tapageur que cette nuit-là. Les deux enfants s'apprêtaient à rejoindre la troupe hilare lorsqu'un grand échalas s'interposa.

« Tu ne devrais pas l'écouter, Ana. T'as la jolie voix d'une mondaine…

— Valère me taquine sans cesse, plaida-t-elle. C'est toi, Arthur, pas vrai ?

— C'est lui, confirma son ami en la prenant par la main.

— Attends ! » lui opposa la fillette.

Puis s'adressant à Arthur :

« Tu sais où est Colette ? C'est affreux, ce qui est arrivé à sa mère…

— Je l'ai vue prendre la direction du vieux puits. C'est là-bas qu'elle cache son trésor…

— Hein ?

— Colette a pris l'habitude de chiper des miches de pain pour enterrer la mie. J'ignore pourquoi elle fait ça… Faut croire qu'elle n'a plus toute sa tête, expliqua Arthur.

— Emmène-nous !

— Moi, je reste là, ronchonna Valère.

— Fais pas l'idiot. J'ai besoin de tes yeux… »

Valère considéra son ennemi, attendant une

approbation en réponse à l'insistance d'Ana. Mais le diable au nez crochu crevait déjà l'obscurité d'une démarche véloce. Ils lui emboîtèrent le pas, évitant les souches crachées par la terre d'un sous-bois. Les cris hostiles de la faune furent bientôt enfouis sous le fracas du torrent de Brancla.

Près du vieux puits asséché, la petite madone se figea.

« M'approchez pas ! hurla-t-elle.

— Du calme, Colette. Personne viendra voler ton pain moisi, va ! » la rassura Arthur entre deux bâillements.

— Pourquoi ils sont là, eux ? » s'emporta-t-elle en recouvrant précipitamment le butin délesté de sa croûte.

Ana se blottit contre Valère en une fusion fraternelle et répondit :

« Pour t'aider, Colette. On devrait jamais rester seul dans le noir. »

La fillette maîtrisait son sujet. Le noir, c'était tout ce qu'il lui restait. Un héritage de la mort. Mais le deuil créait bien souvent des liens indéfectibles entre les vivants.

La brume se dissipa, laissant la lune dessiner une couronne autour du puits asséché, tel un projecteur braqué sur le théâtre de leur absurde amitié.

Et moi, Sinestra, j'assistai à la rencontre de quatre destins sur le point de basculer…

14

Arthur

Au petit matin, sirotant un thé fumant aux arômes de bergamote, *il docter* décréta que le moment était venu de tester le fruit de ses recherches. *Signur* Guillon – qui validait toujours son diagnostic – approuva sa décision et reposa délicatement sa tasse sur son socle de faïence.

« Tout est prêt, lança fièrement le médecin.

— Parfait. Je vais le chercher. »

Guillon se rendit à l'étage des enfants et pénétra dans la chambre d'Arthur sans même s'annoncer. Celui-ci s'abîmait dans la lecture d'un conte qu'il déchiffrait à grand-peine. Arthur butait sur la signification des mots et les efforts intellectuels aggravaient les symptômes inhérents à l'hypersomnie. Surpris, il leva la tête, serrant toujours son livre comme un trésor.

« *Signur ?*

— Je viens t'apprendre une merveilleuse nouvelle, mon grand ! *Il docter* a mis au point une technique susceptible de te guérir ! »

Arthur ne réagit pas. Les précédentes tentatives l'avaient échaudé.

« Eh bien, qu'attends-tu ? Suis-moi ! »

L'adolescent obtempéra, délaissant sa lecture à regret.

« Je te conseille de l'emporter. Il va te falloir des occupations pendant la durée du traitement… », ajouta Guillon, le menton enfoncé dans le gras de son cou.

Le silence régnait à l'étage des enfants et débordait de la cage d'escalier jusqu'au grand hall. *Il docter* les attendait au bas des marches, sa blouse noire plus étriquée qu'à l'ordinaire. Les festivités de la veille laissaient des traces sur ses joues couperosées et une lueur étrange dansait dans ses yeux pochés.

« Tu seras bientôt guéri », affirma-t-il, guidant Arthur dans un dédale de couloirs jusqu'alors inexplorés.

Professoral, Guillon gardait les mains croisées dans son dos, maintenant une distance raisonnable avec le médecin et son patient. Le trio s'engagea dans les sous-sols du Val Sinestra. Arthur s'en étonna. Il ignorait l'existence de ces boyaux humides construits comme un labyrinthe dépourvu de lumière naturelle. Il ignorait aussi qu'il ne la reverrait jamais. En tout cas, pas comme avant.

Il fallait s'enfoncer plus profondément. Toujours plus. Une échelle facilitait la descente aux enfers. Ils l'empruntèrent avec mille précautions. Il n'y avait pas de trésor caché dans ce temple souterrain. Arthur avait déjà lu des histoires à ce sujet.

Les livres mentaient, parfois.

Au bout d'un tunnel puant, *il docter* déverrouilla une porte en acier. Rongés par l'usure, les gonds coulissèrent péniblement.

« Avance. »

Arthur s'exécuta. L'huis se referma sur une pièce aux allures de fond de cale. De grandes malles rouillées prenaient la poussière sous des étagères supportant des bocaux emplis d'un liquide douteux. En regardant de plus près, on devinait la matière organique macérant dans ces eaux troubles. Un large plan de travail muni de microphones occupait l'espace central. Il pénétrait dans le monde incongru et malsain d'une science inexacte.

Là où l'horreur saturait l'air.

« C'est quoi cet endroit ? s'inquiéta Arthur.

— Mon laboratoire », répondit le médecin avec une pointe d'arrogance.

Guillon lui fit signe d'abréger la visite.

« Entre dans la chambre. S'il te plaît », insista *il docter*.

Arthur considéra l'endroit indiqué. Des fenêtres de verre épais en forme de hublot mangeaient tout un pan de mur. L'adolescent passa la tête dans l'ouverture. La pièce était équipée d'un lit d'appoint dénué de literie, d'un lavabo et d'une cuvette à la propreté suspecte. Il s'apprêtait à battre en retraite quand tout son corps fut violemment propulsé à l'intérieur.

« Hé ! Qu'est-ce que vous faites ? » hurla-t-il, ses mains tâtonnant le vide vers la seule issue possible.

La porte claqua sur ses cris de détresse.

Terrifié, Arthur se jeta contre ce monstre d'acier, ses mains tambourinant au point d'éclater ses phalanges en fragments d'os. Dans cet environnement scellé, le bruit mat du livre frappant le sol ricocha contre les murs. On pouvait presque entendre le nuage de salissures soulevé par sa chute. Une ampoule nue pendait au plafond, projetant des ombres sur les murs gris. Le punissait-on d'avoir déterré le cadavre de Rose ? Pire, d'avoir accusé à tort la petite Colette ? Si quelqu'un méritait un tel sort, c'était ce vaurien de Valère…

La chambre se mit à grésiller. C'est du moins l'impression qu'elle donnait avant qu'Arthur découvre le microphone positionné dans un renfoncement.

« Tu trouveras de la nourriture dans la malle située à ta gauche, annonça la voix. *Des livres sont également à ta disposition dans l'angle opposé.*

— Vous comptez me garder enfermé ? Vous aviez promis de me guérir !

— Et nous tiendrons cette promesse... Dans quelques minutes, la chambre se remplira d'un gaz expérimental à base de stimulants. À concentration élevée, l'alchimie s'avérerait toxique, voire létale... C'est la raison pour laquelle nous contrôlerons ta consommation d'oxygène afin d'assurer ta survie. Cesse de t'agiter. Tu ne manqueras de rien... »

Arthur recula de deux pas et se laissa choir sur le matelas.

« Pourquoi vous faites ça ?!

— Nous t'offrons ce dont tu as toujours rêvé... Vingt et un jours sans dormir. Pas un de moins.

— Mais… c'est impossible !

— Impossible ? Ma foi, espérons que tu as tort… »

Le silence tomba comme de la chaux sur une fosse commune. Puis un long sifflement surgit d'un conduit grillagé.

Ils injectaient le gaz.

Les cils ourlés de larmes, Arthur ferma ces yeux qui ne voulaient plus dormir. Combattre l'inévitable n'aurait fait qu'accroître son calvaire.

Treize ans. Trop jeune pour mourir et déjà trop vieux pour en ignorer le sens.

On lui offrait vingt et un jours dans l'enfer d'une chambre close.

Pas un de moins…

15

Ana

Jours et nuits se succédaient dans un tourbillon de souvenirs morcelés en exaltation ou en tristesse. Les morsures infligées par la guerre et ses hommes en armes persistaient à embraser les cœurs de l'intérieur. Un soleil voilé dardait ses rayons pâles sur les forêts de mélèzes éternellement privées de lumière. Rien de bon ne semblait autorisé à y pénétrer, comme si on les avait condamnées à vivre dans les ténèbres secrètes des Grisons, qu'on disait hantées par les fauves de Sent. Ces grands loups légendaires aux gueules féroces dévoraient de leurs dents longues et pointues le quidam s'aventurant sur leur territoire. L'étage des enfants tremblait des fables terrifiantes inventées par les aînés. Et l'histoire de Rose confirmait l'effroyable cruauté imputée à ces monstres. Les créatures décrites par *il docter* n'étaient peut-être pas aussi imaginaires qu'on le prétendait…

En cet après-midi d'été, les rafales balayaient les cimes endeuillées dans un concert de bruissements d'aiguilles. Ana avait accepté de suivre Guillon sur ces étendues sombres et boisées. Elle n'en avait rien dit à Klara et craignait à présent que sa mère s'en inquiétât.

Si tu parles, Ana, nous irons nourrir les bûchers !

Peut-être Valère les avait-il aperçus s'engager sur le sentier longeant la *Berghaus* ? Elle se représentait la maisonnette, d'apparence vide et silencieuse, charmer la nature par sa charpente conçue à la lisière d'une mer végétale. Écoutant le chant folâtre des rivières, Ana songeait à Colette qui devait certainement ronger son poing près du vieux puits. Quel étrange mal que le sien ! Quant à Arthur, sans doute oscillait-il entre veille et sommeil à l'abri d'une tonnelle…

Comme il était rassurant de les imaginer en sécurité tandis qu'elle-même foulait le noir absolu de ses remords.

Son père avait péri par sa faute.

Pourrait-elle jamais se le pardonner ?

Le ronronnement des eaux vives s'éloigna. Ana comptait chacun des pas recueillis par le tapis d'épines, chassant d'une main malhabile une nuée de moucherons attirée par sa peau sucrée. Ses perceptions en alerte captaient l'invisible mieux qu'aucun humain doté de ses yeux. Le crépitement des brindilles écrasées la fit frissonner. Et, alors qu'ils s'enfonçaient dans l'étau resserré des bois, l'odeur émanant de Guillon l'incommoda. Aux fragrances de pain d'épices se mêlait l'âpreté de la vinasse éventée.

« Ici, nous serons à notre aise… », murmura-t-il d'une voix rocailleuse.

La main calleuse lâcha la sienne.

Ana se concentra sur le flux léger de l'air dans sa tignasse ébouriffée, le pépiement d'un oiseau, le froissement d'une étoffe qu'on fouette au vent.

« Viens t'asseoir, Ana. Allez, approche ! »

La petite lissa son jupon sur ses genoux repliés. Le poids de l'homme fit trembler le carré de terre où s'étalait une couverture rêche.

« Et maintenant, je fais quoi ? demanda-t-elle, sa socquette entortillée autour de son index.

— Commence par te détendre. Allonge-toi, jolie Ana. C'est bien… À présent, souviens-toi du jour où ce soldat a exécuté ton père. Décris-le-moi, et n'omets aucun détail.

— Et vous, que ferez-vous pendant ce temps ? »

Un mouvement à sa gauche l'éventa.

Soudain, le contact du papier sous ses doigts la rassura.

« Je brosserai un portrait sur ce carnet de croquis, dit Guillon. Rien de définitif. Il s'agira d'une ébauche qui évoluera au fil de nos séances. L'objectif étant de créer une catharsis…

— Une… quoi ?

— Une manière de revivre l'émotion à l'origine de ta cécité pour en inverser les effets. »

Ana secoua son menton qu'elle avait rentré dans les épaules, puis dans un filet de voix, elle demanda :

« Vous ne me toucherez pas cette fois ?

— *Chut...* », entendit-elle grogner.

Tétanisée, Ana écouta la paillasse craquer sous un enchaînement de mouvements désordonnés.

« Commençons avant que le ciel vire à l'orage », lâcha sombrement Guillon.

Les mots que la petite prononça ensuite s'enfilèrent confusément comme des perles ébréchées sur la corde sensible de ses souvenirs. Replonger dans l'enfer du jour précédant leur exil rendait moins supportable la cécité brutale qui l'avait frappée. Pourtant, elle accrocha ses espoirs aux médaillons projetés dans son esprit sous la forme de visages cruels. Le flot ininterrompu des paroles ébranla les parois de son cœur à vif.

Une vareuse raidie par un bras armé. Son père recroquevillé sous le joug d'une mitraillette, implorant par tous les saints qu'on lui accorde un sursis. Et cet aigle cousu sur l'uniforme déployant ses ailes avant la décharge foudroyante du canon. Ces pétales de roses rouges écrasés sur son visage... Les cris, les larmes et les gravats...

« Un aigle, dis-tu ? » coupa Guillon.

Ana confirma. L'insigne flambait toujours derrière ses ténèbres intimes.

« Et ta mère, où était-elle ?

— À côté de moi… »

Si tu parles, Ana, nous irons nourrir les bûchers !

« Ce soldat, à quoi ressemblait-il ?

— À un soldat.

— Évidemment… Te souviens-tu de la couleur de ses cheveux, de ses yeux ? Était-il grand ou petit ? fluet ? corpulent ?

— Je ne me rappelle pas. »

Une bourrasque emporta sa petite voix. Mais celle de Guillon s'affirma dans le maelström d'une tempête naissante.

« Ça suffit pour aujourd'hui. Nous reprendrons demain. Allez, on rentre, ma douce Ana… »

La fillette bondit et, sous la pluie battante, elle crut entendre les hurlements d'une meute enfler dans le sillage de leur course éperdue.

Si je parle, maman, j'irai tout cru nourrir les fauves, corrigea-t-elle, épouvantée par la furie guerrière des forêts.

Elle ignorait à quel point c'était vrai…

16

Signur Guillon

Les poings fermés sur ses hanches, Klara trépignait sous le toit en rotonde du jardin d'hiver. Elle avait interrogé tous les pensionnaires du Val, mais aucun ne savait où se cachait sa fille. *Il docter* demeurait lui aussi introuvable, consigné dans ses quartiers à des travaux de la plus haute importance, murmurait-on. Au terme d'une vaine errance, elle se précipita à la rencontre des deux silhouettes progressant sous un rideau de pluie.

« Ana ! J'étais folle d'inquiétude ! »

Elle enveloppa sa fille dans les pans d'un long gilet en laine et lui glissa à l'oreille :

« Ne me refais jamais ça… *Niemals*.

— Je suis l'unique fautif, plaida Guillon. N'en veuillez pas à cette divine enfant. J'aurais dû vous avertir de mes intentions. »

Klara plissa les yeux, écoutant palabrer leur hôte au sujet de la « thérapie picturale » entreprise pour guérir Ana de sa cécité.

« Vous auriez dû me prévenir, en effet.

— Rassurez-vous, votre fille ne court aucun danger. Je veille sur elle comme sur ma propre enfant. »

Ana se déroba à la chaleur maternelle pour répondre à l'appel de Valère dont la voix portait depuis le grand salon.

« Je peux y aller, maman ? »

Klara caressa sa joue encore humide.

« Bien sûr, mon ange. Je t'accompagne.

— Oh, c'est pas la peine ! J'ai compté les pas… »

Klara haussa les sourcils en contemplant l'aisance avec laquelle Ana s'appropriait l'espace.

Quand ils furent seuls, Guillon invita la jeune femme à le rejoindre pour « savourer un excellent thé importé de France ». Klara s'installa à la table dressée pour deux, mais ses yeux ne décoléraient pas.

« Ma chère, je m'occuperai personnellement du cas d'Ana. Et je peux déjà prédire une guérison complète. Outre la détermination de cette enfant, mes méthodes sont infaillibles », s'enorgueillit-il.

Klara sirota sa boisson chaude, le regard vissé au fond de sa tasse. Elle se sentait honteuse d'adopter un comportement agressif à l'encontre de l'homme qui les accueillait à bras ouverts et sans contrepartie. Les stigmates de la guerre forgeaient un caractère paranoïaque dont elle subissait les conséquences.

Dans le grand salon, les enfants s'amusaient à colin-maillard au milieu des chandelles éteintes et sous la protection des mères. Par moment, on entendait tousser le vieil homme, accoudé au piano tel un soiffard abandonné aux chimères d'un soir. Elle eut pitié de lui. La maladie consumait son souffle et il ne resterait bientôt que des ossements pour raconter sa vie.

« Klara ? »

Elle sursauta et reporta son attention sur Guillon.

« Pardon… Vous disiez ?

— Toutes mes condoléances pour votre époux. C'était un homme chanceux, il possédait deux si charmantes créatures. »

Sa gorge se serra. Klara sentit des larmes sillonner son visage émacié, tomber au coin de sa bouche crispée par la hargne et non par le chagrin. L'illusion de cette femme en deuil demeurait toutefois intacte.

Le vacarme d'une carriole abrégea la situation embarrassante dans laquelle Guillon l'empêtrait.

« Ah, enfin les voilà ! s'exclama-t-il.

— Qui ça ?

— Les ravitailleurs ! »

Le ciel s'était calmé. Ne subsistait qu'une fine bruine arrosant le chemin de terre.

Quatre hommes déchargèrent des sacs en toile gonflés à craquer. Leurs jurons proférés dans l'effort mirent Klara mal à l'aise. L'un d'eux, charpenté comme un buffle, lui lança un baiser lourd de sous-entendus.

« Ils sont un peu rustres, mais ce ne sont pas de mauvais bougres, assura Guillon. Rentrez vous mettre au chaud. »

Klara ne se fit pas prier et rejoignit le havre de paix où résonnaient les rires des enfants. Elle jeta un ultime coup d'œil par-dessus son épaule. Les ravitailleurs coulaient des regards indécents sur son déhanché pourtant si prude.

Guillon donna l'accolade au plus robuste d'entre eux.

« Vous avez fait bon voyage ? demanda-t-il.

— L'un des ponts a cédé près du village de Scuol. On

a dû rattraper la route cabossée par la rivière. Ce pauvre canasson a failli en crever ! répondit l'homme en flattant la crinière de l'animal. Ça mérite bien une consolation juteuse… Pas vrai, les gars ? »

Le visage de Guillon se ferma. Il détestait évoquer le sujet et payait un lourd tribut pour une cargaison de denrées périssables.

« Rose s'est pendue », annonça-t-il.

Son vis-à-vis haussa les épaules et lâcha un énorme sac de farine à ses pieds crottés.

« Bah, c'est triste… Celle-là fera l'affaire, ajouta-t-il en désignant Klara.

— Non. Pas elle.

— Tu te la réserves ! T'as bien raison, Guillon. Elle est de premier choix… », continua le plus costaud en lançant une œillade sans équivoque à ses compagnons.

Le trajet depuis le village de Vulpera les avait éprouvés.

Alors, comme chaque semaine, les ravitailleurs logeraient à la *Berghaus* pour la nuit et reprendraient la route au petit matin, leurs caboches embrumées par l'alcool et les ventres vidés de leurs stupres.

17

Colette

La truffe noire de l'animal rentra dans un trou si peu profond que Colette n'eut aucun mal à le déloger de sa tanière. Garrotté par des mains d'enfant, le blaireautin secoua l'épaisse fourrure censée le protéger du froid, pas de l'homme. Son museau allongé s'ouvrit sur de petites dents carnassières qui ne saisirent que du vent. Intriguée par la puissance de survie que déployait sa proie, Colette pencha doucement la tête et l'observa se débattre sous la bruine. « Elle fait de mauvaises choses, mais personne ne veut me croire. Elle pourrait te tuer, tu sais… », siffla-t-elle en resserrant l'étau sur sa prise.

Le bandage se mit à saigner. Comprimée par l'effort, la main gauche – qui, dans l'esprit de Colette, n'était pas la sienne – se révoltait en rouvrant les cicatrices de ses morsures. Enragée par les voix assassines lui soufflant d'abattre la bête, la fillette pesta et grogna quand ses phalanges endolories desserrèrent leur étreinte.

Soudain, le claquement lointain des sabots détourna sa colère. Une fraction de seconde bénie pour le mammifère qui détala à l'abri d'un fourré piquant, là où on ne se risquerait pas à le traquer.

La capuche rabattue sur ses cheveux roux, Colette rampa dans l'herbe humide comme un soldat à couvert. Du sommet de la colline, la petite madone avisa les ravitailleurs qui déchargeaient leurs gros sacs de marchandises. Elle imagina l'odeur alléchante du pain frais, en mastiqua mentalement la croûte encore croustillante.

Le jour était venu d'enterrer la mie.

Oubliant déjà le supplice infligé à l'animal, Colette regagna le Val en sautillant, le ventre affamé de gourmandises.

« On joue à cache-cache. Tu veux compter ? » l'interpella Valère depuis le grand salon. Ses mots hachés par l'essoufflement trahissaient une course effrénée, tout comme la sueur perlant sur son front.

Camouflant la main étrangère sous sa cape, la rouquine acquiesça. Au-delà de dix, elle inventerait des nombres. Puis elle débusquerait, un par un, les enfants planqués derrière une porte remuée de joyeux gloussements, dissimulés sous des lits en fer ou asphyxiés au fond d'une armoire. Les jeux s'enchaîneraient ainsi jusqu'au repas du soir. Alors, comme à son habitude, elle enfournerait des miches de pain dans les poches d'un manteau, arracherait la mie et courrait jusqu'au vieux puits pour l'enterrer. Elle ouvrirait la boîte en ferraille qui lui servait de garde-manger, préservant la consistance moelleuse de son butin. Sa mission accomplie, Colette rebrousserait chemin dans le secret de ses lubies.

Les lueurs bleutées du crépuscule fondaient sur la vallée quand Colette se faufila le long des couloirs silencieux. Elle s'attendait à ce qu'Arthur fasse irruption pour lui bloquer le passage, comme à son habitude. Mais il s'était volatilisé après la veillée. Personne ne l'avait croisé depuis et on ne se souciait guère de son absence.

Colette s'engagea dans le grand hall désert et s'approcha de la fenêtre qu'elle avait pris soin de bloquer à l'aide d'un minuscule morceau de bois. Chaque soir, Guillon verrouillait les portes, mais il s'avérait impossible de vérifier toutes les issues, tant le Val en comptait. Alors, sous les regards désapprobateurs des portraits de familles endeuillées, la petite madone échappa à l'emprise de Sinestra pour s'enfoncer dans l'obscurité.

Les poches bourrées de boules de pain, Colette contempla la clairière illuminée par un timide croissant de lune. Pour atteindre le puits, il suffisait de parcourir l'étendue sauvage déroulée devant elle comme un tapis de promesses. Mais soudain, l'agitation provenant de la *Berghaus* contraria son immuable rituel.

En contrebas du Val, l'auberge bruissait étrangement dans la nuit.

Mue par la curiosité, Colette emprunta le sentier rocailleux sinuant jusqu'à la rivière qui bordait la maisonnette aux rideaux tirés. La fraîcheur du soir empourprait ses joues mouchetées de taches de son. Le pain pesait lourd sur ses hanches maigrichonnes. Au mépris de son instinct qui lui criait de s'enfuir, Colette s'approcha du gîte réservé aux ravitailleurs et colla son nez froid contre la vitre.

Des geignements répétés s'étouffaient derrière les fenêtres dépourvues de jalousies.

Une lampe-tempête éclairait l'intérieur d'une

chambre tapissée de motifs en forme de papillons. Sa vue se brouilla un instant, le temps pour son cerveau d'analyser la scène qui se déroulait au-delà des fins rideaux. La faible luminosité suffisait à deviner les culs défroqués qui s'agitaient à tour de rôle entre des cuisses pâles maintenues par des pognes redoutables. Les ravitailleurs ahanaient comme des porcs. Et quand ils en avaient fini, un autre reprenait l'infâme besogne. La femme au fichu blanc sanglotait, secouée par les coups de boutoir qui s'éternisaient sur une couche souillée de leur débauche. Les cris assourdis par le bâillon plaqué sur sa bouche accentuaient l'horreur de son calvaire. On l'avait étendue comme un linge sale, livrée en pâture à une meute enragée.

La main gauche de Colette tâta le pain au fond d'une poche. Elle émietta la croûte, déchira la mie et répandit les miettes comme on disperse des cendres.

La jeune folle recula, hypnotisée par le cadre maudit de la fenêtre ouverte sur des fornicateurs à l'allure démoniaque.

Une branche craqua, là, tout près d'elle.

Elle fit brusquement volte-face et manqua s'embourber dans ce lieu écœurant de péchés. La rivière charriait à ses pieds des flots de brindilles qui butaient inlassablement sur la caillasse.

Plus loin, une silhouette curieusement voûtée se détacha dans la pénombre des bois. L'index posé sur sa bouche tordue, le vieil homme lui intima l'ordre de se taire.

Colette ne pipa mot quand il se rapprocha, sans bruit, dévoilant une denture gâtée par son sourire grimaçant.

Sa main malade attrapa celle qu'on lui tendait.

Peu lui importait de savoir où le vieillard l'entraînait. Le pire était derrière elle…

Ils avaient presque atteint le Val. Ses fenêtres aveugles semblaient happer leurs âmes errantes et ses toits pentus rappelaient étrangement des sourcils froncés par l'agacement. Mais, au détour d'un chemin ombragé, l'homme poussa brutalement Colette dans un bosquet. La petite n'eut pas le temps de crier. Des doigts crochus agrippaient son cou, écrasaient sa trachée au point que l'air refusait d'entrer.

« Tu comprends désormais ce qu'a ressenti ce pauvre animal ? éructa l'assaillant. Tu l'as serré si fort par le collet que tu aurais pu le broyer ! As-tu peur, Colette ? Car lui était terrifié ! »

Le vieillard relâcha brusquement la pression. Il épousseta sa veste comme s'il chassait sa propre culpabilité.

« Ta main gauche n'est en rien responsable de tes actes. Seul ton esprit la contrôle. Souviens-toi toujours de ça, petite. Et oublie tout le reste… »

Colette aurait voulu hurler, mais aucun son ne sortait de ce gosier à l'agonie. Et, tandis que l'homme regagnait le Val Sinestra en crachant ses poumons dans un mouchoir de poche, la petite madone se mit à compter les boules de pain disséminées dans les buissons.

Elle fouilla longtemps, sans jamais retrouver celle qui manquait…

18

Arthur

Mains croisées sur l'abdomen, Arthur fixait le plafond comme s'il flottait sous un océan de glace. Forcé à l'isolement, il avait sangloté comme un mioche. Puis les larmes s'étaient taries, l'abandonnant à des yeux secs et brûlants. Dépourvue de repères temporels, son horloge interne se détraquait au point de compter à rebours les repas ingérés. Arthur n'éprouvait ni la faim ni la soif. On le nourrissait d'une inépuisable solitude.

Depuis quand n'avait-il pas dormi ? Son corps ne montrait aucun prélude à la fatigue. Le traitement d'*il docter* s'avérait miraculeux pour qui ne craignait pas sa propre compagnie. Si seulement on ne l'avait pas cloisonné entre quatre murs… Arthur sentait le confinement virer à l'oppression. Les parois de la chambre se resserraient sur les angoisses de son passé ; sur ce modeste logis de la rue Lestienne où sa mère l'avait enfanté, nourri au sein et chéri d'un amour inconditionnel ; sur cette sale guerre qui ravageait le bonheur au lance-flamme. Il n'en resterait bientôt que les cendres dispersées sur la mélancolie d'un souvenir.

Arthur eut la désagréable sensation qu'une enclume écrasait sa poitrine.

Il inspira profondément. Le gaz stimulant se propagea dans ses cellules. Alors il se redressa, s'empara du livre échoué au bas du lit, le reposa brutalement, se rallongea, tourna sur lui-même. Et recommença, toupie vivante et virevoltante.

« J'sais bien que vous m'entendez ! Ohé ! J'veux pas moisir ici ! » cria-t-il en direction du microphone.

Pour sûr qu'ils m'écoutent ! Peut-être même qu'ils m'observent tournicoter dans leur maudite souricière ! Attendez donc de voir ça...

Arthur bondit hors du lit, baissa son pantalon et déféqua dans la cuvette en poussant des grognements de contentement exagérés.

Culotte aux chevilles, il traversa la pièce avec une démarche de forçat et colla sa bouche contre le micro.

« Ça vous a plu ? Eh, répondez-moi ! Je sens que vous êtes là ! »

Ses narines frémirent quand il renifla le vide autour de lui. Puis son poing s'abattit contre la vitre sans tain.

« Sortez-moi de là ! »

Le sifflement des conduits augura une nouvelle injection de gaz. Le jeune captif s'affala sur le lit dans un éclat de rire. Ses bras le démangeaient, ça grouillait sous sa peau. Alors il se mit à gratter compulsivement le derme à vif.

Je pourrais faire semblant de pioncer pour les mater... Oui... Mais s'ils utilisaient davantage de gaz ? Non, non... Ce serait dangereux... Devrais-je plutôt taquiner leur curiosité ? Peut-être souhaiteraient-ils savoir pourquoi Michèle pleure toutes les nuits ? Ou comment Marcel s'est entiché de la petite Jacqueline ? Et ce bougre d'Henri qui chipe les rations en cuisine pour farcir sa bedaine déjà bien grasse ! Sans parler de la façon dont Colette utilise sa main pour torturer de pauvres animaux... Pire encore, dévoiler la nature écœurante de Valère qu'on rosserait à coups de martinet, si la chose se savait ! Je les dénoncerai tous ! TOUS ! Mais pas maintenant... Chut, calme-toi ! Sois patient, leur tour viendra...

Derrière les vitres opaques, on s'entretenait à propos de l'évolution comportementale du sujet enfermé dans la pièce scellée. Les conclusions défendaient la poursuite de l'expérience, même menée sous haute surveillance.

« Il ne tiendra pas vingt et un jours…, dit sombrement *il docter*. Ses réactions sont étonnamment inappropriées.

— Douteriez-vous de l'issue favorable de vos travaux ?

— Non, *signur*. Je note seulement que sa conduite défie toute logique. Arthur présente une agitation anormale. Son irritabilité pourrait nous causer du souci…

— La science s'acoquine mal avec la logique. Je ne vous apprends rien, docteur. Et puis, notre nouveau veilleur de nuit établira un rapport quotidien. N'est-ce pas, Ronan… Roland ? Approchez ! »

Retranché dans un renfoncement de la pièce, le vieillard débarqué du dernier convoi opina du chef. Déchiré par une énième quinte de toux, son gosier le privait de ses mots.

« *Signur*, vous n'êtes pas sérieux ? chuchota *il docter*.

— D'autres patients requièrent vos soins. Cet homme assurera votre relève une partie de la nuit, quand l'activité est moins dense. Il vous suffira de lui indiquer le protocole à suivre en cas de problème. Quitte à nourrir une bouche, autant la mettre à contribution…

— Et s'il parlait, justement ?

— Regardez-le. Il s'étouffe au moindre effort… Quand bien même, nous ne faisons rien de mal ! »

Il docter soutint le regard de Guillon, espérant déceler une lueur chafouine qui démentirait l'aberration de ses propos.

La sincérité de ses yeux rieurs le glaça d'effroi.

19

Valère

Valère émergea d'un sommeil peuplé de rêves étranges, dans lesquels le héros immortel triomphait d'un monstre terrifiant nommé Arthur. Les caprices de l'imagination déformaient la réalité en puisant dans le terreau des peurs profondes. Et l'insigne crainte de Valère était son attirance pour ce garçon. Un amour banni des bonnes mœurs.

Le jeune auscitain enfila une culotte courte qui bâillait sur ses hanches étroites, boutonna une chemise propre, puis il boucla une paire de bretelles sur la maigreur de ses épaules.

Valère descendit aux cuisines. Les odeurs d'épices couvraient l'âcreté des fourneaux. Il avisa l'échine courbée d'une femme dont les mains crispées s'agrippaient au rebord de l'évier. On la reconnaissait au fichu qui enrubannait sa chevelure cendrée tirant sur le blanc. Klara enveloppait ses épaules secouées de terribles sanglots, mais la mère de la petite Jacqueline semblait affligée d'un mal que nul n'apaiserait jamais. Deux autres femmes se tenaient en retrait, comme par peur d'une contagion.

Piqué par la curiosité, le garçon se cacha derrière le battant d'une porte pour espionner les propos échangés sur le ton de la confidence.

« Ils m'ont forcée... Ils ont menacé de s'en prendre à Jacqueline si je ne... Oh, mon Dieu, Klara !

— Tu ne crains plus rien. J'ai entendu leur canasson hennir quand ces brutes sont reparties à l'aube...

— Ils reviendront... Rose savait de quoi ces monstres étaient capables ! Elle nous avait mises en garde !

— Nous trouverons un moyen de nous défendre et de protéger nos enfants. Je t'en fais le serment... »

Une latte en bois craqua sous sa semelle. Valère proféra une série de jurons.

« Ah, nous avons un visiteur », lâcha Klara.

Honteuse, la femme au fichu le bouscula et se rua dans le hall. Valère n'eut le temps d'entrevoir qu'un visage tuméfié qui luisait sous les larmes. Deux autres silhouettes se fondirent dans son ombre, fugaces, inconsistantes. Comme le sont les fantômes.

La mère d'Ana s'approcha de lui et, d'une voix douce, elle demanda :

« Tu veux un bol de lait chaud ? »

Valère acquiesça. Il s'attabla sans un mot, abîmé dans la contemplation des grumeaux flottant à la surface.

« Mange. La marmelade d'orange... *ist köstlich*[1]. »

Le garçon fronça les sourcils et ravala sa question quand une ribambelle de mouflets décida d'investir les cuisines.

Le tintement des cuillères sur la faïence rivalisait avec le tapage des chicaneries. Assise en bout de table,

---

1. « Est délicieuse » en allemand.

Colette demeurait silencieuse, jetant des regards en biais, comme si elle se jugeait étrangère au monde environnant.

Valère sentit un coude s'enfoncer dans ses côtes. Ana le sondait de ses yeux aveugles tout en martelant allègrement ses flancs.

« Ça te dit d'aller te promener ? murmura-t-elle.

— Oui. Si tu arrêtes de me cogner. »

La fillette pouffa doucement et, en guise de pénitence, déposa un baiser sur sa joue. Bien que le contact de ses lèvres humides le dérangeât, Ana adoucissait l'âpreté de son cœur.

Ils quittèrent le Val pour se balader sous un cagnard du diable. Le brasillement du soleil sur l'immensité des vallons amplifiait le paysage à en donner le vertige.

« On va à la clairière ?

— Non. Je t'emmène dans les bois, répondit Ana, sa poupée trimballée à bout de bras.

— Toi, tu m'emmènes ? s'étonna Valère.

— Oui, aujourd'hui, je serai ton guide ! »

Il émanait d'Ana une telle fierté que la contrarier lui aurait probablement brisé le cœur. Valère lui emboîta le pas, pétri d'angoisse à l'idée qu'il pût arriver malheur à son amie. Le ventre noueux des Grisons regorgeait de pièges tendus par la nature. Une racine embourbée suffirait à s'engluer dans ces branchages tissés comme des toiles sur leur passage.

« C'est dangereux… On ignore ce qui vit là-dedans.

— Tu penses aux fauves de Sent ? T'inquiète pas, ils n'existent pas. Le docteur les a inventés pour nous flanquer la frousse !

— Et comment tu le sais ? s'indigna Valère.

— Fais-moi confiance.»

La petite comptait. *Vingt pas à droite. Douze à gauche.*

Elle commentait. *Contourner les souches. Emprunter le sentier le plus ombragé.*

Elle mesurait. *Le ruissellement intense des rivières, les clapotis sur les roches.*

Elle sentait. *La fragrance des pins et de la terre.*

Elle écoutait. *Les craquements sous ses pieds, le pépiement des oiseaux, le bruissement des feuilles.*

Elle voyait… *l'obscurité dissoute par ses sens.*

Parvenue à un embranchement, Ana ralentit. Sa main se hissa en direction des branches.

«Les rubans de Colette… Elle m'en a parlé à la veillée. Prenons l'autre sentier.»

Abasourdi, Valère marcha sur ses talons avec le sentiment écrasant d'être épié. Valsant au rythme de leurs pas, les ombres léchaient leurs cœurs vulnérables.

Le chemin débouchait sur une zone clairsemée nimbée de lumière.

«Nous y voilà! On s'assoit?» proposa Ana en se laissant choir dans l'herbe. Ses genoux formaient deux coudes brûlés par le soleil. Des auréoles rougeâtres mordaient sa peau découverte.

«C'est incroyable! T'étais déjà venue ici?

— Oui. Une fois. Tu sais, quand on n'a plus ses yeux, on ressent mieux les choses… Tu veux essayer?

— Non, je…

— Allez, fais pas ton chichiteux! Bande-toi les yeux.»

Valère prit l'étole qu'on lui tendait. Il l'enroula autour de son front et la noua à l'arrière du crâne.

«Tu es prêt?

— Prêt à quoi ?

— À me chercher, bougre d'âne ! Sers-toi de tes oreilles ! Et pas de triche… Promets !

— Ana, c'est pas une bonne idée…

— T'as les foies, ma parole ! »

La voix d'Ana lui parut soudain distante. Elle s'était déjà mise en route. Valère se concentra sur les sons environnants. Prisonnier de l'obscurité, son esprit répondait étrangement aux stimuli. Un bourdonnement près de son oreille déclencha une vive réaction de défense. Sa main fouetta l'air brûlant pour chasser l'insecte infiniment petit. Les ténèbres réveillaient les peurs, décuplaient les angoisses et restituaient l'hostilité du monde.

Honteux de se comporter en pétochard, Valère força son attention et, pas à pas, il traça le rire cristallin d'Ana qui se perdait déjà dans un écho lointain. Les mains tendues devant lui pour parer aux obstacles, Valère progressait trop lentement et la distance entre eux commençait à l'alarmer.

Subitement, un cri déchira *sa nuit*.

Ana !

Il arracha le bandeau. Une lumière brutale l'éblouit au point qu'il en perdit un instant tout repère. Valère avait mobilisé tant d'efforts pour parcourir si peu de terrain ! Son cœur s'affola quand il aperçut la poupée d'Ana, abandonnée près d'un buisson.

« Ana, où es-tu ? Réponds-moi ! »

Il se mit à galoper comme le damné qu'il était pour avoir cautionné ce jeu stupide. Plus loin, les buissons se resserraient sur un chemin de ronces agrippant une sandale blanche.

Elle appartenait à la fillette.

Une sorte de couinement aigu s'éleva derrière la barrière végétale. Valère s'élança à travers les branches qui lui sciaient les mollets. Les sons inhumains déclenchaient une terreur indicible jusque dans sa chair. La chaleur anormalement élevée compliquait le désastre de ses déplacements désordonnés.

« Ana !

— Ici… », souffla une petite voix.

Valère se figea.

Ana rampait sur le sol boueux pour échapper aux assauts affolés d'un cochon. L'animal crachait sa terreur par le groin, balançait sa couenne en poussant des grognements effroyables.

« Le voilà, le fameux fauve de Sent ! N'aie pas peur, c'est rien qu'un cochon de lait ! s'exclama Valère.

— Et qu'est-ce qu'il fait là, hein ? Y a des gens ici ? »

Il jeta un œil alentour et devina l'ossature d'une fermette étranglée par le lierre. Ça puait la fosse à purin…

« Je l'ignore, Ana… », avoua Valère, soudain mal à l'aise.

Un coup de fusil explosa dans son dos. Le tireur venait d'abattre froidement le porcin d'une balle dans la tête. La bête s'écroula dans un geyser de sang.

« Il n'aurait pas dû forcer son enclos, plaida Guillon. Voilà ce qui arrive aux enfants désobéissants. »

Tétanisé, Valère dévisagea l'homme qui se dirigeait tranquillement vers Ana.

Les hurlements de la fillette s'élevèrent dans l'immensité mystérieuse des Grisons comme si le diable en avait lui-même écrit la chanson.

20

Signur Guillon

Guillon les avait sermonnés pour s'être aventurés seuls dans les bois. Il aurait pu s'en tenir là et passer outre leur imprudence, mais, de retour au Val, il donna l'ordre aux mères de rassembler l'ensemble des pensionnaires dans le grand salon.

Curieux, les enfants se pressèrent pour se placer aux premières loges de ce rendez-vous inhabituel qui augurait certainement une nouvelle de la plus haute importance. Klara, informée de la situation embarrassante dans laquelle Ana s'était enfoncée, entraîna sa fille à l'écart :

« Qu'est-ce qui t'a pris ? Tu n'as donc aucune notion du danger ?

— Nous ne faisions rien de mal…

— Guillon est furieux ! Estime-toi chanceuse qu'il t'ait rendu ta poupée…

— Colette se balade bien toute seule et personne ne le lui reproche…

— Tu es aveugle, Ana ! Aveugle ! C'est toute la différence. Tu sais dans quels tourments ton état me plonge ? Tu aurais pu t'égarer ou te blesser… Oh, mon Dieu, ma chérie, s'il t'arrivait malheur, jamais je ne me le pardonnerais… *Niemals*…

— *Signur* Guillon a tué le cochon, maman. Pourquoi il a fait ça ?

— Selon lui, la bête était malade. Il l'a abattue pour vous protéger, toi et cet idiot de Valère ! »

Surprise par les toussotements du vieil homme accoudé au piano, Klara baissa d'un ton. Les doigts du vieillard déformés par l'âge flattaient la laque noire comme on effleure les courbes d'une épouse.

« En grandissant, reprit-elle, tu comprendras que la vie nous impose parfois des choix terribles… »

Face à l'assemblée, Guillon tenait Valère sous sa coupe.

« Un peu de silence, je vous prie ! »

Les chuchotements cessèrent sans délai.

« Je vous ai réunis dans le but de clarifier une situation qui devrait, après démonstration, échauder le plus audacieux d'entre vous. Voyez-vous, lorsque j'ai décidé d'apaiser le chagrin des âmes torturées par la perte d'un enfant, j'ai compris que mon art leur offrait l'immortalité. Contemplez-les, non en victimes, mais comme des êtres purs accédant à la béatitude éternelle… Certains sont mort-nés, ici même, au Val Sinestra, et j'en fus dévasté… Quand la guerre a éclaté, j'ai compris que ma vocation évoluait. Mon art ne suffisait pas. Je devais venir en aide aux victimes, aux opprimés, aux malades. Vous venir en aide, mes chers amis ! Et je me suis promis que plus jamais je ne verrais mourir un enfant à Sinestra. »

Son allocution ennuyeuse arrachait des bâillements à l'auditoire empreint d'un respect religieux.

« Et aujourd'hui, l'un d'entre vous a risqué la vie de l'autre en l'attirant dans les bois, compromettant la promesse que je me suis faite. Je refuse de laisser la chose impunie. Que cela serve d'exemple… »

Il tira l'objet dissimulé derrière son dos. Un hoquet collectif secoua l'assistance.

« Valère, baisse ta culotte. »

Les bras de Klara se refermèrent sur sa fille.

« Maman ? Que se passe-t-il ?

— Bouche-toi les oreilles, Ana…

— Mais pourquoi ? Valère n'a rien fait !

— Et ferme aussi ta bouche. »

Tremblant, Valère protesta, implorant l'aide de ses compagnons impuissants.

« Baisse ta culotte ou c'est moi qui m'en charge », insista Guillon.

Le tissu glissa sur ses jambes. Humilié, les mains en croix sur son entrejambe, l'enfant sanglotait.

« Maintenant, tourne-toi et appuie-toi sur la commode.

— *Signur*, non ! »

Valère comprit trop tard qu'il était inutile de se rebeller. Son tortionnaire n'avait qu'une parole. Empruntée au registre du diable.

Guillon fit brutalement pivoter Valère. Il exhiba la peau tendre de ses fesses. Sa main caressait les coutures en cuir d'un martinet. D'un coup sec, les lanières entamèrent les chairs de l'enfant. La douleur cuisante de l'humiliation le condamnait au pire des supplices. Celui de subir sans personne pour le secourir. Il hurla si fort que sa voix se brisa, le corps dévasté par la morsure du fouet, le cœur déchiré par son échine courbée. Ses cris s'enrouaient à mesure que Guillon jouissait de sa dérouillée.

Ça n'en finira jamais. La souffrance, la honte. À jamais gravées.

« Arrêtez ! hurla l'une des femmes. Ce n'est qu'un enfant ! »

Ana profita de la diversion pour échapper à l'étreinte de sa mère.

« *Signur* Guillon, pitié ! Valère n'est pas fautif ! Je l'ai supplié de m'accompagner ! »

L'homme considéra la jeune aveugle. Elle se frayait un chemin au milieu des enfants silencieux. Comment une fillette de onze ans osait-elle l'affronter publiquement ?

« Cela est bien regrettable… Il n'en demeure pas moins que Valère aurait dû refuser de courir un tel risque. Dois-je donc te punir, toi aussi ? »

Klara repoussa la femme au fichu qui tentait de la retenir et s'élança vers sa fille.

« Ça ne se reproduira plus. N'est-ce pas, Ana ? Présente tes excuses à *signur* Guillon.

— Pardon, c'était mal… », soupira la petite.

Guillon la jaugea un instant, puis ses dents – qui auraient pu la dévorer tout cru – se dénudèrent sur un sourire satisfait.

— Je te pardonne, chère enfant. Ton ami peut se rhabiller… Qu'attendez-vous ? Allez, ouste ! Retournez donc à vos activités ! »

Valère se rhabilla. Trop tard. Guillon l'avait déjà brisé.

Le salon se vida sans bruit comme on déserte un cimetière après des funérailles. Tenant fermement sa fille par la main, Klara s'apprêtait à suivre le mouvement, quand Guillon l'agrippa par l'épaule.

« Ana reste avec moi. C'est l'heure de sa séance et, compte tenu de ses progrès, nous ne voudrions pas ralentir sa guérison, n'est-ce pas ?

— Évidemment, *signur*, consentit Klara.

— Parfait ! Suis-moi, petit ange, et je te rendrai tes yeux. »

La fillette serra la poupée contre sa peau brûlée par le soleil.

Sa mère avait raison, la vie imposait parfois des choix terribles. Se soumettre aux volontés de Guillon était de ceux-là…

21

Ana

Le torrent de Brencla déversait ses eaux curatives en fracassant les roches sous une avalanche de cascades vertigineuses. En dépit du souffle brûlant chuchotant sur les Grisons, Ana grelottait d'épuisement. Guillon l'avait baladée à travers la nature foisonnante dans le but d'atteindre le point culminant de la vallée. Elle l'écoutait palabrer sur l'harmonie des paysages qu'il prétendait singulière. La voix radoucie, le tueur de cochon discourait sur ce paradis préservé de la folie du monde. Les coups portés à Valère semblaient pacifier sa colère, pauvre défouloir d'une rage arbitraire. Ana n'en demeurait pas moins méfiante, car derrière ses prunelles émerveillées Guillon appartenait aux enfers du Val Sinestra...

De fines gouttelettes humidifiaient ses joues rosies par le soleil. Contrairement au ruissellement apaisant des rivières, la violence des chutes générait l'angoisse d'un piège sur le point de se refermer. Les courants enflaient de toute part et la puissance des eaux n'offraient aucune échappatoire.

« Ana ? »

Face à l'inertie de l'enfant, Guillon prononçait son prénom à la manière d'un commandement indiscutable.

Elle tourna la tête en direction de sa voix.

« Approche. »

La mâchoire serrée, Ana obtempéra. Des mains d'homme se refermèrent sur sa taille. Guillon la souleva pour la caler contre son gros ventre. Les gambettes de la petite s'écartèrent pour battre le vide à cheval sur des cuissots solides. Guillon aimait l'asseoir dos à lui. Il ne l'avouait pas ouvertement, mais son corps l'exprimait à son insu, par cette bosse qui grossissait sous la toile du pantalon et bombait le mince tissu de sa robe à volants. Il se frottait parfois contre ses fesses, prétextant une mauvaise assise. Ana savait que c'était mal. Pourtant, elle demeurait muette et subissait les abus, endossant la responsabilité des passions perverses déclenchées par son corps d'enfant.

L'haleine de pain d'épices balaya son visage impavide.

« Commençons, veux-tu ? Souviens-toi de ce jour-là… Quel temps faisait-il ?

— Il pleuvait. »

Ana reconnut le crissement de la mine sur le papier.

« Avais-tu froid ?

— Non. »

Des doigts effleurèrent ses seins naissants. Sans doute par accident.

« Ta mère et toi marchiez dans la rue, n'est-ce pas ?

— Papa était là aussi.

— Te tenait-il par la main ?

— Non… Maman était fâchée contre lui.

— Pourquoi Klara était-elle fâchée ?

— Je ne sais pas…, mentit Ana. Elle voulait que j'avance plus vite, mais les pavés m'avaient déchaussée.

— Ensuite ? »

Ana ignora la paume calleuse malaxant l'intérieur douillet de sa cuisse.

« J'ai entendu des cris.

— D'où provenaient-ils ?

— De derrière. Je me suis retournée. Maman aussi.

— Et c'est à ce moment que tu as vu ton père agenouillé…

— Un soldat allemand lui crachait dessus.

— Comment sais-tu qu'il s'agissait d'un Allemand ?

— À cause de l'aigle cousu sur son uniforme… Et de l'emblème des nazis…

— Concentre-toi, Ana. À quoi ressemblait-il ?

— Il avait les yeux gris, le teint pâle, la coiffe courte des semeurs de mort et une bouche charnue née pour vomir la haine… »

Guillon se racla la gorge. Les coups de crayon fusaient sur le carnet pendant que sa main libre remontait lentement vers la culotte d'Ana.

« Il pointait une arme sur le front de ton père, c'est exact ?

— Pan ! »

Un doigt s'immisça sous la couture.

« PAN ! » hurla la fillette.

Surpris, Guillon retira sa main.

« Le soldat a tiré ? interrogea-t-il.

— Splash ! La tête de mon papa a explosé comme celle du cochon !

— Qu'as-tu ressenti à cet instant ?

— Ça m'a fait mal… »

Un détail le chiffonnait dans le récit de la petite.

« Dis-moi, Ana, le briscard portait-il un casque ? »

Elle hocha la tête puis ajouta :

« Une visière lui cachait la moitié du visage.

— Alors, comment peux-tu le décrire avec tant de précision, au point d'évoquer la couleur de ses yeux ?

— C'est pourtant évident ! Je l'avais déjà vu avant…

— Où, Ana ? »

Si tu parles, nous irons nourrir les bûchers !

La fillette se mordit la langue et la tourna sept fois dans sa bouche contrariée.

Elle s'attendait à ce que Guillon la force à cracher ses secrets par tous les orifices, mais la providence l'épargna. Quelqu'un approchait… Elle percevait son énergie comme un courant électrique véhiculé par l'alliance de l'eau et de l'air.

Guillon dégagea ses genoux. Quand il la posa à terre, Ana bénit la tiédeur de la souche qui siégeait sous ses jupons. Elle entendit le cri du gravier écrasé, le martèlement des socques mordant la poussière et elle se délecta de la stupéfaction de Guillon :

« Que faites-vous là ? »

Une présence importune suspendait le silence aux chants des cascades, telle la menace d'un danger imminent.

Ana prêta l'oreille à l'environnement immédiat. *Le sifflement d'une feuille qu'on déchire... Non ! Plutôt celui d'une enveloppe décachetée à la hâte...*

« Des nouvelles de France », commenta Guillon.

La fillette sursauta quand le messager chassa l'air vicié de ses poumons malades. Avare de mots, le vieil homme ne parlait jamais, ce qui le rendait plus énigmatique encore depuis son cocon d'obscurité…

« Oh, mon Dieu, non…, lâcha Guillon. La séance est finie. Rentrons, Ana. »

Elle bondit sans demander son reste et lissa frénétiquement les plis froissés de sa robe virginale.

Entourée des deux hommes, Ana se surprit à mentaliser Satan en bonhomme de pain d'épices. Et Dieu atteint de consomption.

22

Arthur

Guillon fit irruption dans le laboratoire. *Il docter* se renversa sur son siège, lequel bascula, manquant de lui faire mordre le béton. La fatigue avait entraîné une baisse de vigilance impardonnable. L'œil aussi vif qu'une carpe à l'agonie, il s'évertua à donner le change en accueillant son compère à bras ouverts.

« *Signur !* Le vieux fou vous a-t-il remis l'enveloppe apportée par les hommes de Vulpera ?

— La voilà. »

Guillon balança la missive sur une console dont il ne maîtrisait pas tous les usages.

« Vous avez l'air bien sombre…

— Lisez… »

Il docter prit connaissance du contenu de la lettre. Il s'épancha en onomatopées grotesques puis replia consciencieusement la feuille en lançant un regard attristé vers la chambre scellée.

« Comment va notre patient ? » interrogea Guillon.

Le praticien se racla la gorge pour atténuer la gravité de sa réponse :

« Il cherche à entrer en contact avec nous par le biais des microphones… Ses propos perdent en cohérence au fil des heures. Savez-vous qu'il s'est plaint des cafards ?

— Des cafards ? s'étonna Guillon.

— Il souffre indiscutablement d'hallucinations et développe une paranoïa sévère… Tout est inscrit dans mon rapport. »

Guillon ignora le feuillet de suivi journalier qu'on lui tendait.

« A-t-il dormi ? s'inquiéta-t-il.

— Pas une seconde en trente-neuf heures…

— Parfait, ça signifie que votre traitement fonctionne, mon cher *docter* !

— Et je m'en félicite. Cependant, bien que le taux d'oxygène corresponde à celui d'une activité normale, je m'interroge sur les séquelles provoquées par l'inhalation…

— Se nourrit-il correctement ? » le coupa Guillon.

Il docter pâlit et répliqua :

« Arthur n'a pas touché à la nourriture mise à sa disposition… Seigneur, il préfère consommer ses propres excréments !

— Une manière intentionnelle de nous contraindre à le libérer, selon vous ?

— Je pencherais davantage pour un effet secondaire du gaz stimulant… »

Guillon afficha une moue boudeuse. Il interrogea son acolyte du regard. Celui-ci poursuivit :

« Compte tenu de la dégradation préoccupante de sa santé mentale, je suggère que nous épargnions une telle épreuve à Arthur. Dieu sait quelle réaction redoutable provoquerait l'annonce de ce drame… »

Leurs regards convergèrent vers la lettre échouée comme un linceul sur une batterie de boutons-poussoirs et d'appareils de mesure.

« Et si nous renversions le cours du destin ?

— J'ai peur de ne pas comprendre, *signur*...

— Ouvrez les micros.

— Guillon, non...

— Je ne requiers pas votre assentiment, *docter*. »

Le médecin hésita un instant avant de se résoudre à enclencher la commande. On sollicitait parfois son avis à titre consultatif, mais en définitive les décisions ne lui appartenaient pas. À Sinestra, Guillon détenait les pleins pouvoirs.

« Allez-y. Il vous entend. »

Dans la chambre close, les parasites vrillèrent les tympans d'Arthur.

Assoiffé d'une écoute réceptive à son tourment, il se rua vers le microphone. Se coller au coffrage s'avérait inutile, le son retentissait singulièrement dans l'espace réduit de sa cellule. Seule l'illusion de proximité motivait la démence plaquée sur son visage.

« Bonjour, Arthur. Reconnais-tu ma voix ? C'est moi, Guillon... »

La vitre sans tain renvoya le sourire creusé sur les joues faméliques du jeune garçon.

« Nous avons reçu des nouvelles de France ! J'aimerais que tu m'écoutes attentivement... »

Les doigts écartés de part et d'autre du récepteur, Arthur secoua vivement la tête.

« Les flammes ont ravagé certains commerces de Lens à la suite d'une rébellion menée par les opprimés..., reprit la voix. *Mais je tenais personnellement à*

t'annoncer que ta mère avait survécu au carnage. On m'écrit qu'elle n'a de cesse de te chercher ! Arthur, ta mère est en route pour la Suisse et s'apprête à nous rejoindre ! »

Un hoquet bouleversant retentit derrière la cloison.

« Sois fort, mon garçon. Bats-toi pour elle... »

Il docter se pinça les lèvres et coupa le microphone.

« Vous êtes diabolique, *signur.* »

Derrière l'épaisseur des murs, la bouche entrouverte sur un cri muet, Arthur essuya sa figure baignée de larmes. Ainsi se manifestaient les émois du bonheur. Mû par une énergie qui ne cessait de croître, son corps dégingandé se mit à tournoyer sur lui-même pour une étrange valse rythmée par la seule musique du cœur. Il percevait déjà l'air vivifiant des Grisons draper leurs poignantes étreintes.

Sa mère ne l'avait pas abandonné au triste sort des orphelins de guerre.

Elle était en chemin.

Aussi vivante que l'était leur amour.

23

Colette

Quatre étages séparaient l'euphorie d'Arthur des tourments de Colette. Aucun des deux n'avait conscience du fossé émotionnel qui les isolait, l'un flottant sur une rive paisible et rassurante, l'autre se débattant dans la fange de ses eaux troubles.

À l'étage des enfants, les remous noyaient les occupants de la chambre verte sous des jeux pervers. Agencées à l'identique, les pièces se différenciaient seulement à leurs teintes criardes. Colette préférait la chaleur des lés rouges dans les appartements qu'occupait Ana, mais elle avait fini par s'habituer à la morosité des murs de jade en les associant à ses passe-temps.

La rouquine fixait la bedaine d'Henri avec dégoût. Entraîner ce goulu dans sa chambre n'avait requis que peu de persuasion. La promesse d'une pâtisserie bien crémeuse l'avait aveuglément convaincu. En bon pécheur par gourmandise, ce gros lard s'était même plié à ses gages sans la moindre réticence.

Les yeux pleins de malice, Colette avança vers le garçon ligoté aux barreaux du lit. Elle l'avait forcé à se déshabiller – *sinon, pas de gâteau* –, à haleter comme un chiot, à supplier comme un homme, avant d'entraver ses poignets à l'aide de rubans colorés.

Tout ce qu'elle avait exigé, Henri le lui avait donné. Mais sa main senestre réclamait toujours plus.

L'humiliation rassasiait peu son puissant désir de souffrance, alors la poigne se referma sur les parties génitales d'Henri avec une violence inouïe. L'attaque offrait la sensation de broyer deux œufs mollets sans en tirer le moindre jus. Le garçon se mit à hurler. La douleur était atroce. Ses doigts s'exercèrent à plusieurs reprises sous les supplications éplorées du gamin dont la panse réclamait désormais le jeûne, *à cor et à cri*. Elle lui pinça le sexe, serra, donna des coups dans son ventre graisseux qui tremblait comme une fricassée de volaille dans une poêle. Écœurée par la vision de cette chair blanche et flasque, Colette fit deux pas en arrière et, d'un ton calme, elle le mit en garde :

« Si tu parles à quelqu'un, j'enfoncerai mon tas de mie moisie dans ta gorge jusqu'à ce qu'il t'étouffe. »

La bouche tordue, Henri secoua vivement la tête.

« Laisse-moi partir, je promets que je ne dirai rien ! »

Les yeux rougis et le teint livide, le garçon tira timidement sur ses liens. Colette le gratifia d'un sourire malveillant. Elle s'étonna :

« Et ta récompense bourrée de crème, tu n'en veux plus ?

— Il n'y a jamais eu de gâteau…, rétorqua-t-il.

— Tu me traites de menteuse ?

— Non !

— Si. »

Épouvanté, Henri se mit à trembler quand Colette

s'approcha du lit. Elle rampa sur la couverture telle une sangsue. Son bras gauche pendait mollement dans le vide, si bien qu'il était impossible de savoir ce qu'elle farfouillait. Colette se tordit pour atteindre l'espace sous les montants en bois. Son coude se replia doucement, dévoilant l'offrande au creux de sa main.

« Mange. »

Le garçon fixa la tranche informe qui s'écroulait sous une épaisse couche de mousse. La mixture chocolatée rappelait vaguement un dessert confectionné par la plus jeune des mères. On le leur avait servi au souper dix jours plus tôt…

« Je ne veux pas de ton gâteau tout pourri…

— Avale ! »

Colette pressa les joues d'Henri puis enfourna l'infâme galette dans sa bouche. Pris de nausées, le gamin recracha intégralement la mixture introduite de force.

« Arrête ! » supplia-t-il.

Sa terreur dévia en direction de la porte quand, soudain, son visage bouffi s'éclaira.

Colette sentit une présence dans son dos. Contrariée, elle se retourna lentement.

« Que se passe-t-il ici ? »

Sur le seuil, la mère d'Ana évaluait la situation avec un effarement maîtrisé.

« Mon Dieu, Colette, qu'as-tu fait ? »

Klara se précipita vers Henri pour le détacher. Elle défit les liens trop serrés qui creusaient des sillons rougeâtres à l'endroit où le sang cessait de circuler.

« Henri ?

— On jouait, madame… », assura le jeunot.

Abandonnant ses vêtements aux côtés de sa dignité,

il détala loin de la diablesse dissimulée dans un corps d'ange.

Klara interrogea Colette d'un regard sévère. Le trouble s'inscrivait sur le visage de la rouquine. Sa main sale se cala sous son menton. En un geste compulsif, elle barbouilla sa joue en remontant jusqu'à l'oreille.

« Henri vous l'a dit, on s'amusait.

— Il avait l'air plutôt effrayé… Pourquoi l'as-tu attaché ?

— Ce n'est pas moi. C'est elle, répondit la menue madone en désignant sa main gauche.

— D'accord… Lui a-t-elle fait du mal ? »

Colette hocha la tête. Ses boucles rousses rebondirent sur ses épaules rentrées.

« Comment la main s'est-elle comportée ?

— Elle l'a pincé. Elle l'a serré. Très fort.

— Où ?

— Là… »

Colette pointa son pubis.

Le cœur déchiré sous sa poitrine généreuse, Klara contint les larmes d'un passé conjugué au présent.

« Tu éprouves du plaisir à infliger de la douleur ?

— Parfois…

— Pour quelle raison, selon toi ?

— Parce que je vais mal… »

Ses réponses concises glaçaient le sang.

« Tu l'avais déjà fait avant ? Je veux dire… avant la tragédie qui a frappé ta mère ?

— Oui… Une fois, ces doigts ont étouffé des oisillons tombés d'un nid. Ils sont tous morts maintenant… Quand elle l'a découvert, Rose s'est mise à pleurer. Elle pleure souvent. Je crois qu'elle a de la peine pour moi. »

Elle se sentait impuissante à sauver sa propre enfant. Peut-être même endossait-elle la responsabilité de ta folie..., songea Klara.

Qu'il était étrange d'écouter Colette parler de sa mère au présent. Elle l'appelait par son prénom... Sans doute érigeait-elle des barrières mentales censées protéger sa raison d'une réalité insoutenable.

« En as-tu discuté avec *signur* Guillon ou *il docter* ?

— Ils ne me croient pas quand je leur dis qu'elle fait de vilaines choses... »

L'attention de la fillette se porta sur sa main gauche. Sa vision déformée explorait un appendice hideux possédé par une présence étrangère.

« Le pire d'entre eux, c'est le vieux qui tousse », chuchota-t-elle.

Klara fronça les sourcils, ravinant son visage de rides profondes creusées par des soucis plus anciens.

« Explique-toi.

— Il prétend que ma tête contrôle cette chose...

— Le vieil homme t'a approchée ? s'affola Klara.

— Oh oui ! De si près que j'en ai eu mal...

— Quand cela s'est-il produit ?

— La nuit où j'ai perdu ma boule de pain... »

La jeune femme referma ses bras aimants sur la cause de son apitoiement.

« Ma pauvre enfant... »

La porte entrouverte avait attiré les curieux qui se pressaient dans le couloir sans oser pénétrer dans la chambre verte. Un grognement de colère s'éleva soudain derrière eux.

Guillon se fraya un chemin dans l'attroupement des bambins.

« Klara, sortez, je vous prie ! Colette et moi-même devons nous entretenir en privé. »

Son ton intransigeant rappelait étrangement celui d'un inquisiteur en mission punitive.

La mère d'Ana ferma les yeux pour se soustraire au regard implorant de la fillette. Puis, déterminée à en découdre avec l'infortune, elle claqua la porte pour se hâter vers la chambre rouge.

24

Valère

Les lueurs du couchant fondaient sur les sommets ciselés dans l'incandescence vespérale. Au ras des clairières, les ombres rampaient déjà comme une marée noire poussée par les vents. Bientôt, l'obscurité se plaquerait contre les fenêtres du Val et confinerait ses occupants dans un isolement total.

Le regard vissé au-dehors, Valère explorait les ténèbres au-dedans, celles qui résisteraient à la clarté du jour renaissant. Il avait profité de l'effervescence générée par la folie de Colette pour se réfugier dans le grand salon, là même où Guillon l'avait injustement rossé. Les séquelles physiques s'estomperaient malgré son assise encore douloureuse, mais son cœur porterait à jamais les stigmates d'une rage insatiable.

Derrière son dos voûté, des générations de défunts le fixaient avec des yeux morts que l'illustre talent de Guillon ne ressusciterait jamais. Une essence fantomatique imprégnait les vitres de leur sinistre compagnie. Valère oscillait entre l'opacité de la nuit et la noirceur du sommeil éternel quand les Grisons se mirent à trembler sous les hurlements d'une horde de harpies réclamant la pitance de chair… Si les fauves de Sent n'existaient pas, alors quel genre de monstre redoutable abritaient ces forêts denses qui avaient déjà pris Rose ?

Valère éprouva soudain une immense tristesse doublée d'effroi. Aucun d'eux n'échapperait davantage aux horreurs de la guerre qu'à l'emprise du Val Sinestra. Leurs folles illusions s'étaient évanouies à l'instant même où ils avaient foulé ce sol étranger. À moins que…

« Valère ? »

L'enfant sursauta.

Une bassine calée sous l'aisselle, la femme au fichu l'observait depuis l'angle opposé. L'éclairage minimaliste dissimulait le contraste d'une pommette meurtrie sur sa peau diaphane.

« Madame ? interrogea Valère, surpris par sa présence éthérée.

— Guillon est une brute », lâcha-t-elle froidement.

Le garçon se demanda si leur hôte était à l'origine des hématomes sur son visage, puis il se souvint des confidences faites à Klara au sujet des ravitailleurs. La jeune femme dut lire le trouble dans ses pensées, car sa mine se resserra sur un sourire sans joie.

« Tu as tout entendu, n'est-ce pas ? Ce matin, dans les cuisines… »

Valère hocha la tête, confus.

« Ce n'est pas grave, tu sais… », ajouta-t-elle.

Non, il ne savait pas. Ses douze ans l'épargnaient d'un jugement fondé sur l'expérience. Que connaissait-il des femmes et de l'instinct bestial généré par ces cavités ouvertes sur leurs délicieuses profondeurs, lui qui ne les aimait que pour leur candeur ?

« Tu n'en parleras à personne, hein, Valère ?

— Non, madame.

— Nous avons un plan pour contrer les hommes de Vulpera… Mais si tu parles, il échouera…

— Je promets ! »

La jeune femme évolua dans la pénombre. Les contours de son visage émacié rivalisaient avec la morbidité des portraits. Elle lui tapota affectueusement la joue et s'éclipsa dans les méandres du Val. Un parfum léger de lavande embauma le salon comme si ses courbes féminines estompées dans l'obscurité inscrivaient une empreinte indélébile de leur passage.

Dehors, les Grisons s'étaient tus. Le monstre égrenait ses heures paisibles dans le souffle chaud de la nuit estivale.

Fourbu de fatigue, Valère s'apprêtait à regagner sa chambre quand le piano se mit à jouer. Les notes s'enchaînaient harmonieusement sous le doigté fluide d'un musicien horriblement voûté. Les marteaux actionnés depuis le clavier frappaient les cordes, émettant une musique divine tout en délié. Les vibrations auraient dû alerter tous les résidents du Val, mais la mélodie si savamment exécutée ne semblait s'envoler que pour lui. Valère attendit l'apothéose d'un finale époustouflant pour approcher le pianiste dont la silhouette lui était désormais familière.

Le vieil homme rabattit le cylindre avec précaution. La main portée à sa poitrine, il se rompit le dos à force de tousser, puis, tout en humilité, il redressa le buste face à un public silencieux.

« Tu as aimé ? »

Subjugué, Valère acquiesça sans un mot. De sa courte

vie, jamais il n'avait assisté à pareille symphonie, pas plus qu'il ne s'était égaré dans les couloirs d'un musée ou les coursives d'un théâtre. L'art demeurait inaccessible à sa condition. Jusqu'à ce soir.

« *Faust* de Richard Wagner. Un illustre compositeur dont on murmure que la belle-fille, Winifred, pactise avec le démon de Vienne. On ne choisit pas sa descendance… »

Les yeux de Valère s'arrondirent sur une attendrissante incompréhension.

« Je suis heureux que tu apprécies la beauté d'un art aussi noble que la musique. Peu de gens sont touchés par cette grâce qui élève l'âme ! Je sais que mes radotages de vieillard n'ont encore aucun sens pour toi, mais un jour tu en perceras le secret. Et ce jour-là, tu seras le plus heureux des hommes, cher enfant. »

Sustenté d'une gloire éphémère, le vieil homme quitta le banc sous des applaudissements imaginaires. En dépit des douleurs martyrisant son corps chétif, il courba l'échine pour se placer à hauteur du jeune garçon dont le regard l'enveloppait d'admiration.

« J'ai quelque chose pour toi », dit-il.

Sa voix rauque augurait une toux mortelle.

« Je t'ai bien observé. Je sais à quel point l'absence d'Arthur te chagrine… Il m'a chargé de te transmettre un message. Prends-le…

— Vous l'avez vu, monsieur ? Où ?

— Je ne suis pas autorisé à en parler… »

La main tendue de Valère se referma sur un morceau de papier délicatement plié.

L'horloge tinta dans la quiétude du grand salon comme une dernière note échappée du vieux piano.

« C'est l'heure de la relève. Je dois te laisser, mon garçon. »

Valère attendit le départ du musicien pour dégourdir la honte chevillée à son corps.

Sous le regard éternel des enfants morts, il lut à voix basse les mots écrits de la main d'Arthur.

Le diable au nez crochu criait en lettres capitales.

TROUVE-MOI.

25

Ana

Sa séance thérapeutique écourtée par l'intervention du vieil homme, Ana s'était réfugiée dans sa chambre à coucher. Ici, Guillon ne viendrait pas la chercher, pas plus qu'il n'oserait enrouler ses jupons sur d'insanes promesses de guérison.

Du bout des doigts, elle s'exerçait à explorer les aspérités des murs que sa mère décrivait comme un assemblage de pétales rouges. Ses paumes délicates en découvraient les failles tel un miroir déposé sur ses yeux. À travers ses mains, Ana *voyait* la maison de poupée en carton découpée sur deux étages et, dans son prolongement, le cadre fendillé de la fenêtre qui laissait filer un brin d'air. Entre chaque étape, Ana appliquait ses propres règles : compter les pas d'un objet à l'autre et se déplacer avec l'aisance d'un félin pour qui la nuit n'est jamais complète…

Au contact des draps rêches, elle céda à la fatigue amplifiée par le déploiement perpétuel des sens. Elle ne lutta qu'un court instant, le temps de se remémorer l'accent redoutable de Guillon à l'arrivée importune du vieillard aux allures d'oiseau de mauvais augure. L'homme au manteau long se perchait souvent où on ne l'attendait pas, et sa présence contrariait manifestement leur hôte. Avare de mots, le doyen des exilés errait en tous lieux sans vraiment se poser, comme une âme égarée entre deux mondes…

« Ana, réveille-toi… »

Le parfum de Klara s'immisça dans son sommeil.

« Maman ?

— Il faut vite te préparer, mon ange.

— À quoi ? bougonna Ana.

— *Signur* Guillon organise une petite fête pour l'anniversaire de Jacqueline… Sors de ce lit et habille-toi, veux-tu ? »

La fillette enfila la robe apportée par sa mère. Gênée à l'encolure et les épaules griffées par les coutures, Ana s'inquiéta de son apparence. Le contexte désolant rendait ses préoccupations futiles, mais son cœur de princesse résistait aux revers teigneux de l'existence.

« Tu es magnifique ! » soutint Klara.

Ana gloussa. Même crasseuse et affublée de haillons, elle serait toujours belle à ses yeux.

« Où as-tu déniché cette robe ? demanda-t-elle.

— Elle appartient à Colette. C'est sa préférée… Guillon la lui a confisquée.

— Pourquoi a-t-il fait ça, maman ?

— Colette a mal agi…

— Mais elle va m'en vouloir !

— Nous n'avons pas le choix, Ana. La plupart de nos bagages sont restés de l'autre côté de la frontière. Nous avons dû les larguer sur le bord d'une route pour alléger le convoi. Il faut bien nous vêtir, ma chérie…

De toute façon, ton amie n'en saura rien. On l'a privée de veillée.

Soucieuse, Ana emmêla machinalement ses boucles brunes entre ses doigts.

« Ce devait être bien grave pour qu'il la punisse ainsi…

— Plus que tu ne peux l'imaginer. Guillon a décidé de la consigner dans sa chambre dès la nuit tombée.

— Tu veux dire… toutes les nuits ?

— Jusqu'à nouvel ordre, confirma Klara d'une voix blanche.

— Colette est maligne ! Elle trouvera le moyen de sortir !

— Pas si la porte est verrouillée de l'extérieur.

— Alors, elle se vengera durant la journée ! »

Le ton badin d'Ana excluait toute issue dramatique.

« J'en doute, ma chérie… », déplora sa mère.

La mignonne fronça les sourcils. Les ondes autour d'elle se chargeaient d'une sombre amplitude, plus noire et angoissante encore que la cécité.

« Dépêche-toi, fillette ! Tu ne voudrais pas manquer la fête ? »

Naturellement, Ana ne le souhaitait pas. Il lui tardait de rejoindre Valère pour lui présenter ses excuses. On l'avait battu par sa faute, et la culpabilité serrait sa gorge plus qu'aucun col étroit n'y parviendrait jamais.

Dans la précipitation, elle oublia d'emporter sa précieuse poupée, entortillée dans la moiteur de ses draps, comme si une part d'elle-même refusait de quitter la chambre rouge.

*

Le jardin d'hiver s'animait sous l'hilarité des jeunes pensionnaires ébahis par le théâtre de marionnettes conçu pour célébrer les dix ans de Jacqueline. Les personnages s'animaient sous la houlette des mères volontaires qui tiraient habilement les ficelles derrière un paravent peint en noir. De ses yeux d'airain, Guillon s'attardait sur le spectacle présumé cocasse. Les pantins burlesques à l'effigie d'Adolf Hitler et d'Eva Braun[1] se chicanaient autour d'un chaudron d'où s'échappaient les prédictions d'une sorcière effrayante.

« Adolf, cesse de répandre la haine, tes aquarelles ont à elles seules le pouvoir d'anéantir l'amour des hommes ! » se moquait la macrale.

La figurine d'Eva Braun pouffait de rire en désignant aux spectateurs une toile miniature censée représenter un château aux proportions improbables.

« Et toi, Eva, taille un peu la moustache ridicule de ton maudit fossoyeur ! La minette d'une nonne présenterait presque plus d'attrait ! Ça doit lui chatouiller le nez, toute cette fourrure ! Dommage qu'elle ne lui cloue pas le bec à ce bonimenteur, la grandeur de la France en serait restaurée ! »

Et du chaudron bouillonnant s'échappa le son d'un pet bien gras.

Les ricanements gourmands fusèrent sous la véranda comblée de friandises et de boissons servies à profusion.

Perdue au milieu de la foule enjouée, Ana sentit une main frôler la sienne, un murmure glisser à son oreille :

« Écoute-les rire, ces pauvres sots ! On n'a pas encore

1. Compagne d'Adolf Hitler.

vécu qu'on est déjà de la bonne graine pour faire des morts…

— Valère ? »

Une tendre caresse sur sa joue combla le vide niché en lui.

« Tu m'en veux, hein ? demanda-t-elle, le cœur chiffonné par le souvenir de son ami implorant le pardon sous la morsure du fouet.

— Je devrais… Mais j'y arrive pas.

— Tant mieux. Je t'aime, tu sais ? »

Une nouvelle salve de rires recouvrit le silence embarrassant.

« Tu portes les affaires de Colette ? éluda-t-il.

— Comment tu le sais ? s'offusqua Ana.

— Tout le monde est au courant ! Elle a torturé Henri, à ce qu'on raconte. La p'tite prétend que sa main est coupable… Elle n'enterre pas que la mie, la rouquine ! Arthur disait vrai… »

Par réflexe, Ana tourna la tête, mais les ténèbres suivirent.

« Arthur est là ?

— S'il est dans les parages, alors il se cache bien… »

Valère l'entraîna dans un coin reculé du jardin d'hiver. Le mauvais alcool embrumait déjà la conscience des adultes qui se gaussaient à leur tour des gloussements enfantins. Les bonheurs simples faisaient encore illusion.

« Il m'est arrivé un truc étrange après… enfin… tu sais, après la rouste », précisa Valère.

Il relata son entrevue avec le vieillard installé au piano. La musique divine. Les hurlements des fauves dans l'obscurité des Grisons. Et le mot glissé à son intention.

« *Trouve-moi*, répéta Ana. Bizarre… J'ai entendu dire qu'Arthur était en isolement pour son traitement. On dit qu'*il docter* possède un laboratoire secret et qu'il aurait inventé un remède à son mal… Si c'est vrai, pourquoi Arthur aurait écrit ça ? »

Valère plissa les yeux, perplexe.

« Le vieux a pt'être le bocal en vrac ? Ou bien il s'amuse de moi ! »

Ana poussa un profond soupir.

« Tu vas faire quoi ? ».

Valère haussa les épaules.

« Rien.

— Mais Arthur est peut-être en danger ?

— Nous le sommes tous, Ana. Comme disait ma mère, chacun sa croix… Et ce pantin-là porte son étoile jaune bien bas ! J'ai vu des rues pleines de corps brûlés dont il ne restait qu'un tas de cendres… Et pourtant ce sont eux, les Juifs, qui ont fait notre malheur ! »

Il se mit à soliloquer sur ce jour maudit où il avait rejoint un cousin habitant le hameau voisin. Il l'aidait parfois à soigner ses bêtes ou à tirer le lait. Une fois acquitté de sa tâche, il était revenu près des siens, la besace pleine et le cœur vaniteux d'un chef de famille. Mais à son retour, les flammes ravageaient déjà le village et leur ferme empestait la mort… On avait embroché sa mère au crochet à viande. Il avait vu ses entrailles se vider de leur sang encore chaud. Valère avait hurlé le nom de sa sœur, mais il arrivait trop tard. Les Allemands l'avaient pendue à la branche d'un olivier comme un vulgaire bout de chiffon. Avant d'y mettre le feu.

« Ils les ont tuées parce qu'elles refusaient de collaborer ! Ils les ont tous tués, Ana ! Si ce soldat ne m'avait pas sauvé, je serais mort aussi… Alors, Arthur et son espèce peuvent bien pourrir en enfer ! »

Ana percevait le poids de la souffrance dans chaque mot et celui de la peur transformée en rage. C'était cela, le paradoxe de la haine, enduire sa terreur de fiel dans l'espoir insensé qu'elle disparaisse.

« Tu ne le penses pas, hein, Valère ? Pas toi… »

La fête battait son plein sous le bourdonnement d'une nuée de moucherons leurrée par le vinaigre d'un théâtre éphémère.

Dix bougies soufflées sur un gâteau à trois niveaux clôturèrent les bacchanales en l'honneur de Jacqueline dont la mère au fichu dissimulait, sous une blouse d'ouvrière, son ventre rond souillé par les outrages. L'enfant grassouillette au visage avenant arborait un sourire innocent auquel la femme répondait tristement.

L'horloge sonnait déjà les douze coups de minuit quand on cogna aux portes du Val.

Dans la nuit chaude, les hommes de Vulpera vomissaient leur ivresse en titubant sous les lumières argentées de Sinestra.

Affamés de pulpe tendre et juteuse, quatre fauves célébraient sans relâche l'hymne à la mort, attendant qu'on leur ouvre…

26

Val Sinestra

Leurs poings grossiers s'acharnaient contre mes huisseries en acier. Il leur faudrait déployer davantage de vigueur et de hargne pour ébranler ma structure, mais la noirceur de leurs intentions suffirait à fragiliser l'équilibre de mes pensionnaires. Les ravitailleurs semaient le chaos pour engranger la moisson des bas instincts.

Leurs trépignements enivrés cessèrent à la perception d'un grincement lugubre. Guillon écarta mes puissantes mâchoires qui coulissèrent sur leurs gonds rouillés. Je ne tentai rien pour l'en empêcher. Les accords mélancoliques du vieux piano avaient momentanément adouci mes sphères, mais le retour de ces quatre sauvages annihilait les bienfaits des mélodies et des rires de cristal.

Le plus costaud s'imposa comme le chef de meute. Son crâne chauve brillait à la faveur d'une lune gibbeuse, révélant un tatouage à la base de la nuque. Sa bouche écumeuse crachait les relents d'une gnôle volée au comptoir d'une sinistre taverne.

« Qu'est-ce que vous faites là ? » interrogea Guillon.

Son visage fermé exprimait plus de colère que de peur.

Le plus chétif des quatre hommes – quoique charpenté comme un buffle – se mit à jacter :

« On a rencontré un pépin sur la route…

— Un sacré pépin, tu veux dire ! enchérit le mastodonte à la tignasse ébouriffée.

— Un sanglier nous a chargés alors qu'on évitait le pont de Scuol qui s'est effondré… On allait longer la rivière, mais la crue bloquait les routes quand la bête s'est pointée par-derrière. Ma parole, elle s'est pris un bon calibre dans le train, crois-moi ! Mais la chasse nous avait épuisés, alors on a décidé de camper dans les bois.

— Ouais, on a décidé de camper, répéta le chevelu.

— On a entendu des bruits provenant des feuillages. J'ai cru que sa laie venait faire un brin de causette, même que j'ai failli saloper mon froc ! Fusil à l'épaule, j'ai attendu que la garce se montre… Comme elle le faisait pas, j'ai canardé à l'aveugle.

— Et là, boum ! »

Le chef de meute lança un regard agacé à son compagnon au sourire béat.

« C'était un cerf qui broutait dans les fourrés, reprit-il. On s'y est tous mis pour le dépecer. De quoi nourrir tes protégés français pendant plusieurs jours… »

Resté en retrait jusqu'à maintenant, le moins bavard ajouta :

« La bidoche se trouve à l'arrière du chariot. Si j'étais toi, je la déchargerais avant qu'elle pourrisse. Avec cette chaleur… »

Guillon dévisagea les hommes de Vulpera. Derrière lui éclatèrent les rires innocents des enfants.

« On avait conclu un accord, rappela-t-il. Une visite par semaine…

— Tu comptes pas nous laisser entrer, Guillon ?

— Il oserait pas nous virer…, assura le quatrième fauve en dodelinant de la tête.

— On gâchera pas la fête. Nous, tout ce qu'on veut, c'est un pieu où dormir et une compensation pour la viande… »

Le buffle caressa le manche du poignard accroché à sa ceinture. Les trois autres l'imitèrent.

« Il reste peut-être encore du gâteau… », fit Guillon, résigné.

En pénétrant dans le jardin d'hiver, les quatre hommes s'imposèrent en conquérants face à une armée démunie composée de femmes et d'enfants.

Le silence s'invita sous les verrières. Le temps semblait suspendu au bout d'une fourchette stoppée à mi-parcours ou d'un rictus figé sur une émotion indéfinissable. Les marionnettes ne jouaient plus et les mains qui les manipulaient tremblaient derrière le maigre rempart d'un paravent.

« C'est ainsi qu'on accueille vos nourrisseurs ? » s'étonna l'un des gaillards.

Ses prunelles sombres s'activèrent comme des radars.

Elles captèrent aussitôt la présence de Klara.

« Toi, approche. »

La femme au fichu ferma les yeux. Sans doute remerciait-elle le Ciel qu'une autre proie ait été choisie pour assouvir leur appétit lubrique. Sentant le regard suppliant de Klara la transpercer, la mère de Jacqueline tourna la tête et, pour se dédouaner d'un soutien qu'elle n'offrirait pas, elle emprisonna sa propre fille entre ses bras.

« Fais pas ta mijaurée, on veut juste te parler en privé… »

Guillon tenta d'intervenir, mais une lame affûtée pointée dans son dos l'en dissuada.

Dans l'obscurité du jardin d'hiver, Ana se mit à grelotter. Les ondes étaient mauvaises autour de cette voix gutturale qui réclamait sa mère.

« Maman ? »

Valère plaqua une main ferme sur sa bouche.

« Tais-toi… »

Il relâcha doucement la pression et se pencha vers elle :

« Tu ne peux rien pour elle, Ana. Si tu interviens, ils risqueraient de s'en prendre à toi…

— Mais de quoi tu causes ?

— Les ravitailleurs… Ils sont dangereux. La mère de Jacqueline m'a fait promettre de garder le secret… Ces hommes-là font de vilaines choses qu'il vaut mieux ne pas connaître.

— Maman ! hurla la fillette.

— C'est trop tard, Ana. Ils l'ont emmenée… »

La fête était finie. On balaya les cotillons. On remisa la gaieté sous des couvertures de laine et la honte par-dessus.

Et pendant que les ténèbres foudroyaient la jeune aveugle, les lumières de la *Berghaus* tamisaient l'insoutenable humiliation infligée à sa mère par quatre fauves en rut. Les culs défroqués faisaient valser les papillons des murs, arrachaient des râles étouffés par la menace d'un schlass, en remplissant de foutre le ventre de Klara.

Les jupons retroussés en haut de ses cuisses meurtries, elle serrait les dents sur une vengeance balayée par la lâcheté de la femme au fichu.

Mes façades creusées de calots vitrés vibraient sous l'acharnement sadique de ces bêtes à sang froid que je contemplais à distance. Je captai les pensées de la mère persécutée quand soudain un vent glacial souffla dans mes couloirs enténébrés par les portraits sans retouche des enfants morts. Derrière le bâillon solidement maintenu par les ravitailleurs bouillonnaient des promesses de représailles.

Je n'oublierai jamais les mots émis en dedans.

Pires furent ceux prononcés en dehors.

Je vous exploserai la cervelle comme j'ai fait exécuter mon mari ! Quatre balles pour chaque enfant de salauds ! Ich schwöre es[1] *!*

Son crime parlait trop haut. Je n'enterrerai jamais l'effroyable confession arrachée au calvaire de ses cris.

Par malheur, les hommes de Vulpera non plus.

Une lueur de fanatisme s'alluma dans le regard du porc à la chevelure ébouriffée.

« Une chienne allemande… Tu sais ce qu'on leur fait aux putains dans ton genre ? T'as une mioche, pas vrai ? Je l'ai entendue crier *maman*… On pourrait peut-être s'en occuper aussi ou l'obliger à regarder ! Viens un peu par là !

— Laisse-la, coupa le chef de meute. Elle est plus bonne à rien. Et pis, j'ai envie de pioncer. Jette-la dehors, elle retrouvera son chemin quand elle sera à nouveau en mesure de marcher… »

---

1. « Je le jure » en allemand.

Deux des ravitailleurs balancèrent la carcasse de Klara près de la rivière bordant la *Berghaus*. La caillasse entailla la peau de son corps tombé au sol. Face contre terre, sa langue s'emplit d'un goût de limon. Elle sentit le reflux des eaux imprégner ses frusques déchirées. Peut-être le courant l'aiderait-il à mourir moins douloureusement qu'une corde ? Le souffle de Rose sifflait dans les arbres comme un soupir désespéré. Il aurait suffi de lâcher prise et de se laisser porter par ce vent de solitude. Son cœur se serra au creux de sa poitrine humiliée. Elle n'en avait pas le droit.

Ana... Meine Liebe[1] *!*

Klara ouvrit péniblement son œil tuméfié. Elle considéra une étrange pierre coincée entre deux branches, brune et ronde comme une miche trop cuite.

Elle tendit le bras pour s'y accrocher.

Au creux de sa main roula le trésor perdu de Colette.

---

1. « Mon amour » en allemand.

27

Ana

« Ça fait mal et ça saigne, papa ! Dis, je vais mourir ?

— Sais-tu pourquoi ta mère et moi avons choisi de t'appeler Anastasia ? Parce que ton prénom signifie "résurrection". Nous pensions qu'ainsi, tu te relèverais toujours, quelles que soient les épreuves auxquelles la vie te confronterait... Alors non, tu ne vas pas mourir, Ana. Pas tant que je serai en toi... »

Le tison enfoncé dans son ventre. Les cantiques chantés par la foule résignée au milieu d'une guerre silencieuse. Le déni célébré sous les fenêtres de l'horreur. Et les heures qui s'allongent sur ses chairs vulnérables. Où es-tu, maman ? Je veux qu'il arrête... MAMAN !

Ana se réveilla en hurlant. Les cris résonnaient si fréquemment à l'étage des enfants que plus personne n'y prêtait la moindre attention. En ces temps troublés, les cauchemars et les larmes s'enfilaient comme des grains à un chapelet.

Ses mauvais rêves refusaient de s'estomper malgré la prison de sa cécité. Elle tâtonna le matelas et empoigna sa poupée comme si elle pouvait être un rempart contre la folie de son défunt père. Les travaux de Guillon avaient stimulé le souvenir du monstre exécuté par un bras cousu de l'emblème nazi. Ana pleura doucement entre les murs invisibles de sa chambre rouge. Il lui fallait retrouver sa mère, quitte à ramper dans l'immensité du Val. La retrouver et l'aimer. De toutes ses forces.

Six pas devant. Trois sur le côté.

La poignée glissa au creux de sa main moite.

Le couloir s'ouvrait comme un cœur palpitant face à la pétulance de sa jeunesse.

Quatre pas. Une porte. *Quatre autres pas*. La suivante.

Ana fit glisser son bras le long du mur pour atteindre le cadre du milieu, celui dont Guillon vantait religieusement la funèbre beauté.

Mais quelque chose clochait dans l'ordonnancement de ces morts organisées.

Le vide se substituait à l'angle d'un tableau qu'Ana aurait juré accroché à l'emplacement exact de ses doigts. Elle poursuivit son chemin aveugle et le phénomène se reproduisit cinq enjambées plus loin. Les contours incurvés d'un guéridon avaient eux aussi disparu de l'espace opaque dans lequel elle évoluait. Elle recompta les pas et, si les portes demeuraient hermétiquement closes et parfaitement agencées, les meubles, eux, semblaient se déplacer. Hormis la probabilité d'une erreur de calcul, aucune explication rationnelle ne parvenait à étouffer l'angoisse engendrée par la perte de repères. Elle compterait mieux, la prochaine fois. Mais si le monde autour d'elle s'acharnait à former un mouvement perpétuel, alors elle ne cesserait jamais de s'égarer dans des méandres sans fin. À moins qu'une intervention humaine n'en fût à l'origine…

Soudain, un grognement bien réel s'éleva derrière ces murs tristement taquins. Ana colla une oreille contre le bois qui isolait la madone aux cheveux roux. Elle tenta d'ouvrir la porte, mais, comme sa mère l'avait indiqué, Guillon l'avait verrouillée.

« Colette ? » murmura-t-elle.

Un râle épouvanté traversa la mince cloison.

« Que t'ont-ils fait ? Pourquoi tu ne parles pas ? »

Le bas de porte étouffa une plainte déchirante.

« Je n'arrive pas à l'ouvrir ! Mais je reviendrai te chercher, je te le promets ! »

Un long sanglot s'éleva derrière le battant tandis qu'Ana protégeait sa raison à grand renfort de pas comptés.

La cage d'escalier traversée de courants d'air découvrait ses marches aussi pentues qu'un piton à dévaler.

Ana les affronta, flairant constamment une présence hostile piétiner son ombre. Un palier plus bas, elle se figea. Une fragrance de pain d'épices s'accrocha à sa chevelure en bataille. Elle se mit à dégringoler les marches jusqu'à l'étage réservé aux femmes.

Sa poupée écrasée contre le lin usé de sa chemise, Ana tira sur le vantail.

Le niveau des mères fleurait les parfums achetés au rabais dont elles s'aspergeaient pour s'offrir un semblant de dignité.

« Maman ! » s'écria-t-elle.

Dans cette partie du Val, Ana n'avait rien évalué. Ni l'emplacement des meubles ni l'intervalle entre les funestes peintures. Pas même le nombre de pas qui séparaient l'entrée du couloir de la couche de sa mère.

Un froid glacial régnait au premier. Ana imagina le

vent s'engouffrer par une fenêtre ouverte, mais la douceur de cette nuit d'été contrastait avec la réalité. Elle se sentait perdue, livrée à la voracité de ce vaste bâtiment aux recoins inexplorés.

Maman, où es-tu ?!

C'est alors qu'elle entendit chuchoter au fond du couloir.

Guidée par les voix, elle progressa lentement dans ce boyau froid et désespérément obscur. Les femmes s'étaient rassemblées dans l'une des chambres. Piètre bataillon de chiffons complotant contre des forces redoutables. La mère de Jacqueline tenait conciliabule entre deux vomissements provoqués par une grossesse dont elle se lamentait continuellement.

« C'est l'œuvre du diable ! J'enfanterais un monstre si je mettais bas ! » répétait-elle.

L'une d'elles lui répondit :

« Nous abattrons ces hommes démoniaques s'il le faut, mais tu ne tueras pas ce bébé ! »

Une autre mère s'interposa. Probablement celle d'Henri, dont la voix forte tonnait à la mesure de sa corpulence.

« Et comment vous comptez les buter, ces sales cabochards ? *Signur* Guillon ne nous aidera pas davantage qu'*il docter* ! Nous ne sommes pas assez nombreuses pour en venir à bout…

— Les ravitailleurs possèdent des armes. Comment crois-tu qu'ils chassent le gibier que nous rôtissons ? Emparons-nous de leurs fusils et finissons-en ! »

Le silence succéda à l'énoncé de ce plan macabre. La femme au fichu dit alors d'une voix éteinte par la résignation :

« Cela ferait de nous des meurtrières… Nous serions obligées de fuir Sinestra ! Pour aller où ? Comment survivrons-nous dans ces bois, sans eau ni nourriture ? Et les enfants ? Tu y as pensé ? Ils sont trop nombreux… Nous ne ferions que les affamer. »

Le sang d'Ana se figea dans ses veines comme le présage d'une conséquence inéluctable.

« Tu as raison, approuva la mère d'Henri. Sauvons déjà nos enfants. Et que Dieu bénisse les orphelins. »

28

Colette

À l'aube, Guillon déverrouilla la chambre verte sans daigner pousser la porte. Accaparé par la mauvaise tournure des événements au sein de son établissement, il ne s'inquiéta guère de l'état dans lequel la claustration avait plongé sa jeune occupante.

Colette, habituellement si prompte à l'action, demeurait prostrée dans un coin de la pièce, le dos raidi par l'inconfort du mur. Elle marinait encore dans la pisse qui avait souillé sa culotte au plus fort de la nuit.

Il n'y avait désormais plus de place pour la honte, pas même pour la fièvre d'une récolte de mie. L'insensibilité les avait balayées, improvisant un espace vide à la place du cœur. L'enfermement dotait parfois les hommes de capacités étonnamment creuses. La séquestration multipliait les voix qui s'écharpaient sous son crâne en bavardages incessants, rappelant les querelles des vieilles rombières consumées par l'ennui.

Colette les écoutait s'alarmer de la situation sans prendre part à leurs discussions qui hurlaient au complot. Seule la vision de sa main senestre maintenait un semblant d'humanité à l'intérieur de ce pauvre corps de souffrance. Le déni conjurait l'absence d'émotions avec l'assurance d'un lent déclin vers la folie…

Une ombre se profila dans l'encadrement de la porte. Colette coula un regard amer en direction de la silhouette campée sur le seuil.

« Colette ? »

Privée de mots, la petite madone rampa sur le sol pour atteindre la fillette aveugle. Ana sursauta à son contact. Une forte odeur lui piquait les narines, mais elle s'abstint de toute remarque.

Ses mains en coupe s'accrochèrent au visage de Colette.

Elle comprit alors les raisons de son silence.

Ana palpa nerveusement le fer de la muselière conçue à la manière d'un casque. Elle en visualisa l'aspect terrible en promenant ses doigts sur les charnières bouclées par un cadenas fixé à l'arrière du crâne. La tête compressée par l'engin et la bouche emprisonnée derrière une prison de métal, Colette s'exprimait par le biais de grognements au point que sa gorge écarlate menaçait de se déchirer.

« Je vais chercher de l'aide », déclara Ana.

Colette l'agrippa aux chevilles comme le choléra infecte un miséreux. La rouquine refusait de la laisser partir, et sa main gauche griffa ses mollets pour l'en dissuader.

« Lâche-moi ! Tu me fais mal ! »

Un rugissement effroyable vibra sous le masque de torture. L'air frissonnant indiquait un mouvement vers l'arrière. Colette fuyait dans quelque recoin de la pièce pour se protéger de ses propres réactions.

Une fillette aveugle en présence d'une muette.

Les circonstances leur ôtaient tout moyen de communiquer. Sans doute avaient-elles trop à apprendre l'une de l'autre…

« On dit que tu as fait souffrir Henri… Que tu l'as forcé à avaler du moisi et que tu l'as frappé aux parties… C'est vrai ? »

Frustrée par l'absence de réponse, Ana se concentra sur la respiration sifflante émise à sa droite. La chaleur humaine surpassait celle du soleil cognant contre le carreau, alors elle s'accroupit et saisit les mains de la rouquine.

« Tu serres une fois pour oui, deux pour non », chuchota Ana.

Colette serra fort.

« Tu as fait du mal à Henri ? »

Oui.

« C'est pour ça que *signur* Guillon t'a punie ? »

Non.

« À cause de ta main, alors ? »

Non.

Ana mesurait les limites de sa technique. La frustration s'enracinait profondément, cependant, elle n'avait guère le choix. Le seul moyen d'échanger tenait dans la fragilité de leurs mains. *Agir. Fuir. Guérir.* Tant de verbes se bousculaient depuis que Guillon l'avait informée qu'*il docter* gardait sa mère en observation en raison d'une mauvaise fièvre. Ana ne croyait plus au venin déversé par la bouche de ce tueur de cochon. Pas plus qu'elle n'accordait de crédit aux discours emmiellés des mères qui confirmaient ses arguments de leurs voix balbutiantes.

Les femmes prévoyaient de quitter le Val en abandonnant sept orphelins. Colette, Arthur et Valère s'inscrivaient sur l'intolérable liste des répudiés. On l'éloignerait de ses compagnons en brisant le cercle fraternel soudé dans la clandestinité. La séparation lui semblait plus cruelle encore que les traitements infligés par Guillon.

« Colette, pardon de poser la question mais… tu sais pourquoi ta mère s'est pendue ? »

Un mouvement hésitant comprima ses doigts.

Oui.

Leurs pouls s'affolèrent de concert.

« Les ravitailleurs… », suggéra-t-elle.

Non.

Un soulagement coupable s'empara d'Ana. Ce qui la hantait plus que les cris, c'était ce silence qui avait avalé la fête quand les hommes de Vulpera s'étaient éclipsés avec Klara. Mais peut-être sa mère souffrait-elle véritablement d'une migraine qu'*il docter* soignait dans quelque endroit secret du Val ?

« Dis, tu crois qu'on est en danger si on reste ici ? »

OUI. OUI. OUI.

Trois à-coups fermes appuyèrent ses craintes, résolument ancrées depuis que Guillon l'avait *touchée*… Une part d'elle-même abhorrait sa perversion déguisée sous des promesses de guérison, pourtant Ana s'accrochait à l'espoir insufflé par ces séances quotidiennes. Si reconstituer le puzzle du passé ne suffisait pas à rallumer la lueur d'un regard, peut-être puiserait-elle dans ses finitions la force d'affronter la vie ?

« Le vieil homme… Celui qui tousse, il nous aidera… », lâcha-t-elle machinalement.

NON!

Ana retira précipitamment ses mains broyées par cette pression brutale qui présageait de sombres avertissements.

Ses questions se tarissaient. Elle ne savait plus quelle orientation leur donner. Si seulement Colette avait pu parler!

« Je trouverai la clef », promit-elle.

Un pas lourd fit grincer le plancher. L'haleine de pain d'épices s'engouffra dans ses narines comme un ver grignotant la chair d'un fruit pourri par la pestilence.

« Quelle clef, ma douce Ana ? Celle-ci ? Ou peut-être celle-là ? »

Le tintement du trousseau suspendu au poignet de Guillon sonnait la vanité du geôlier malfaisant. Il gardait précieusement une clef pour chaque porte du Val.

Ana croisa les bras sur sa poitrine. Prendre le parti de Colette ne lui aurait attiré que des complications.

« *Signur*, j'aimerais voir ma mère..., supplia-t-elle.

— Eh bien, va ! Elle te réclame depuis son retour en chambre. »

À ces mots, une douce chaleur l'envahit. Elle abandonna Colette aux braillements étouffés par le casque en se promettant mentalement de revenir la chercher. Mais, dans l'instant, Guillon aurait pu livrer le trousseau à l'appétit vorace d'un marécage, rien ne comptait davantage que le sein maternel.

Ana quitta la chambre verte et se faufila dans le couloir en perpétuel mouvement. Soudain, elle crut percevoir une ombre fugace traverser le cachot de sa cécité. Rien qu'une forme éthérée flottant dans la galerie silencieuse de Sinestra.

Son souffle s'accéléra sous l'effet de cette illusion aussi déstabilisante qu'éphémère.

En une fraction de seconde, l'obscurité reprit ses droits pour assouvir ses noirs desseins à l'étage des mères.

La chambre de Klara baignait dans la pénombre des rideaux tirés. Du moins, la sensation de fraîcheur le laissait supposer. La fillette compta les pas jusqu'au lit.

« Maman ? »

Une main réticente la repoussa délicatement.

« Mon Dieu, Anastasia, le diable rôde entre ces murs… Il ne s'arrêtera jamais de nous tourmenter… J'ai commis l'irréparable, *meine Liebe* ! Je suis devenue sa servante et j'ai fait de toi sa favorite ! »

Ana frissonna. L'élocution de sa mère sonnait curieusement. Sa bouche semblait mâcher une bouillie compacte qui gênait sa diction.

« Tu me fais peur…, pleurnicha-t-elle.

— La peur te sauvera, Ana ! Elle est à l'origine de toutes les fuites… Rassemble tes affaires. Nous partons dans trois jours.

— Pourquoi si tôt ?

— Le diable n'attend pas. Il est partout. De Drancy à Auschwitz, jusque dans les Grisons, le mal corrompt le cœur des hommes. Et nous le combattrons jusqu'au bout. »

Trois jours s'écouleraient avant l'exode suicidaire planifié par les mères, ce qui laisserait à Ana le temps nécessaire pour avertir ses compagnons et les convaincre de suivre le troupeau égaré.

Une fragrance étrangère se mit à flotter près de la couche souffreteuse.

« Il y a quelqu'un d'autre, ici… », déclara Ana.

Klara laissa échapper un hoquet stupéfait. Délestées d'un poids, les lattes du sommier craquèrent en provoquant une infime variation dans l'air.

« Bonjour, Ana. Je suis ravie de faire ta connaissance. »

Hébétée, la fillette recula. Le vide l'aspirait dans les intonations mélancoliques de cet enthousiasme feint.

« N'aie pas peur…

— Qui êtes-vous ? »

La voix se fit plus mélodieuse lorsqu'elle déclara :

« Je m'appelle Rose. »

29

Val Sinestra

Rose.

Il émanait d'elle l'étrange fragrance de son prénom comme une présence troublante émergeant d'entre les morts. Pourtant, la mère de Colette inspirait à pleins poumons l'air d'une conspiration clandestine menée dans la chambre de Klara. Son âge était difficile à déterminer. Son visage émacié s'enfonçait derrière des mèches rousses en bataille sur la ligne de son front. Une blouse beige prenait son corps en otage entre des mailles imprégnées de sang séché. Sa ressemblance avec la femme retrouvée pendue dans les bois n'en demeurait pas moins surprenante. De taille et de corpulence identiques, leurs caractéristiques communes s'étendaient jusqu'à la rouille des cheveux. La différence tenait seulement aux détails noyés dans un bouillon de fluides.

Convaincus d'avoir mis les mères au secret, les hommes du Val avaient en fait gobé le leurre comme on avale un œuf mollet. Traumatisées par la violence des rafles et des déportations, chacune d'elles avait accueilli le deuil de l'inconnue, la peur au ventre mais le cœur résigné. Les ravitailleurs avaient balancé son cadavre sur le bas-côté d'une route escarpée, comme un vulgaire chiffon usagé. Assoiffés de perversité, les quatre vicelards avaient dû capturer leur proie humaine en chemin, abusant d'elle jusqu'à l'épuisement.

Dissimulée dans l'ombre d'un sentier, Rose avait assisté à l'ignoble spectacle de leur cruauté. L'idée de simuler son suicide s'était alors imposée comme une réponse à ses prières. Les mères l'avaient suivie dans l'élaboration – un peu folle – d'un plan visant à échapper à mon empire. Profaner le repos de celle qui endosserait le masque de sa mort demeurait le prix à payer pour atteindre leur but.

Guillon et son sbire étaient convaincus que Rose avait mis un terme à son existence. Leur absence de considération pour la vie humaine les avait aveuglés au point de jeter aux cochons la dépouille d'une pauvre sauvageonne dont il ne restait désormais plus un seul os à ronger.

Le sang versé fertilisait mes terres depuis trop longtemps. L'effondrement de ma splendeur d'antan me réduisait désormais en mouroir soigneusement effacé des registres. Mais mon inaltérable affection pour Rose perdurait. Une profonde admiration nous liait l'un à l'autre. Nous nous connaissions intimement, tous les deux. Elle avait déjà livré combat sous mon toit, bien avant la guerre.

Après sa mort simulée, mes couloirs déserts l'avaient soustraite aux regards vagabonds. J'avais protégé l'errance de ses pas feutrés dans mes souterrains inexplorés et, quand venait la nuit, mes parois s'échauffaient au foyer du jour échu, afin de la préserver de l'humidité et des rats qui infestent mes entrailles. Le matin du dernier convoi, sa curiosité l'avait conduite à mainte négligence. Rose avait quitté mes artères obscures pour s'élever au premier étage puis, plus tard, dans mes forêts de mélèzes où elle avait traîné le cadavre encore chaud d'une jeune inconnue.

Fraîchement débarqué, le jeune Valère avait entrevu l'apparition flotter derrière le voile d'un rideau avant de l'occulter de sa mémoire. Il faut avouer que ses propres fantômes l'avaient rattrapé bien trop vite pour qu'il s'en souciât.

Maintenant, debout près du lit de sa mère, Ana sondait l'obscurité, aussi paniquée qu'un capitaine de navire quittant le port un soir d'éclipse. La vérité jetait l'ancre sur des eaux troubles. Et sur ces eaux dérivait la candeur de ses onze ans.

Une brève terreur s'empara d'elle. Sa voix fluette s'étrangla dans sa gorge :

« Si vous êtes vivante… Qui était la femme dans les bois ?

— C'est une longue histoire…, éluda Rose. Promets-moi de ne rien dire à tes amis pour le moment. Aucun d'eux ne doit soupçonner la supercherie avant que nous ayons fui le Val… Les enfants sont bien trop prompts aux babillages.

— Et Colette ? »

Ana attendait le soutien de Klara, mais celle-ci demeurait muette, la repoussant délicatement dès qu'elle tentait d'approcher. Rose s'imposait comme le cerveau d'une évasion programmée de longue date.

« Pourquoi crois-tu qu'elle récolte la mie ? »

Boudant, Ana haussa les épaules.

« Elle fait des réserves pour me nourrir… Tu comprends ? »

L'enfant approuva du bout des lèvres.

« Oh… »

Ainsi, Colette savait… Elle les avait tous trompés par son silence. L'absence apparente d'émotions s'expliquait désormais clairement. Tout comme les circonstances de la découverte du corps présumé de sa mère. C'est *elle* qui l'avait pointé du doigt près du marécage, *elle* encore qui avait pris Arthur pour témoin. La rouquine excellait dans l'art du mensonge.

« Sa main aussi, c'est une ruse ? »

La conversation prit une tournure infiniment triste, si bien qu'Ana regretta sa maladresse.

« Malheureusement, ma petite Colette est en réelle souffrance… Depuis très longtemps. Tous les enfants envoyés ici sont malades, d'une manière ou d'une autre. Mais aucun de vous n'est à l'abri… Savais-tu qu'Henri souffrait de boulimie ? Jacqueline, d'onirophobie[1] ? Et la petite Liliane, de dégénérescence auditive à la suite d'un éclat d'obus ? Quant à Jean, ses crises d'hystérie empirent depuis son arrivée ! »

Ana secouait la tête tandis que la femme poursuivait son étrange exposé soumis au culte du secret. Subitement, prenant conscience qu'elle s'adressait à une fillette de onze ans, Rose se pinça les lèvres, avant de conclure :

« Cette sale guerre n'est qu'un prétexte à la folie des

1. Crainte excessive des rêves.

hommes. Va-t'en, maintenant. Et tiens ta langue jusqu'à notre départ.

— Maman ? gémit Ana.

— Obéis, mon ange. Fais-le pour nous. »

Nous avait-il encore un sens alors que les femmes envisageaient d'abandonner les orphelins ?

La mine défaite, Ana se retira sur la pointe des pieds.

Dehors, les mélèzes frémissaient à peine dans la fournaise des Grisons. Émerveillé, je la regardais flâner aux abords de mes murs fortifiés, compter les pas qui l'éloignaient peu à peu de la fraîcheur de l'enfance.

Ana ne me quitterait jamais.

Pas sans Valère ni Arthur à ses côtés.

Elle combattrait mes obscurités plus que les siennes pour retrouver ce dernier.

Car il existait malheur plus insupportable que vivre en mon sein.

Celui de vivre sans amour.

30

Arthur

Dans la chambre souterraine, le gaz saturait l'air, gonflait les poumons d'Arthur et détraquait ses fonctions neuronales. Les ressors du matelas s'enfonçaient dans ses omoplates saillantes sans occasionner le moindre picotement. Prisonnier d'un univers monochrome, les yeux gonflés d'insomnie et rougis par l'afflux de sang, Arthur bondissait du regard d'un point à un autre. Il ne différenciait plus les couleurs. La grisaille déclinait ses nuances depuis les croûtes suintant comme du pétrole sur ses bras jusqu'au plafond anthracite. Son odorat encore intact détectait l'épouvantable remugle d'excréments persistant dans l'espace vicié de son cachot. Un mal contagieux qui se propageait sur sa peau noire de crasse.

Depuis qu'on l'avait cloîtré dans ce piège à rats sous couvert d'une promesse de guérison, Arthur n'éprouvait ni la faim ni la soif, pas plus que la fatigue ou la douleur. Son corps lui était devenu étranger, une insensible coquille dotée d'un cœur qui martelait sa poitrine rachitique comme les patrouilles allemandes frappant les pavés de la rue Lestienne. L'attente d'une mère l'animait d'une vie indifférente à son calvaire tant l'espoir palpitait au-dedans. Arthur avait bien tenté d'occuper son esprit en s'abîmant entre les pages d'un livre, mais les lignes se chevauchaient constamment et les mots, privés de leur sens, défilaient dans une parade anarchique.

Ses distractions se limitaient donc à fixer les murs. À s'asphyxier sous l'émanation du gaz stimulant. À rattraper en désordre des fragments de souvenirs et à s'en nourrir pour digérer l'étoile jaune du destin.

Saisir chaque seconde comme une opportunité de vivre plus vite, plus fort. Fixer les parois lisses. S'acoquiner avec la folie. Reproduire en boucle les mêmes gestes et sombrer subitement dans la passivité et l'ennui.

Ainsi se résumait l'enfermement d'Arthur.

Il lui arrivait parfois d'entendre les cloisons craquer. Il observait alors la pression qu'exerçaient les murs pour se rapprocher. On les aurait crus sur le point de se resserrer pour compacter sa carcasse de gringalet entre quatre planches minuscules qui l'empêchaient de respirer.

Ils veulent t'enterrer vivant ! hurlait sa déraison.

Un cancrelat détala à travers la cellule. Arthur replia ses genoux cagneux et se mit à gratter compulsivement ses avant-bras. De petites cloques fragiles éclatèrent comme des bulles de savon à la surface de sa peau. Il n'y prêta guère attention, subjugué par la bestiole qui s'engouffrait dans une fissure à peine plus large qu'un trait de crayon tracé sur un mur. À défaut de s'alimenter, il serait bientôt assez maigre pour s'y faufiler à son tour et matraquer les surveillants de ses poings secs comme des nerfs de bœuf. Il déverserait le chagrin d'être mal né. S'affranchirait de la honte cousue bien serrée sur ses vêtements reprisés arborant l'étiquette d'un produit non conforme.

Confiné dans cette chambre sans lumière ni chaleur, son esprit divaguait autour de quelques livres défraîchis posés sur une malle remplie de biscuits secs, de pâté sans viande et d'une poignée de caramels. La solitude était le kyste du cœur. Même le contact de Valère lui paraissait préférable au gouffre de la séparation. Le vaurien à la mine efféminée le détestait, et la réciproque était vraie. L'évidence crevait les yeux. La haine du Juif embrasait ses regards insistants quand elle ne s'éclipsait pas derrière une autre lueur dont il crevait de honte.

Arthur se mit à rire à gorge déployée. Un rire dément anormalement semblable à un brisement d'âme.

La vision du cancrelat berné par une faille sans issue déclenchait en lui des spasmes hilares. Il avait le sentiment d'assister à la reconstitution miniature de sa propre existence. Alors que l'insecte vaincu détalait derrière la caisse de vivres, le souvenir confus de son exode défila sous ses yeux exorbités. D'un ton monocorde, Arthur chuchota ces lambeaux de vie à qui voulait les entendre, mais l'écho de sa voix ricocha contre le métal des cloisons.

Maman enfourne une belle tarte dont elle a remplacé les fruits par des pignons chapardés sur les étals d'un marché. Son chignon bâille un peu, mais son teint clair se pare d'une touche de poudre raffinée qu'elle applique consciencieusement chaque matin. « Efforçons-nous d'entretenir nos douceurs quotidiennes si nous voulons un jour les regagner de plein droit », expliquait-elle sereinement, le visage tourné vers l'infinie beauté d'un ciel sans ombrage.

Mais le destin s'amusait de son optimisme...

La mort glissait lentement vers nous. Sa visite était inévitable. Au fond, maman l'attendait en dépit de son apparente gaillardise.

De grosses voix éructent des injures en une langue étrangère devenue si familière. Les pas claquent, rue Lestienne. Les cris et la terreur entrent en collision. Subitement, on cogne à la porte et les insultes redoublent sous forme de sommations. Le sourire fragile de maman s'efface. Il n'en reste qu'une moue résignée. « Cache-toi sous la trappe, Arthur ! Vite ! » J'obéis. Une faible lumière filtre à travers le bois fissuré. J'entends le battant de l'entrée voler en éclats. Les bottes noires de la Wehrmacht martèlent le plancher au-dessus de ma tête. Le froissement des uniformes qui s'agitent m'oblige à plisser les yeux pour éviter la poussière délogée par les hommes en armes. Un gémissement, puis plus rien. « Maman ? » Rien que le silence et l'odeur caramélisée d'une tarte qu'on laisse brûler. Je tremble quand les gonds rouillés de ma cache se mettent à grincer. La trappe s'ouvre violemment. Le soldat allemand se penche pour sonder l'obscurité. Je suis là, à sa portée. Il esquisse un sourire étrange et me tend une main gantée de cuir. Je sens encore la puanteur de la tarte calcinée s'associer au jour où cet homme m'a sauvé...

Un grésillement parasita son monologue inachevé.

Le microphone !

Les yeux fous, Arthur bondit hors du lit. Il capta les

vibrations d'une respiration laborieuse émise par son invisible interlocuteur. La perspective d'une présence de l'autre côté éclairait d'un jour meilleur cet endroit de malheur où régnait la confusion. Ici, quiconque perdrait la notion du temps, aussi aisément que l'entendement.

« Arthur ? »

Le grand dadais se mit à frapper dans ses mains. Un filet de bave s'épanchait de sa bouche, tordue par la joie délirante d'un peu de compagnie.

« Tu vas bien ? »

Indécis, Arthur hocha la tête sans prononcer un mot, puis il laissa retomber mollement son menton sur sa poitrine. La considération qu'on lui portait subitement paraissait bien suspecte. L'intonation à travers le micro, plus rauque qu'à l'accoutumée, accentua son malaise. Il recula au fond de sa cellule.

« Vous êtes qui ? demanda-t-il.

— *Le veilleur de nuit...* »

Les yeux rivés au reflet déformé de lui-même, Arthur sondait la vitre sans tain. Il se reconnaissait à peine, tant son état physique s'était dégradé.

« C'est donc la nuit ? conclut-il.

— *Non.*

— Mais vous avez dit que…

— *Je sais ce que j'ai dit, mais tu n'as pas répondu à ma question... Comment vas-tu ?*

— Les cafards… Vous les voyez ? Ils se regroupent derrière la malle… Je crois qu'ils ont bien faim ! »

Tout en parlant, Arthur s'écorchait la peau comme s'il escomptait se débarrasser d'une identité qu'il avait en horreur.

« Il n'y a pas de cafards. Il n'y a que toi... et moi.

— Menteur ! Pour sûr, ils grouillent partout !

— *Arthur, calme-toi ! Il faut que tu m'écoutes attentivement. Tu peux faire ça ?* »

L'adolescent acquiesça nerveusement. Les veines saillaient de son cou tendu à se rompre.

L'homme semblait hésiter à poursuivre. Il redoutait les réactions imprévisibles du gamin qui n'avait plus rien en commun avec le jeune garçon perché fièrement sur la butte lors de son arrivée.

« Très bien, reprit-il. Mon tour de garde commence chaque soir à vingt-trois heures. Quand le moment sera venu, je déverrouillerai ta cellule et tu fileras par les souterrains jusqu'à la grille dont je t'indiquerai l'emplacement. Tu comprends ?

— Oui…

— *Alors, répète.*

— Je filerai par les souterrains jusqu'à la grille.

— *Parfait.*

— Vous voulez me faire sortir ? Et pourquoi je ferais ça ? Guillon a promis de me guérir ! Voyez, je ne dors plus ! Et je ne dormirai plus jamais ! »

Le veilleur de nuit eut l'air interloqué. Comment pouvait-on renoncer à sa liberté sur la parole d'un homme qui vous maintenait reclus dans des conditions innommables ? Finalement, peut-être valait-il mieux le laisser pourrir dans ce trou au lieu de l'exposer aux dangers des Grisons ?

Il lui fallait choisir entre une mort lente et un sursis immédiat.

Le veilleur de nuit trancha.

« Mon grand, Guillon t'a menti... Doux Jésus, ils finiront par te tuer ! »

Arthur fronça ses sourcils qui se dégarnissaient à chaque battement de cils. Le gaz le décapait de l'intérieur, mais les effets dévastateurs devenaient visibles à l'extérieur.

« Je sais qui vous êtes…, chuchota-t-il.

— *Ah ? Et qui suis-je ?*

— Un sale menteur ! Pourquoi je ferais confiance à un vieillard débarqué du dernier convoi ?

— *Crois-moi, Arthur. Ces gens-là sont mauvais... Regarde-toi ! Il ne te reste que la peau sur les os ! Pour eux, tu n'es qu'un sujet d'expérimentation ! Ta vie n'a pas plus de valeur que celles des autres...* »

Les poings serrés contre sa bouche, Arthur se mit à sangloter. Ses nerfs lâchaient sous la pression de l'incertitude. Et si le vieux disait vrai ? Celui qui se présentait en ami insistait avec la même ferveur que le soldat allemand penché au-dessus de son refuge.

« Ma mère est arrivée ? demanda-t-il, fiévreux. Guillon m'a assuré qu'elle serait bientôt là… »

Un sifflement aigu brouilla la communication. Les mots hachurés se voulaient débordants de compassion.

« Prépare-toi... affronter... la nuit...

— Partez pas ! » supplia Arthur.

Mais le silence retomba entre les murs de sa prison.

Quelques heures à rêver de sa mère valaient peut-être mieux qu'une éternité à l'oublier…

31

Colette

La visite d'Ana écourtée, Guillon avait consciencieusement verrouillé la porte de la chambre verte. Son regard vague l'avait accrochée à l'instar d'un vieux souvenir dont les années vous dépouillent. Après un temps d'errance, le propriétaire du Val avait établi de sévères règles punitives. Colette serait autorisée à sortir durant la journée, mais il entendait bien l'enfermer à double tour dès la nuit tombée. Quant à son masque de fer, elle en serait prisonnière jusqu'à nouvel ordre. Il viendrait lui-même la nourrir à la paille pour éviter qu'elle ne dépérisse sous son toit.

Guillon n'avait pas pris la peine de fournir une raison à sa maltraitance. Le Mal ne s'expliquait pas toujours. Il se contentait d'« être ».

Muselée comme une chienne enragée, Colette gambadait dans le pré inondé de soleil. Elle sentit une présence tapie dans les fourrés aux abords du puits. Sa main devenait douloureuse sous le cagnard de l'après-midi. La sueur perlait sous le casque en acier, déclenchant de terribles démangeaisons que rien ne pourrait soulager.

La madone s'approcha du puits asséché. Sa bouche cousue mordait le fer tandis que ses doigts valides fourrageaient sous un amas de feuillages. Plus loin sur la colline, le torrent de Brencla fracassait les roches qui s'éboulaient dangereusement, emportant avec elles des décennies d'histoire.

« Qu'est-ce que tu cherches, la rouquine ? Ta collection moisie ? »

Colette se raidit. La rage enflait sous sa cape. Elle avait reconnu la voix d'Henri. Ce même timbre aigu qui l'avait suppliée la veille et dont elle se régalait encore. Quelqu'un avait déterré son trésor, sa mie. Et ceux qui avançaient dans son dos nourrissaient bien plus qu'une simple curiosité pour son précieux festin.

Les ricanements puérils auguraient un combat déloyal.

Colette inspira profondément. L'air chaud lui brûlait les poumons et son sang bouillonnait de colère. D'une pirouette maîtrisée, elle défia la horde de traîtres dont les âges cumulés n'atteignaient pas la cinquantaine.

Son souffle s'accéléra.

Ils étaient quatre. Affublés de costumes effrayants confectionnés à partir de guenilles qui les recouvraient de la tête aux pieds.

Henri cachait bien mal sa bedaine derrière trois gamins travestis en créatures païennes. Ils devaient crever de peur sous leurs déguisements destinés à l'effrayer ! Bien trop lâches pour dévoiler leur identité, les enfants l'approchaient en rang serré.

Colette focalisa son attention sur sa main malade. Les élancements suivaient le tempo de son cœur. Chaque pulsation envoyait une décharge électrique du poignet aux extrémités. En dépit de la douleur, elle percevait le danger comme une opportunité d'évacuer sa propre violence à l'encontre de ses harceleurs. Un seul geste déplacé et elle exploserait en toute impunité – *C'était pour me défendre !* se justifiait-elle déjà mentalement.

Attifé d'un drap maintenu à la taille par une cordelette de chanvre, le plus petit des minots la bouscula d'un coup d'épaule. Deux minuscules fentes incisées dans le tissu laissaient entrevoir l'ambre de ses yeux. Un second l'envoya valser dans les airs. Elle retomba comme du plomb sur l'herbe cramée par le ciel incendiaire.

Les masques mal ajustés défiguraient leur anonymat par des grimaces effrayantes.

Colette comprit alors que le diable dansait à ses dépens, dans le pré ensoleillé.

« Tu fais moins la maligne ! » lança Henri.

Répondant au signal du garçon, la bande l'encercla.

Colette fixa les quatre épouvantails vibrionnant autour d'elle, qui lui balançaient des coups de pied dans les côtes et les cuisses. Son visage, cloqué par la chaleur, s'étouffait sous les fers et les cris bloqués au fond du gosier. Dans l'attente d'une prise, sa main senestre frétillait sous sa cape, tandis que l'autre se débattait pour parer aux chocs des sabots meurtrissant ses chairs.

« On devrait la déshabiller…

— Ouais, elle cuirait comme un œuf sur la poêle…

— On pourrait lui crever un œil ?

— Je vote pour la pendaison ! Comme sa mère !

— Non ! Enterrons-la près du puits !

— Vivante ?

— Évidemment, pauvre sot ! »

L'horreur se déclinait dans la bouche des enfants comme un sort jeté par les sorcières d'antan.

Colette se mit à ramper pour leur échapper. L'odeur de terre s'engouffra sous la muselière vissée à son crâne. Elle suffoqua. Le monde tournait sur l'axe de son corps en générant vertiges et nausées.

« Eh ! Où tu comptes aller comme ça, la rouquine ? On n'en a pas fini avec toi ! »

Des mains agrippèrent les pendants de sa cape. Elles exerçaient une contrainte imparable.

La fureur prit soudain l'ascendant sur la peur, congestionnant ses cellules programmées pour tuer. Impuissante, Colette se jura de leur rendre la pareille. L'intimidation avait peu de prise sur elle, car nul doute que ces quatre-là bluffaient…

« Attrape sa main ! » ordonna l'une des leurs.

Une fille...

Colette aurait reconnu cette voix nasillarde parmi une foule de choristes à la grand-messe. Et sa détentrice s'appelait Jacqueline.

« Je l'ai ! » hurla le gros lard.

L'intensité d'une rage trop longtemps contenue s'exprima à travers le bâillon de fer. Henri empoigna le bandage sanglant. L'action se déroula si vite que Colette ne saisit pas immédiatement leur intention.

L'éclat de la lame l'aveugla. L'obscurité glissa sur le pré jadis ensoleillé.

« Tranchez-lui la main ! » ordonna Henri.

La rouquine tenta vainement de se débattre, mais une sourde terreur paralysait ses fonctions motrices.

« On peut pas faire ça…, se rétracta Jacqueline. Ça va trop loin…

— T'es qu'une froussarde ! J'vous l'avais dit qu'elle se dégonflerait, les gars !

— Ouais, manquerait plus que tu ailles pleurnicher dans le fichu de *maman* ! »

Colette se concentra sur la joute verbale.

Par leurs voix, elle identifiait les protagonistes du crime qui s'apprêtaient à commettre une mutilation de sang-froid.

La prise se resserra sur son poignet.

« Suffit de lui scier l'os… Vas-y, je la tiens ! » lança Henri.

Le silence mourut aux chants des oiseaux.

« Fais-le toi-même, contra le plus jeune.

— Répète ?

— T'as très bien entendu. Terminé. Ton p'tit jeu a assez duré. C'est plus drôle, Henri. Venez, on rentre. »

L'espace au-dessus de Colette s'éclaircit. Le soleil se remit à cogner sur sa muselière tandis que les trois traîtres s'éloignaient sans la moindre considération pour la petite victime plaquée au sol.

Henri proféra une flopée de jurons. D'un geste rapide, il ôta le tissu ridicule de sa tête. Ses joues empourprées tremblaient comme deux flans aux cerises.

Soudain, un éclair de peur traversa son visage de poupon trop garni. Il prit conscience de sa position bien solitaire face à la madone au masque de fer.

Et sous la muselière s'écrasait le sourire cruel de l'indigne fille de Rose.

À nous deux, Henri…

32

Valère

TROUVE-MOI.

Les mots résonnaient comme un appel au secours au terme d'une partie de cache-cache qu'un joueur se refusait à disputer. Trop de zones d'ombre à explorer, trop de démons à affronter, trop d'espaces où suffoquer. TROP.

Valère replia le papier froissé et le fourra dans la poche de sa salopette. Il n'avait pas l'intention de répondre aux attentes d'un Juif ni de courber l'échine face à ses propres travers qui le conduiraient tout droit à l'asile si la chose se savait. Il avait toujours aimé les garçons, leur fragrance virile, le galbe de leur corps puissant. Son attirance pour Arthur semait la zizanie au-dedans de lui.

Il erra un long moment dans le labyrinthe silencieux du Val sans croiser âme qui vive. Les résidents évaporés rappelaient ces enfants placardés sur les murs en un funeste cortège pictural de présences évanescentes. Flânant dans le salon désert, Valère révérait les créations de Guillon. Pour les atteindre, il tira une chaise, prit appui sur le couvercle du piano et grimpa sur la paille tressée. Le relief des coups de pinceau tangibles écorchait la pulpe des doigts. Les siens parcouraient inlassablement les toiles, leur texture, leur histoire. Et leur deuil. La puissance des regards braqués sur lui l'envoûtait. Des familles entières scrutaient le ventre du Val. Le recueillement perdurait par-delà la mort.

« Tu fais quoi ? »

D'un sursaut, Valère bascula dans le vide. Il grogna en considérant Ana qui se rapprochait lentement, sa poupée serrée contre sa poitrine naissante.

« Tu m'as fichu la frousse ! Et pis, comment tu sais que c'est moi ?

— Je ne savais pas, s'en amusa Ana. Ça aurait pu être n'importe qui ! Il suffisait de poser une question et d'attendre la réponse. Je te reconnais à la voix. Un truc d'aveugle », ajouta-t-elle avec un sourire en demi-teinte.

Par la baie entrouverte s'engouffra le souffle chaud de l'été. Une caresse, un fardeau.

« Valère, faut qu'on parle. C'est important. »

Le garçonnet se releva en frottant sa hanche douloureuse.

« Vas-y. Je t'écoute, dit-il.

— Pas ici… Viens… »

Le bouclier de ses mains symbolisait un refus préventif.

« Si t'as dans l'idée de m'attirer dehors sans surveillance, attends au moins que je cicatrise de ma dernière raclée !

— Elles ont décidé de fuir, lâcha Ana dans un sanglot.

— Qui ?

— Les mères.

— Les mères ? »

Ana soupira un grand coup. Elle expulsa plus d'air que n'en contenaient ses poumons.

« Elles partiront sans toi ! hurla-t-elle. Sans toi… ni Arthur. Tu comprends ? Elles ont déjà tout prévu !

— Pourquoi elles feraient ça ? »

Ana se mordilla les lèvres. Elle ravalait les mots interdits. Valère posait bien trop de questions dont elle ignorait les réponses, ces traits d'union qui laissent tant de place à l'imagination. Il y avait pourtant beaucoup à dire. *Colette et sa muselière. Elle avec le peintre. Et les ravitailleurs…* Tant et trop qu'elle ne savait par quel bout de l'enfer commencer.

« Tu fuiras aussi ! Promets ! »

La porte du hall s'ouvrit soudain sur trois silhouettes enrubannées de tissus grotesques. Jacqueline bougonnait. Les deux suivants se frayaient un chemin peu recommandable dans le sillage de ses jurons.

« Hé ! » cria Valère.

Surpris, le trio s'emmêla. Les pieds enchevêtrés dans ses linges tirebouchonnés, l'un des minots manqua trébucher. Le tissu se déchira sur les joues du petit Jean.

« C'est carnaval ? À quoi vous jouez ? » s'inquiéta Valère.

Ana vint se blottir contre lui.

« Il se passe quoi ?

— Je sais pas… »

Jacqueline se débarrassa de ses étranges guenilles. De longs cheveux filasse ployaient sur ses épaules.

« On joue plus, fit-elle, la mine défaite.

— Boucle-la, Jacqueline », asséna le dernier du trio, qui, imitant ses comparses, se dépoila.

Valère tressaillit.

Arthur ?

Non. *Marcel.* Grand et sec comme une trique. Le visage buriné par un passé déjà trop lourd.

« Pourquoi vous avez l'air tout peureux ? s'enquit-il.

— Va faire un tour près du vieux puits, tu verras… », le défia Jean.

D'un même élan, les trois gamins détalèrent. Leurs sabots claquèrent dans les escaliers menant aux étages. L'écho de leur cavale se répercutait jusque dans le hall.

Hésitant, Valère approcha la bouche béante du Val qui s'ouvrait sur l'hostilité des terres étouffées par la nature foisonnante.

Ana s'agrippait à ses bretelles.

« T'iras nulle part sans moi.

— Dépêchons-nous », fit-il en lui prenant la main.

La jeune aveugle se laissa guider sous la chaleur écrasante. La magie de sa cécité occultait l'étendue sombre et sauvage des forêts de mélèzes d'où s'élevaient parfois des cris de bêtes. Valère s'essoufflait sous le ciel insolent. Un bruit de ferraille ponctuait ses respirations plus laborieuses pas après pas.

M'abandonne pas ! suppliait mentalement Ana.

Au lieu de quoi, elle demanda calmement :

« On va trouver quoi près du vieux puits, selon toi ?

— Comment tu veux que je le sache ! On est bientôt arrivés de toute façon… »

De loin, on aurait parié sur un tas d'ordures malencontreusement oublié dans ce désert roussi par le soleil. Un souffle brûlant balaya la masse noire échouée près du puits. *Des mouches,* pensa Valère.

« Alors ? Dis-moi ce que tu vois ! »

Un geignement. Des pas qui s'enfuient. Et le sol qui se dérobe sous un poids mort, l'entraînant dans sa chute.

« Valère ?

— Faut pas rester là, lui répondit une voix qu'elle reconnut à peine.

— Pourquoi ? Qu'est-ce qu'il y a ? Réponds-moi ! » s'écria Ana.

Les mots s'étranglaient dans la gorge de son ami.

Plus de son. Rien qu'une vision.

Devant eux, un matelas de pelouse épongeait le sang.

Le sang du petit corps mis en travers.

33

Signur Guillon

La lueur des bougies projetait des ombres sur les chevalets disposés de manière aléatoire dans l'antre de l'artiste. Penché sur un vieux secrétaire, Guillon peinait à rédiger la prochaine missive à destination de la France. Sa plume glissait nerveusement sur du papier d'emballage. La corbeille à ses pieds débordait d'essais infructueux.

Mon fidèle compagnon,
Je tarde à t'écrire par manque de temps et par défaut d'optimisme. Ta dernière lettre présage de sombres lendemains pour notre petite affaire... J'ai bien compris que le conflit s'aggravait en France. Je suppose que les contrôles s'intensifient au point de ne plus espérer un nouveau convoi de pensionnaires. Combien de rafles ? D'enfants déportés ? De familles décimées ? Tu n'en dis pas plus que le strict nécessaire. Au Val, nous coulions des jours chauds et heureux jusqu'à ce drame épouvantable... Comment te l'annoncer ? Au nom de notre amitié, j'avais promis de veiller sur Rose. J'ai failli à ma mission...

Guillon émit un râle de frustration. Il broya le papier et se saisit d'une énième page formatée. Le phrasé sonnait faux. Aucun mot ne convenait pour masquer l'hypocrisie dont il se nourrissait depuis si longtemps. Il concentra son attention sur la virginité du papier brun dans l'espoir d'y puiser l'inspiration maligne qui l'écarterait d'une situation délicate. *L'autre* aurait tôt fait de débarquer quand il apprendrait la terrible nouvelle. Et les ennuis suivraient. Mais dissimuler la vérité s'avérerait plus suspect encore. Le dilemme se résumait à choisir sa mort – lente ou brutale. Car celle de Rose le condamnait inéluctablement à une issue fatale…

Le martèlement des pas résonna dans le boyau souterrain.

Guillon leva les yeux vers la porte close. Une ombre fila au bas de l'huis. La clenche s'abaissa lentement, arrachant un long gémissement aux ferrures rongées par la rouille.

C'est lui… Il sait ! Il est venu pour me tuer.

Un doux soupir fit vaciller les langues de feu de cet enfer tamisé. Sous le chatoiement dansant des bougies, un clair-obscur à taille humaine glissa dans le dédale des chevalets.

« Je vous trouve enfin… »

Une pointe douloureuse se ficha au niveau de son cœur.

Guillon lâcha plume et angoisse.

« Mon cher *docter*, annoncez-vous à l'avenir ! Ou je finirais sur votre table de dissection ! dit-il, une main plaquée sur le thorax.

— Vous permettez ? »

Question rhétorique. Le praticien tirait déjà la chaise sur laquelle son postérieur en blouse noire s'écrasa lourdement.

« Vous lui écrivez, n'est-ce pas ?

— Il faut bien que quelqu'un se charge de la sale besogne, pesta Guillon.

— Alors, mentez.

— Pardon ?

— Inventez une histoire bien ficelée au sujet de Rose. Faut-il vous rappeler que nous n'avons même pas pris la peine d'ériger une sépulture à son nom ? Vous et moi savons ce dont notre compagnon est capable... Apprendre sa mort le rendra fou. Et sa folie s'abattra sur nous aussi sûrement que la rudesse de l'hiver sur les Grisons. »

Guillon soupira. Sa tête se mit à bouillonner au creux de ses mains. *Il docter* avait raison. Leur correspondant ne lésinait sur aucun supplice pour assouvir ses accès de colère. Pactiser avec le diable impliquait de se brûler les ailes au foyer de ses rancœurs.

« Nous avons conclu un accord, plaida-t-il.

— Dix ans... Ça remonte à dix ans ! Ne pensez-vous pas qu'il y ait prescription ?

— De toute façon, j'ignore comment le lui annoncer », avoua Guillon.

Il docter considéra les brouillons chiffonnés. Il en tira un au hasard. Étonné, il en saisit un second. Cette étrange loterie l'intrigua. Toutes les feuilles paraissaient vierges de mots.

« Je ne suis pas fou, si c'est ce que vous pensez. Inutile de protester, votre regard bovin s'exprime pour vous ! s'emporta Guillon.

— Vous êtes blessant.

— Et vous êtes un idiot. Placez la feuille près d'une bougie, je vous prie. »

Le médecin s'exécuta.

Les lignes se dévoilèrent sous la chaleur.

« De l'encre sympathique ? s'extasia-t-il.

— Une formule efficace. Transparente et sans odeur. De quoi étaler vos expériences sans risquer la potence…

— J'opère au service de la science ! s'indigna son interlocuteur.

— Évidemment. Tout comme j'œuvre pour le bien de nos petits pensionnaires… À ce propos, quelles sont vos avancées ? »

Le médecin s'enorgueillit froidement de ses diagnostics :

« Le petit Jean tolère l'inhalation au masque d'Ombrédanne[1] et son hystérie régresse sensiblement. D'ailleurs, il faudrait songer à nous ravitailler en ampoules de "Schleich[2]"… Le cas de Jacqueline est plus préoccupant. La peur panique des rêves est une maladie mentale peu commune. Je préconise un séjour prolongé dans le charnier situé au bas de la colline. Cette méthode devrait suffire à rendre ses cauchemars totalement insipides. »

Un rire gras secoua le goitre de son cou.

« Quant à Henri, reprit-il, j'envisage l'ablation d'une

1. Seul appareil d'anesthésie utilisé de 1909 à 1938, il continuera à être employé jusqu'en 1960. Conçu par le chirurgien français Louis Ombrédanne (1871-1956), il servait pour l'anesthésie inhalatrice.

2. Mélange pour l'anesthésie inhalatrice. Il associait au chloroforme de l'éther sulfurique et de l'éther de pétrole, dont les points d'ébullition complémentaires permettaient de s'affranchir des variations thermiques du patient et de l'ambiance opératoire.

partie de l'estomac pour contrer cet appétit féroce, qui, en outre, épuise nos réserves en nourriture.

— Il survivra ?

— À l'opération ? Je l'ignore. On ne peut pas écarter le risque infectieux.

— Et Colette ?

— Pauvre petite. Son état obsessionnel est irréversible et présente un danger non négligeable… L'amputation de la main gauche semble inévitable. »

Guillon hocha la tête en guise d'assentiment. Numéro suivant.

« Le jeune Valère est-il sain ?

— De corps. Pas d'esprit. Vous remarquerez son penchant abject pour les enfants de même sexe…

— Seigneur… Que préconisez-vous pour ce type de déviance ?

— Éradiquer le mal d'un point de vue anatomique. Inutile de vous faire un dessin. »

Les traits plissés sur une profonde aversion, Guillon enchaîna :

« Au fait, ne devriez-vous pas veiller sur Arthur en ce moment ? »

Le médecin bomba le torse pour se forger une contenance.

« Le vieillard a pris la relève.

— Êtes-vous certain qu'il ne souffre pas de consomption ? Sa toux me répugne. »

Une moue de dégoût soulignait ses interrogations.

« Je l'ai examiné à son arrivée. Tout comme vous, je craignais l'épidémie… Mais le vieux a encore de beaux jours devant lui ! Je ne vois aucune raison de l'envoyer dans un préventorium.

— Parfait. Retournez donc vaquer à vos *nombreuses* occupations, mon cher *docter*. »

Un sourire méprisant suspendu aux lèvres, le médecin désigna la toile exposée dans un angle faiblement éclairé.

« Vos travaux sur la petite Ana avancent bien ? »

Guillon se crispa.

L'évocation même de cette petite perle fragile lui chiffonnait le cœur. Le ton de son acolyte l'irritait au point de songer à l'assommer à l'aide du presse-papier posé devant lui. L'image de son crâne explosé dans une effusion de sang lui procurait un certain plaisir. Cependant, Guillon n'en fit rien. Leur alliance impliquait une retenue exemplaire.

« Ana finira par recouvrer la vue.

— Je n'en doute pas. Votre croquis est déjà très éloquent… Lui direz-vous qui a tué son père ? que le soldat au premier plan n'est autre que l'allié de vos exactions ?

— Je n'oublierai pas de préciser qu'il est aussi à l'origine des vôtres ! Maintenant, fermez-la ! Votre arrogance empeste l'alcool frelaté. »

Le visage bouffi du médecin se ferma sur une peur infantile.

En effet, peut-être avait-il un peu trop abusé des vins liquoreux qu'il escamotait durant les repas pour remplir de petites fioles issues de sa collection privée ?

Le vacarme à l'étage supérieur mit fin à leurs escarmouches.

Hurlements et bousculades vibraient dans les soubassements du Val Sinestra.

« Bon Dieu ! Que se passe-t-il encore ? » s'emporta Guillon.

Les deux hommes se précipitèrent dans les méandres sinistres des sous-sols. Une multitude de salles aux fonctions abandonnées jalonnaient leur parcours en direction des marches instables conduisant à une porte dérobée. Ils débouchèrent dans le grand hall, sans réchauffer l'environnement glaçant.

Les enfants et les mères, tous étaient là.

À l'exception d'Arthur.

Et de Rose.

Agglutinés autour des prémices d'une fièvre collective, ils tentaient de calmer la femme dont les cris déchirants couvraient leurs questionnements.

« *Ils l'ont trouvé près du vieux puits !*

— *Quelle horreur ! Qui a pu faire une chose pareille ?*

— *Il le dira pas de sitôt...* »

Guillon s'interposa. L'attroupement se délita aussitôt. Un odieux silence tomba sur sa présence. On le craignait sans oser verbaliser cette défiance.

« Mon cher *docter*, je crois que l'ablation des organes digestifs relève désormais d'une option fantaisiste... Jugez par vous-même. »

Le médecin s'agenouilla près de l'enfant étendu dans la fange provenant du pré ensoleillé.

Une odeur insoutenable lui soulevait le cœur, mais pire encore était la mise en scène des mutilations.

La vision d'une langue sectionnée déposée sur ses yeux crevés confinait à l'épouvante. Les incisions attestaient d'une sauvagerie sans précédent dans les annales d'un praticien rompu à l'art chirurgical.

Sa voix s'étrangla subitement dans les vapeurs d'alcool.

« Seigneur, il respire encore... »

34

Ana

Regroupées dans le jardin d'hiver, les mères l'obligeaient à raconter l'indicible. La délicatesse habituelle de Klara disparaissait dans l'effervescence des interrogations.

Ana avait perçu la fournaise de l'obscurité, la tourmente des torrents et l'odeur des terres brûlées, mais l'horreur qu'on lui décrivait n'existait pas dans son monde étroitement scellé. La triste réalité soufflait la lumière du pré ensoleillé pour l'engloutir sous un champ de ténèbres. Et tandis qu'on les assommait de questions, Valère serrait sa main comme s'ils étaient devenus les membres illégitimes d'une fratrie improvisée dans l'adversité.

« Pourquoi vous traîniez au vieux puits ?

— Demandez aux trois autres ! Jacqueline, Marcel, Jean ! C'est eux qui nous ont dit d'y aller ! Demandez-leur !

— On l'a fait. Ils ne comprennent rien à vos histoires !

— Alors, ils mentent !

— Qu'essaies-tu d'insinuer ? s'emporta la femme

au fichu dont le ventre s'arrondissait à vue d'œil. Ma Jacqueline est une gentille fille !

— J'ai pas dit le contraire… Je dis juste qu'ils revenaient du pré accoutrés comme des épouvantails.

— T'as vu quelqu'un, là-bas ? intervint Klara.

— Non…

— T'as pas l'air sûr…

— J'ai vu personne, j'vous dis ! »

Valère se dupait lui-même.

Il avait bien cru apercevoir une silhouette étrange dans le prolongement boisé du pré. Une chose. Roulée en boule. Un animal ? Son imagination lui jouait sans doute de mauvais tours… En tout cas, s'épancher sur le sujet aurait attisé la curiosité des mères au point de ne plus pouvoir s'en défaire. Comment décrit-on une impression, une ombre fuyante impossible à saisir, sinon en se taisant ?

L'interrogatoire s'essouffla sous les silences. Les femmes se concertèrent dans le secret de leurs mots chuchotés puis elles se dispersèrent comme des nuages après l'orage.

Ana tira sur la bretelle de Valère. Ses yeux vides plongèrent dans les siens.

« Tu as vu quelque chose, là-bas, hein ? Je l'ai deviné à ta voix… Tu hésitais.

— J'ai rien vu, Ana. Rien, à part Henri… »

La fillette n'insista pas, brossa délicatement les nœuds formés dans la chevelure en mohair de sa poupée.

« Il va mourir ?

— Qui ?

— Henri !

— Dis pas ça ! *Il docter* a promis de bien s'occuper de lui. »

Une langue glacée se délia dans la bouche d'Ana :

« C'est Colette qu'a fait ça… Elle s'est vengée.

— De quoi tu causes ? Elle l'avait déjà bien malmené, le gros ! »

Ana lui rapporta la punition infligée à leur amie. Guillon avait vissé sur sa tête cet horrible casque de fer, si bien qu'elle peinait à respirer. Quant à parler, on lui en avait ôté le droit, tout comme la liberté de quitter sa chambre à la nuit tombée. Les raisons incitant aux représailles ne manquaient pas.

« C'est de la folie… », soupira-t-il.

Ana enchaîna sur la volonté des mères de fuir le Val, leur plan d'évasion longuement mûri. Ses lèvres tordues retenaient prisonnier le prénom de Rose. La petite pressentait que son incroyable résurrection les sauverait tous, à condition d'en garder précieusement le secret.

« Je ne partirai pas sans toi », dit-elle enfin.

Valère considéra la ligne d'horizon avalée par les forêts denses.

« Regarde. Le ciel s'assombrit.

— Ça doit être beau et effrayant à la fois…

— Désolé, Ana. J'oublie parfois que…

— C'est pas grave, tu sais. Bientôt, je retrouverai mes yeux. »

Le cœur serré, Valère convoqua le souvenir de sa jeune sœur à travers la fragilité d'Ana.

« Rentrons. Paraît que les femmes ont préparé des galettes. Ça te dit d'en chiper une ? »

Aucun d'eux n'éprouvait la gourmandise ni l'excitation d'un goûter dérobé dont on s'empiffre en cachette pour en décupler la saveur. Mais, comme toujours, l'instinct de survie reprenait l'ascendant sur l'influence mortifère du Val. Les visages des enfants morts n'ôtaient plus le sourire des vivants. Ils se fondaient désormais dans le décor ainsi que des meubles poussiéreux dont on ne remarque plus la présence.

Alors qu'Ana et Valère se dirigeaient vers les cuisines, une voix de tambour gronda dans leur dos.

« Tu n'iras nulle part, Ana. C'est l'heure. »

Un tressaillement parcourut son corps vulnérable. La petite aurait voulu fermer les yeux sur une obscurité plus profonde que celle qui l'isolait déjà du monde.

Valère n'osait prononcer un mot tandis que l'homme l'emmenait, *elle*, dans les sous-sols de Sinestra. Il craignait les foudres de Guillon… Comment lui en vouloir ? Mais son silence faisait mal. Une blessure qui cicatriserait, comme toutes les autres.

Le grincement caractéristique de la porte la fit frissonner. *Dix marches.*

L'air vicié emplit ses poumons. Elle devinait un long couloir, puis un coude ouvert sur un autre. *Cinquante-trois pas.* Autant de craquements sous leurs semelles usées. Une main moite refermée sur la sienne.

L'odeur prégnante de térébenthine et les émanations de cire brûlée annonçaient le point de chute.

La porte de l'atelier se referma sur ses larmes.

« Pourquoi tu pleures, Ana ?

— C'est la poussière…

— La poussière… Rien à voir avec l'agression de ce pauvre Henri ?

— Si. Un peu…

— Je ne connais qu'une personne capable d'une telle sauvagerie. Mais elle est à mille lieues d'ici…

— Celui qui a fait ça n'est pas humain…, dit-elle, dans l'espoir d'éloigner les soupçons qui pesaient déjà sur Colette.

— Tu as raison. Les fauves de Sent l'ont certainement attaqué ! Henri n'aurait jamais dû s'aventurer loin du Val.

— Les fauves de Sent ? répéta Ana, médusée. Les autres disent qu'ils n'existent pas. Que c'est une invention d'*il docter.*

— Ils ont tort. Tu ne les entends pas hurler durant la nuit ? Ils se rapprochent, Ana. Mais ne t'inquiète pas, Henri s'en sortira. Aucun enfant n'est plus autorisé à mourir sous mon toit. »

Le sel de ses mots absorbait toute forme d'empathie.

« Approche. J'ai une surprise pour toi. »

Sa poupée brandie comme un bouclier, Ana se laissa guider par sa voix rauque. Guillon la souleva de terre pour l'asseoir sur ses genoux. Une part d'elle-même savait que c'était mal. L'autre demeurait tétanisée.

« Touche-la », dit-il en accompagnant ses doigts minuscules sur les protubérances de son œuvre.

La toile, composée de reliefs, déclinait les matières utilisées pour concevoir l'image d'un souvenir. Ici, deux petits cailloux illustrant les yeux de l'homme en armes. Là, un carré de mousse en guise de lobe frontal ; des brindilles séchées pour les cheveux ; deux morceaux de soie à la place des joues, lisses et blafardes.

« Tu le vois, Ana ? »

Elle ne répondit pas et s'attarda un long moment sur

la rudesse des fibres dans l'espoir d'extraire le soldat de son cadre. Le supplier d'épargner son père. Obtenir leur pardon. Et celui du Tout-Puissant.

Les questions de Guillon se perdaient dans le vertige de ses remords. Si seulement elle avait su garder sa langue bien sage dans sa bouche. *Si seulement papa m'avait laissée tranquille…* Si seulement.

« Ana ? Tout va bien ? »

Les fragrances du Val tourbillonnèrent à nouveau dans le cocon feutré de l'atelier. Tout comme la désespérante obscurité.

« Je ne vois toujours rien…, dit-elle, des trémolos dans la voix.

— Je ne suis pas magicien, Ana. Il ne suffit pas que j'agite mon pinceau comme on manie une baguette pour que les miracles se produisent. Aboutir à la catharsis prend parfois du temps. Une brusque décharge émotionnelle serait sans doute plus efficace… »

Guillon dégagea sa nuque et déposa un baiser humide au creux de son cou. Ana encaissa la poisse de ses grosses lèvres qui aspiraient sa peau tendre. Elle plissa les yeux. De dégoût. De terreur. Et, ne supportant plus le contact de cet homme avide de tendresse, Ana se mit à cogner et à hurler, les poings serrés sur le vide des coups esquivés.

« Calme-toi, Ana ! Je suis désolé… Je ne voulais pas… »

Les cris redoublèrent.

Ana martelait tout ce qui tombait à sa portée. L'impact contre le bois du secrétaire manqua lui briser les phalanges, mais la douleur physique était plus supportable que cette affligeante culpabilité qui l'habitait.

Coupable d'avoir dénoncé son père ! Coupable d'être née dans le corps d'une fille !

Dans le maelström de sa furie, les papiers volèrent à travers la pièce.

« Arrête, Ana ! Tu vas mettre le feu ! »

Soudain ceinturée par des bras puissants, la petite s'avoua vaincue, le souffle court et le cœur froissé. Elle compta les respirations, les espaces entre deux soupirs, comme si sa vie dépendait de leur fréquence. Ses mains avaient tout enregistré : l'emplacement des meubles et des chevalets se matérialisait derrière l'écran noir de sa cécité. Elle mentalisait clairement l'antre du peintre, où rien n'avait été déplacé depuis sa dernière séance.

L'odeur inquiétante du papier racorni par les flammes alarma soudain Guillon, qui, pestant par tous les diables, s'échina à étouffer le foyer naissant à l'aide d'un linge mouillé. Ses borborygmes le situaient au fond de l'atelier, si bien qu'Ana profita de son inattention pour se faufiler à genoux sur le sol rugueux, tâtonnant à la recherche de sa poupée. Elle ne pouvait pas être loin !

Son front percuta l'angle du secrétaire. Elle progressa plus prudemment. La paperasse froissée, amassée dans une corbeille, l'intrigua.

C'est alors que jaillit une idée folle et sans fondement. Un acte compulsif dicté par l'instinct de survie. Sa mère lui avait appris à s'octroyer des garanties par tous les moyens. Alors, en dépit de sa cécité qui l'empêchait de jauger l'importance des documents relégués au fond d'une poubelle, Ana récolta la preuve d'un lieu habité par le Mal.

Non loin de là, ses doigts effleurèrent la porcelaine. Rassérénée par sa présence, Ana entreprit ce qui lui semblait juste. Elle dévissa la tête et rembourra son cou de papiers jusqu'à sentir poindre la fêlure.

Guillon fulminait toujours dans un coin de l'enfer.

Et la gamine souriait.

35

Val Sinestra

On enterra Henri le lendemain.

Le cœur de l'enfant avait cessé de battre au petit matin. En dépit des sutures effectuées, *il docter* n'était pas parvenu à endiguer l'hémorragie. Il en avait involontairement accéléré le processus, mais se gardait bien de l'avouer à Guillon dont l'humeur virait déjà au rouge.

On enveloppa l'enfant dans un drap. Sa dépouille mutilée pesait lourd sur la civière transportée par les mères.

J'observais le cortège funèbre ployer sous une pluie battante en direction du vieux puits où fut plantée une croix blanche taillée à la va-vite. Recueillies au-dessus d'une fosse trop petite pour une tombe, les femmes se regardaient en chiens de faïence, épiant les réactions de leurs voisines. Les circonstances du décès supplantaient leur chagrin.

La mère d'Henri aurait voulu sauter dans le trou, rejoindre son fils, lui murmurer qu'ils seraient bien, là, tous les deux, blottis l'un contre l'autre pour l'éternité…

Ce que racontaient les autres ne comptait pas, ça ne lui rendrait pas son petit.

Porté par les rafales, l'écho de leurs voix s'envolait jusqu'à moi.

« Ce sont les quatre monstres qui ont fait ça...

— Sois pas sotte, les ravitailleurs sont retournés à Vulpera pour l'approvisionnement.

— Et s'ils étaient revenus sans qu'on le sache ?

— Oh, ça, ils reviendront ! Mais ce jour-là, on s'en apercevra...

— On fera ce qu'on a à faire.

— Oui.

— Et si le plan de Rose échouait ?

— Tais-toi, malheureuse !

— Klara a raison, tu piailles pour rien dire. Mais si c'est pas les ravitailleurs, alors qui a massacré le minot ? »

Tandis qu'*il docter* balançait la première pelletée de terre, le silence s'imposa brutalement en faveur du scepticisme. Les mères réajustèrent leurs mines endeuillées jusqu'à ce que le linceul disparaisse dans le monde souterrain du pré inondé.

Guillon s'était éloigné de la procession. Campé sur ses jambes arquées, il me défiait. Au fond de lui, cet homme me haïssait. Je lui avais pris un enfant. Ce n'était pas le premier ni le dernier, Guillon le savait.

Consignés dans mes valvules faisant office de chambres, les marmots m'appartenaient pour un court moment. La mort chuchotait aux pas des portes sans se révéler. Inconsolables, les plus jeunes pleurnichaient en l'entendant rôder comme un mystère que personne ne serait jamais en mesure d'élucider.

En ce treizième jour de septembre, le ciel électrique courait sur mes épaules fortifiées. La lumière se refusait obstinément à entrer dans mon giron, plongeant l'esprit de camaraderie dans la méfiance et l'angoisse.

J'aurais voulu consoler mes petits pensionnaires, leur siffler une parole rassurante, mais la tempête ruinait indéniablement mes efforts.

À quoi bon ? De toute façon, ils finiraient par mourir, eux aussi…

Valère fut le premier à s'engager dans le couloir silencieux du troisième étage. Il s'immobilisa devant la chambre rouge. La porte entrouverte laissait apercevoir le dos voûté d'Ana. Elle coiffait sa poupée et chuchotait à son oreille de porcelaine l'intimité de ses secrets. Le garçon fut tenté d'approcher sans bruit pour écouter son monologue, mais il se ravisa, un peu honteux d'y avoir même songé.

« Tu m'espionnes ? » lança Ana sans se retourner.

Valère ne répondit pas. Il déjouait le piège de la question anodine auquel son amie l'avait déjà confronté. Ça non, on ne l'y prendrait pas deux fois !

« Valère, je sais que c'est toi.

— Mais j'ai pas parlé cette fois !

— Tu viens de le faire », se moqua-t-elle.

Valère bougonna un instant, puis il se mit à rire de sa propre naïveté.

« Tu attends quoi ? Entre ! »

La chambre rouge baignait dans la pénombre d'un jour de tempête. Les nuages s'amoncelaient derrière le carreau battu par les vents. On distinguait à peine l'étendue sombre des Grisons noyés dans le déluge.

« Tu es en colère contre moi ? » s'inquiéta Ana, les

mains étrangement serrées autour du cou en porcelaine.

— Non, je ne suis pas fâché… Juste impressionné. »

Un sourire de contentement illumina le visage de la petite, mais les ombres du dehors lui creusaient des cernes qui mangeaient ses joues.

« Tu le serais, fâché, si nous allions chercher Colette ?

— Qu'est-ce que tu lui veux ?

— Lui venir en aide. Tout comme je veux secourir Arthur. Nous devrions profiter de l'absence des adultes pour découvrir l'endroit où ils l'ont enfermé…

— Et que fais-tu des autres ?

— Je n'ai aucune confiance en eux. Jacqueline, Marcel et Jean sont des menteurs ! Tu les as vus revenir du pré, non ? Je crois bien qu'ils ont formé leur propre clan. Nous ne pouvons compter que sur nous-mêmes… »

Le tonnerre se mit à gronder sous ma charpente éreintée, et la foudre – si lumineuse fût-elle – peignit l'épouvante sur leurs visages.

Valère saisit Ana par le poignet. L'urgence dans sa voix témoignait déjà d'une pointe de remords.

« Alors, faut pas perdre de temps. Les autres reviendront bien vite de l'enterrement. »

Il la précéda, filant en direction de la chambre verte. Ana tâtait mes parois douloureuses, comptait ses petits pas couverts par le fracas de l'orage. Décidément, la disposition des choses clochait. Le guéridon avait été déplacé de quelques centimètres si bien que personne – à part elle – n'était censé le remarquer. Ana eut alors la conviction qu'un esprit tordu s'amusait à décaler les meubles dans le seul but de l'égarer. Et la manipulation fonctionnait. Elle errait dans un vertige permanent.

« Dépêche-toi, Ana ! » s'écria Valère.

Les bras pendant le long du corps, Colette apparut à l'autre bout du couloir. La fixité de son regard glaçait le sang. Sa main se crispa sous le bandage, fébrile et nerveuse. Tout son corps semblait fiché dans un piquet.

Valère s'avança avec prudence, comme on approche un monstre.

« Colette, tu sais ce qui s'est passé près du puits ? »

Un grognement, pas celui d'une fillette, celui d'une bête.

« Attends… J'ai un truc pour communiquer, s'interposa Ana en frôlant doucement la main de la petite madone. Tu te rappelles ? Serre une fois pour oui, deux pour non. »

Adossé au mur, Valère guettait les mouvements provenant des chambres. Il sursauta au fracas du tonnerre, s'immobilisa dans le stroboscope de ce ciel colérique qui les avait abandonnés.

« Sais-tu ce qui est arrivé à Henri ? » interrogea Ana.

Oui.

« C'est toi qui lui as fait ça, Colette ? »

Non.

« Qui, alors ? Marcel ? Jean ? Jacqueline ? »

Deux pressions brutales écrasèrent ses doigts menus.

NON !

« Tu me fais mal ! » s'emporta Ana en retirant sa main.

Un long gémissement émergea du carcan métallique enfoncé sur la tête de Colette.

« Calme-toi, intervint Valère. Faut qu'on trouve Arthur. Tu sais où il est ? »

La foudre embrasa brièvement le couloir. Les œuvres

de Guillon se révélaient plus terrifiantes encore sous le feu d'une lumière brève et intense.

Colette ne réagissait plus.

« Pardon de t'avoir crié dessus, s'excusa Ana. Réponds, s'il te plaît… »

Puis, s'adressant à Valère :

« Qu'est-ce qu'elle fait ?

— Elle hausse les épaules. T'as pas pensé à un truc pour dire peut-être. »

Colette pointa un doigt vers le bas.

« Je crois qu'elle essaie de nous dire qu'Arthur est en bas », ajouta Valère.

Les souterrains, songea Ana.

Ça valait le coup d'essayer.

Ils formèrent une chaîne, leurs cœurs battant à se rompre tout au long de la descente vers mes entrailles obscures et glaçantes.

« Tu as entendu ? s'écria Ana alors qu'ils atteignaient le premier palier.

— Oui… Le piano joue. »

Valère se faufila silencieusement dans le hall. Dissimulé par l'arcade du grand salon, il pencha légèrement la tête. Ses intestins se contractèrent sans ménagement. Baigné dans le demi-jour, l'instrument esseulé s'encrassait sous une couche de poussière. Le jeune garçon s'était imaginé surprendre le *vieux-qui-tousse* en train de s'adonner à son passe-temps favori.

En lieu et place du pianiste s'inscrivait la noirceur laquée d'un cylindre fermé sur l'absence de musique.

Valère sonda les fauteuils aux accoudoirs rebondis et les ombres qui s'acharnaient dans le jardin d'hiver. Aucune présence humaine pour désamorcer la peur nichée au creux du ventre. Rien que le cri du vent. Et la douce voix d'Ana soufflant sur son épaule :

« Faut descendre, maintenant. Avant qu'ils rentrent… »

*

J'aurais dû les en dissuader, pauvres petits !

Oui, j'aurais pu. Par quelque courant d'air plus effrayant que les précédents ou les craquements sinistres de ma charpente.

Mais j'aurais vécu dans le déni de ma nature véritable.

Car ma nature n'épargnait pas les âmes innocentes.

Elle les détruisait.

36

Arthur

Il ne bougeait plus. *Plus la force.* Les cafards pouvaient bien courir sur son corps atrophié, pourvu qu'ils lui procurent un peu de chaleur. Abdomens et carapaces tisseraient une couverture sous laquelle glisserait toute la froideur de sa peau presque morte. Il se laisserait grignoter, si seulement les bestioles voulaient bien se montrer, mais non, elles grouillaient toujours derrière le garde-manger, leurs petites antennes dressées comme des radars.

Elles aussi l'avaient abandonné.

La vie semblait s'échapper lentement à chaque expiration, privant graduellement Arthur du souvenir de ce si beau sourire qui adoucissait tant l'existence. Sa mère lui manquait tellement…

Le vieillard avait juré. Bientôt, il sortirait d'ici, sans savoir où ça le conduirait. Qu'importe. Dans cet ailleurs, il dormirait pour le restant de ses jours s'il le fallait !

Il avait du mal à respirer. *Trop de gaz.* Combien d'heures s'étaient écoulées depuis son dernier repas ? Son dernier réveil ? Son dernier espoir ? Pas assez de ses doigts rachitiques pour les dénombrer. Ou trop, comment savoir ?

Il ne savait même plus compter. Un monde tout de gris vêtu lui suçait la cervelle, millimètre par millimètre.

Ohé ! Y a quelqu'un ?

Il avait haussé le ton en dedans car sa bouche ne remuait plus. *Plus l'énergie*.

Que se passait-il, dehors ? Dehors existait-il encore ?

Un bruit sourd. Il l'entendit. Peut-être des voix ou le fourmillement de milliers de pattes cavalant sur le plancher. C'était absurde, évidemment. La cellule insonorisée ne laissait rien passer à moins d'activer le microphone.

Il devait rêver.

Comme souvent.

Rêver éveillé.

37

Colette

Ils progressaient dans un labyrinthe de galeries sombres et humides. Si le Mal existait, il ne pouvait loger qu'au fond de ces dédales abandonnés et sans âme. Colette le sentait palpiter dans sa chair encore meurtrie par les coups assénés par la bande de pouilleux. Henri en avait payé le prix. Salement. Bien sûr, elle savait ce qui s'était passé après le départ des trois autres, mais pourquoi dénoncerait-elle l'ange démoniaque qui l'avait soustraite à leurs griffes ? La vérité s'étoufferait sous le fer et le cuir de la muselière.

Les souterrains sinuaient étrangement, comme les boyaux dans le ventre d'un monstre gigantesque. Et l'odeur… On se serait cru proches des feux de l'enfer, là où tout se consume et meurt.

Valère la précédait d'un pas hésitant. Il se figea brusquement.

« Ça sent le brûlé !

— On est tout près de l'atelier de Guillon, supposa Ana. Faut continuer à avancer.

— C'est là qu'il t'emmène alors… Dis, il t'a jamais fait de mal, à toi?

— Jamais.»

Cette réponse trop hâtive trahissait la révélation des abus et des promesses mielleuses prononcées entre deux caresses malsaines.

« Et plus loin, y a quoi ? demanda Valère.

— À toi de me le dire. Il ne m'a jamais attirée au-delà de son repaire… »

La petite madone entendait l'amertume dans la voix d'Ana. Les épines fichées dans sa gorge, les brûlures sur sa langue. Colette ne s'attachait pas facilement. On l'avait rejetée tant de fois. Maltraitée, aussi. En raison de sa main malade. À cause de ce qu'elle était, des drôles de choses qu'elle faisait. Mais Ana ne se comportait pas comme les autres. Sans jugement ni préjugés. Ses yeux morts l'empêchaient de distinguer l'abomination dissimulée sous sa cape. Dans le secret des nuits trop longues, Colette priait souvent pour que Guillon ne parvienne jamais à lui rendre ses prunelles pourtant si belles.

C'était cruel.

C'était elle.

« On devrait retourner sur nos pas… »

Valère se comportait comme une fillette, avec ses inflexions perchées dans les aigus, ses mauvais pressentiments qui finiraient pas les contaminer tous.

Ana s'éloigna silencieusement, leur disant de ne pas s'inquiéter. Ici, elle se repérait facilement. Chaque détail s'inscrivait dans sa mémoire, associait les pièces d'un puzzle pour enfant. Quand elle revint quelques minutes plus tard, une flamme orangée tremblait au bout de sa main.

« Tu m'étonneras toujours », confia tendrement Valère en prenant délicatement la bougie.

Elle s'était contentée de marcher vers la chaleur des rares candélabres que Guillon n'avait pas soufflés. Un jeu d'enfant.

« C'était quoi ? » s'écria soudain Ana.

Les ténèbres s'étaient mises à siffler dans la rumeur sinistre des soubassements. Le monde d'en bas n'en finissait plus de craquer comme s'il menaçait de s'effondrer.

« On dirait des trombes d'eau… Ça provient des conduits…, confirma Valère. Attendez, je vois quelque chose ! Restez là !

— Nous laisse pas ! Reviens ! »

Une larme roula sur la joue d'Ana. Elle sentit le bandage de Colette contre sa paume. Unies dans l'angoisse et l'attente d'un malheur. Le contact de la gaze humide – imprégnée de sang ? – lui crevait le cœur. Elle aurait pu profiter de l'absence de Valère pour évoquer la *fausse* mort de Rose, contraindre Colette à livrer ses mensonges, à confesser le complot établi par les mères. Puis elle se souvint qu'elle-même n'avait rien d'un ange. Alors, les lèvres refermées sur son déshonneur, Ana étreignit ses maigres épaules avec la tendresse d'une grande sœur.

« C'est une trappe ! » hurla soudain Valère.

Se repérant à la source de sa voix, Ana entraîna Colette dans son sillage. Soudées dans l'insouciance du danger, elles fendirent la pénombre pour l'une, l'obscurité pour l'autre.

« Qu'est-ce que tu vois ?

— Un passage qui mène en dessous… On dirait un

autre souterrain ! Faut se servir de l'échelle pour y accéder, remarqua-t-il à regret.

— Alors tu devras nous aider.

— C'est pas prudent. On devrait revenir une autre fois...

— Qu'est-ce qui aura changé d'ici là ? Je serai probablement toujours aveugle et Colette incapable de se cramponner aux barreaux avec sa main en bouillie. T'as la frousse, avoue !

— Non, mais les autres ont dû rentrer et ils doivent déjà nous chercher.

— Personne nous cherche, Valère. T'as pas encore compris qu'on n'est plus rien ici ? Rien du tout… »

L'inconscience, la colère ou l'interdit étaient-ils à l'origine de leur descente dans les profondeurs occultes du Val ? Certainement tout cela et plus encore. Valère les guida l'une après l'autre. Il fit de son corps un rempart entre elles et le vide. Un barreau céda sous leur poids, par chance le dernier de l'échelle. Plus de peur que de mal. Pourtant, chacun étouffait secrètement la sensation qu'ils ne remonteraient jamais à la surface. Ils s'étaient enfoncés si loin sous terre qu'Ana se demanda jusqu'à quelle profondeur l'air demeurait respirable. Seuls les morts supportaient le poids du monde au-dessus d'eux. *Toi, tu pourrais désormais en témoigner, mon pauvre Henri*, songea-t-elle.

Valère épousseta sa salopette et brandit la bougie qu'il avait déposée sur le sol le temps d'aider les filles. Les yeux agrandis par l'épouvante, ils sondèrent un long couloir sordide. La puanteur ici-bas saturait l'atmosphère glaciale.

Une lueur brillait au bout de l'enfer.

Ils s'étaient aventurés trop loin pour faire marche arrière.

Une ampoule nue suspendue par un fil projetait leurs ombres déformées sur les parois resserrées.

Une voie sans issue. Un cul-de-sac terminé par une porte en acier. Voilà ce qu'ils étaient venus chercher.

« Y a plus rien après, lâcha Valère.

— Y a forcément quelque chose derrière. Ouvre-la.

— Tu crois vraiment qu'Arthur est enfermé là-dedans ?

— C'est le seul moyen de savoir… »

Valère prit une grande inspiration, le regretta aussitôt quand les remugles de moisi et de rouille le souillèrent de l'intérieur. L'odeur nauséabonde le ramena dans la ferme familiale, à l'époque où le diable s'était acharné sur le bonheur. Au temps où Valère ignorait à quoi ressemblait la joie, avant de croiser la route de son parfait contraire. La nausée au bord des lèvres, il tenta d'abaisser la clenche, trop large pour une main d'enfant, si bien qu'ils la forcèrent à quatre mains.

Colette le fixait étrangement.

Elle semblait sonder son esprit. Détecter la laideur de ses pensées. Car, s'il avait pris part aux recherches, ses motivations différaient de celles d'Ana. Il se fichait pas mal du sort réservé par Guillon à Arthur. Non, tout ce qu'il voulait, c'était le voir souffrir autant qu'il souffrait. Lui faire payer sa responsabilité dans le déclin du monde. Le mépriser pour l'ardeur qui enflammait son bas-ventre.

« Qu'est-ce que tu regardes, Colette ? Viens plutôt nous aider, au lieu de rester plantée là ! »

La rouquine ne broncha pas. Elle attendit patiemment

le déclic. Celui qui annoncerait l'ouverture de la porte. Valère aurait juré qu'elle souriait sous le fer de sa muselière.

« On a réussi… », murmura Ana, la voix éteinte par l'appréhension.

Valère entra le premier.

Sa bouche s'arrondit sur un cri muet. Ana le tannait pour qu'il décrive ce qu'il voyait. Ses yeux avaient beau tout scruter, encore fallait-il être capable d'apposer des mots sur le malaise suscité par la morbidité de la pièce étrangement agencée.

« On dirait un laboratoire…

— Le laboratoire secret d'*il docter* ! fit Ana, excitée.

— Y a une sorte de table au milieu avec des boutons partout et des cadrans. Des bocaux aussi, posés sur des étagères. C'est bizarre. Et…

— Et quoi ? »

Valère ne percevait plus que la violence des battements de son cœur. Il tituba jusqu'à la vitre sans tain, vit le diable au nez crochu. Du moins, ce qu'il en restait. Arthur fixait le néant à travers lui. Son squelette assis bien droit sur le matelas.

« Valère ?

— Il est là…, bredouilla-t-il. Je crois qu'il est mort…

— Non… », sanglota Ana.

À l'autre bout de la pièce, Colette traînait ses godillots pour approcher les étagères, les bocaux. Les enfants mort-nés si bien conservés. Un bras tendu, trop court. Un ruisseau de larmes attaqua le métal vissé sur sa jolie tête rousse. Perchée sur la pointe des pieds, Colette sentit sa gorge se déchirer sous les lames du silence. Sa main tordue s'étira vers les hauteurs hors d'atteinte, mais ses ongles lancés comme des serres griffèrent le vide.

« Faut partir », décida Valère.

Ana ne le voulait pas.

Colette non plus.

Chacune d'elles tentait indépendamment de donner un sens à l'inconcevable. Aucune d'elle ne quitterait cet enfer pour un autre. Pas sans mettre un nom sur le changement qui s'opérait en elles, dans la tristesse et la douleur. Personne pour leur expliquer la mue de l'enfance à la conscience adulte, cette membrane fragile rongée par l'acidité de la vie.

Une présence se matérialisa dans leur dos. Imposante. Terrifiante. Et armée. Depuis leur arrivée, l'essence du Mal rôdait tel un vautour survolant une nécropole forgée dans le sang des innocents. Henri, Arthur… combien d'autres noms avait-elle portés à sa liste funeste ? Le danger enflait autour d'eux comme un tourbillon prêt à les aspirer.

Valère fit volte-face,

« Qu'est-ce que vous faites là ? » paniqua-t-il.

La hache fendit l'air en sifflant. Avant de défoncer le sol à ses pieds.

Le garçon hurla, les poumons enflammés par des cris hystériques. Il contourna la menace, agrippa la main d'Ana que l'effroi avait rendue muette. Colette ferma le peloton d'une course effrénée pour échapper à la folie de leur agresseur. Elle avait encore des bocaux plein la tête et des pieux fichés dans le cœur.

Plus de peur que de mal.

Une heure s'était écoulée depuis le début de leur exploration souterraine. Talonnés par une mort certaine, il ne leur fallut que quinze minutes pour remonter à la surface. Leurs jambes cotonneuses répondaient à des signaux d'alerte brouillés par l'incompréhension.

« Qui était en bas ? s'affola Ana.

— Le pianiste », répondit Valère, sous le choc.

Quand le garçon poussa enfin la porte dérobée débouchant sur le hall, d'autres abîmes les cueillirent.

Ils étaient au nombre de quatre.

On les appelait les ravitailleurs.

38

Arthur

Le vieil homme se posta devant la vitre sans tain. D'une main lasse, il s'épongea le front. *Plus de peur que de mal*. Le reflet de l'individu projeté sur le carreau lui répugnait. La lippe écumeuse, les yeux fous, le visage qu'il contemplait imitait parfaitement celui d'un tueur d'enfants. Il ôta l'expression malfaisante plaquée à ses traits burinés au profit d'un air chagrin. La conviction d'avoir agi pour le bien commun demeurait une maigre consolation en regard des moyens employés pour parvenir à ses fins.

Il déposa la hache dans un coin. Elle ne servirait plus qu'à fendre les bûches à la saison d'hiver. La terreur qu'elle avait suscitée marquerait les enfants à jamais. Ils sentiraient le danger embusqué chaque fois qu'une lame tranchante fendrait la douceur des rêves. Leurs cris s'étrangleraient au milieu des cauchemars, puis ils finiraient par s'habituer aux assauts de la nuit noire. Il le fallait.

Le dos voûté, il tourna en rond dans la pièce. Un fauve en cage pressé par le temps. Les émotions s'enchevêtraient, mélange de chagrin, de compassion et d'indignation. Une sorte de vertige dans lequel ressurgissait le calvaire de Colette. Pauvre gamine. Née dans la souffrance. Née pour souffrir. Esclave des pensées impures gravées dans son esprit dévasté. La main de Dieu s'était froidement détournée de ses enfants. Ses voies impénétrables le demeuraient plus que jamais face à ces fœtus flottant dans un liquide jaunâtre, à leurs organes prélevés aux fins d'une science inventée par l'Homme. *Et sous l'influence du Malin*, songea-t-il.

Le vieil homme soupira. Il n'avait aucun moyen d'emporter les bocaux. Un seul, peut-être… Histoire de révéler la nature véritable du Val Sinestra. Résigné, il ne prendrait que le strict nécessaire à sa survie. Et à celle d'Arthur. Il se contenta d'empocher la lettre expédiée de France que Guillon avait laissée traîner sur la console. Sans doute considérait-il l'avis de décès d'une mère comme un sujet insignifiant, lui qui avait côtoyé la mort bien plus souvent que de raison. Il garderait la missive près de lui pour un ultime hommage à cette femme, tombée sous le drapeau honteux d'une race suprême.

Un peu plus tôt, le vieil homme avait surpris Ana évoquant le projet des femmes. Elles envisageaient de plier bagage avec leur progéniture pour se soustraire aux détraqués de Vulpera. L'occasion était trop belle. Il lui fallait profiter de l'effervescence qu'engendrerait leur disparition pour libérer Arthur de la chambre expérimentale.

Il enclencha le microphone.

De l'autre côté de la vitre, l'air frissonna.

Décharné, les yeux exorbités, Arthur ne bougeait pas. Ses dernières forces l'avaient quitté. Il flottait quelque part entre l'inconscience et la survie. Un endroit inatteignable. Depuis la dernière injection de gaz, le visage de sa mère s'était estompé dans les limbes terrifiants d'un désert affectif. Plus d'ancrage. Rien que le vide. Et l'ultime question : quelle douleur serait plus supportable, la mort ou l'oubli ?

« Arthur, je vais ouvrir la porte. »

L'information chemina dans son cerveau endommagé. Se perdit un instant. Ressurgit. Comme une vague qui finit par tout engloutir.

« Arthur, souviens-toi... »

Se souvenir. Finalement, c'était ça le pire. Replonger dans les bras affectueux de sa mère avant qu'on l'en arrache. Humer l'odeur sucrée d'une belle tarte puis celle de la pâte carbonisée juste après. S'enfuir pour ne plus revenir. Atterrir au fond d'une cellule et crever avec une étoile jaune au fond du cœur.

Se souvenir, c'était entretenir la souffrance, l'inciter à nous consumer.

« Souviens-toi de ce que nous avons prévu... Tu avances jusqu'à la trappe et tu marches sans t'arrêter. Il n'existe qu'une issue vers la liberté... Je t'y attendrai. »

Le vieil homme déclencha le mécanisme d'ouverture. Il ignorait les conséquences d'un changement brutal d'environnement sur la santé de l'enfant. Il en assumait les risques. Si minimes. Après tout, Arthur n'avait déjà plus rien d'un vivant.

« Il faut que tu sortes, petit... Je t'en supplie, lève-toi... »

En longeant les abîmes, l'homme *qui-n'avait-pas-de-nom* ne cessa de prier. Il pria pour ces bébés qu'il avait abandonnés, pour l'adolescent gisant sur son matelas d'agonie. Pour son propre salut. Ses larmes s'inscrivaient dans un sentiment de rage et d'impuissance.

Au milieu de l'horreur et des tourments, un sursaut de vie, une grâce accordée pour un temps déterminé. Oui, les miracles portaient en eux une durée limitée. Mais ils avaient le mérite d'exister.

Du fond de son cachot, une lueur infime traversa le regard d'Arthur.

Une lueur d'espoir.

39

Signur Guillon

La tempête troublait déjà la sérénité du Val, mais le retour prématuré des ravitailleurs ouvrait un précipice bien plus redoutable. Ces hommes menaçaient dangereusement l'autorité qu'il exerçait sous son propre toit. *Qu'ils aillent brûler en enfer ! Ici, c'est chez moi…*

Guillon se mordit la langue. Il craignait de s'être épanché à haute voix.

Il considéra le troupeau derrière lui. Tête basse, les mères combattaient les vents. Elles se tenaient par la main, puisant la force d'avancer au contact l'une de l'autre. Sous ses sombres guenilles, la procession palpitait d'une haine contagieuse. La haine des hommes et leurs prétentions au pouvoir, à l'asservissement, à la débauche, à la destruction. Malgré elles, les mères avaient rapporté des échantillons de guerre jusqu'aux contrées reculées des Grisons. Sous leurs chignons, on entendait encore cracher les canons, déflagrer les poudrières, siffler les bombes et les hurlements des opprimés. Le silence était impuissant à faire taire le chant de l'insurrection. Elles venaient d'enterrer *leur* enfant. Et leur fragilité gisait désormais à ses côtés.

Le Val Sinestra croulait sous les assauts d'un jour mauvais. La porte massive, entrouverte sur une obscurité glaciale, accentua le malaise de Guillon. Dans son empressement à mettre Henri sous terre – et à inhumer sa propre fureur –, il avait omis de verrouiller son temple. La charrue stationnée sur le chemin cabossé ne laissait aucun doute. Les hommes de Vulpera étaient revenus, chargés de vivres et de vices.

Assignés à résidence, les enfants n'auraient jamais franchi seuls les limites autorisées. La légende des fauves de Sent les avait échaudés depuis l'effroyable drame qui avait coûté la vie à leur camarade.

Mais le Mal, en revanche, avait eu tout le loisir d'y pénétrer. De féconder ces murs tapissés de son reflet mortifère.

« Restez là », ordonna Guillon.

Percevant la menace au-delà des mots, les femmes demeurèrent à distance. Rivés au chariot situé en contrebas, leurs regards s'enflammèrent comme des torches. L'imprévu s'invitait au concert de leurs angoisses.

Il leur faudrait improviser.

Plus le temps de parlementer.

Fuir. Et vite.

Derrière les portes éclatèrent les rires avinés des quatre brutes. Malgré le cri du vent, leurs voix grossières portaient depuis le hall. Ces hommes ne parlaient pas, ils aboyaient comme les chiens qu'ils étaient.

Guillon sollicita le soutien de son aide de camp. *Il docter* rentra les épaules. Son attitude traduisait celle d'un condamné traîné à la potence.

« Conduisez-les à la *Berghaus*. Je m'occupe de nos pensionnaires.

— L'inverse me paraît plus judicieux, *signur*…

— Peut-être. Mais l'inverse n'aura pas lieu. »

Le médecin s'acquitta de sa tâche. Avec succès. Les ravitailleurs semblaient dans un bon jour. Ils taquinaient trois de leurs petits résidents à propos de leurs *mines d'enterrement*. S'inquiétaient même de cet ignoble masque recouvrant la chevelure flamboyante de la jeune Colette. Le plus costaud soupesait le cadenas à l'arrière de son crâne avec un sifflement admiratif.

« Ils t'ont pas loupée ! T'as dû être une méchante fille, dis-moi… Faudrait arracher ta jolie petite tête pour forcer ce truc à mains nues.

— Laissez-la », intervint Valère alors que le médecin entrait dans le hall.

Les bras levés, l'homme capitula et recula d'un pas. Ces bras auraient pu les broyer tous les trois d'un seul mouvement.

« Montez dans vos chambres », ordonna *il docter*.

Les enfants ne se firent pas prier.

Ils détalèrent comme des anges talonnés par une horde infernale.

« Messieurs, suivez-moi.

— *Messieurs ?* On dirait qu'on a pris du galon, les gars ! » s'exclama le chef de meute.

Leurs ombres adipeuses fondirent sous le rideau de pluie et disparurent en direction de l'auberge. Un étranger se serait extasié devant cette charmante maisonnette aux rideaux tirés, ce terrier léché par le ronflement des flots.

Un étranger, peut-être. Pas *elles*, qui tremblaient en regardant s'éloigner le danger.

Un répit de courte durée.

À l'heure du souper, les mères demandèrent aux enfants de dresser la table pendant qu'elles œuvraient aux fourneaux. Le tintement des couverts et des écuelles sortis du grand vaisselier remportait tous les suffrages sur le silence des paroles qu'on n'osait échanger, des regards qu'on gardait baissés.

Guillon observait son petit monde s'activer en mettant une sourdine à son chagrin. Par habitude, le petit Jean déposa une assiette à l'emplacement qu'occupait habituellement Henri. Marcel se dépêcha de l'enlever derrière lui.

Le tic-tac de l'horloge égrenait patiemment les non-dits.

Agacé, Guillon se retira dans les sous-sols où l'air semblait soudain plus respirable qu'à l'étage. Il s'enferma dans son atelier. Rien de tel que la solitude pour se concentrer sur l'essentiel. *Ana*. La fleur indispensable à son jardin de misère. Il approcha la toile, caressa la silhouette de l'enfant inscrite dans la douceur des pétales séchés dont il s'était servi pour la représenter. Dépeindre son innocence, sa pureté. Il les avait immortalisés, elle et leur amour. Une main s'éternisa sur la rangée de boutons cousus sur le devant de son pantalon. Le renflement à l'intérieur était la preuve de cet amour. Puissant. Gorgé de désir. Inaltérable, désormais.

Guillon ferma les yeux. La beauté de l'insouciance se révélait derrière ses paupières closes. Un râle lui échappa. Un chant d'amour. Le souffle court, il se reboutonna. Délivré momentanément de la violence de ses sentiments, il pouvait se consacrer aux affaires urgentes.

Le secrétaire ployait encore sous le désordre commis par Ana. La petite garce avait bien failli incendier tout le Val ! Lui en tenir rigueur aurait été injuste compte tenu de sa cécité. Évoluer dans l'obscurité l'entraînait forcément sur des chemins de traverse… Désormais, il resterait à ses côtés pour l'en détourner.

Soudain, on frappa à la porte.

« C'est moi. »

Il docter avait appris sa leçon. Il n'entrait plus sans s'annoncer et ses rares apparitions portaient les stigmates de sa responsabilité dans le décès d'Henri.

Bon toutou.

« Qu'est-ce que vous voulez encore ? questionna Guillon.

— Le dîner est servi.

— Je viens… Dites-moi, mon cher *docter*, êtes-vous certain que le vieillard ne pourrit pas dans quelque endroit du Val ? Je ne l'ai pas vu depuis un moment…

— Compte tenu des circonstances, je l'ai chargé de veiller sur Arthur. Je comptais prendre la relève à l'aube. Mais si vous préférez…

— Non ! coupa Guillon. C'est parfait. Encore une question, avez-vous touché à mes affaires ? Je ne parviens pas à mettre la main sur mes dernières correspondances. »

Le médecin se retint de lui retourner la question à propos des six fioles étrangement subtilisées dans le tiroir secret de son laboratoire. Guillon ne lui tiendrait pas rigueur de son penchant pour la boisson, à moins que ces excès n'entravent gravement l'exercice de ses fonctions. Mieux valait donc taire le crime.

Il docter survola la pagaille d'un air compréhensif.

« Je ne suis pas surpris… »

Guillon ronchonna.

La faim commençait à le tenailler.

La soif aussi.

L'ivresse comblerait les failles d'un mauvais pressentiment.

Celui qui lui murmurait que rien ne serait plus jamais comme avant.

40

Val Sinestra

Je suis mort cette nuit-là.

Je suis mort, et personne ne regrettera un mouroir ignoré aux confins des Grisons. Pas même ces enfants que j'avais tendrement couvés, délivrés d'un pays ravagé par la guerre.

J'assistai à leur dernier souper, leur ultime nuit dans mes entrelacs d'errance.

Le ciel d'encre se déchaînait sur le chapeau du monde – mon seul univers – quand l'impensable se produisit. On s'apprêtait à m'abandonner, à me déserter comme un vulgaire hôpital laissé en désuétude par manque de soins.

Les hommes de Vulpera et leur appétit lubrique avaient joué un rôle décisif sur ma destinée.

Ils m'ont assassiné au plus fort de la nuit.

Je les revois gravir la pente. Cogner aux portes. Tituber jusqu'aux fenêtres brisées de leurs poings. Ils réclamaient leur dû. Un ventre où déverser leur foutre. Des animaux en rut perpétuel.

Au premier étage, les mères tremblaient sous leurs

longues blouses. La terreur les avait rassemblées dans la chambre de Klara. Rose était là aussi. Revenue de la ferme aux cochons dans laquelle elle s'était retranchée.

« Tu es certaine que ce raffut ne risque pas de réveiller *il docter* ou Guillon ? interrogea Klara.

— Pas avec la dose de Schleich que j'ai mise dans leur vin, répondit la femme au fichu.

— Et on fera comment pour sortir, hein ? Guillon verrouille les portes chaque soir ! » paniqua la mère de Marcel.

Rose enveloppa son épaule d'une main rassurante.

« Colette déjoue ces précautions inutiles depuis un moment… Comment crois-tu qu'elle parvenait à s'échapper à la nuit tombée ? Vérifier chaque issue de cet endroit maudit est humainement impossible. Mais rassure-toi, nous sortirons par la grande porte… », dit-elle en brandissant fièrement le trousseau de clefs escamoté à l'insu de Guillon.

Leurs visages émaciés se crispèrent au coup d'envoi.

« Assez bavassé, continua Rose. Il est temps. »

Leur plan semblait si parfait.

La mère d'Henri s'était portée volontaire pour visiter la tanière du diable. Qu'avait-elle encore à perdre ? Elle souffrait tant de l'absence de son enfant fraîchement enterré. Elle pourrait bien mourir aussi ! Comment vivre sans lui ? Se réveiller chaque matin, enchaînée aux souvenirs. Au fond, le pire serait une délivrance… Il lui restait cependant une dernière tâche à accomplir. Oh oui ! Ces monstres paieraient pour tous leurs crimes, même ceux qu'ils n'avaient pas commis ! Mais avant, il lui faudrait serrer les dents sur la douleur, l'empêcher de se muer en folie.

Tremblante, elle quitta le doux foyer des mères et descendit dans le hall. Des cris de bêtes enragées résonnaient par la baie vitrée, éventrée sous la force de leurs pognes insatiables. Elle s'engouffra dans la brèche pour s'offrir en sacrifice à des tortionnaires peu regardant sur la marchandise.

« T'as envie qu'on t'engrosse, salope ! » éructa le tatoué avec des relents d'ébriété plein la bouche.

La mère se laissa molester. Sans rechigner. Pas un mot, pas un cri. Elle écarta ses jambes grasses sous la pression brutale des doigts avides fouillant son entrejambe.

Déterminé à la besogner dans leur nid douillet, le chef de meute la traîna par les cheveux puis lui asséna une gifle étourdissante. Le ciel révolté se mit à tourner au-dessus de sa tête, mais la pluie cinglante la maintenait désespérément consciente. La *Berghaus*, si paisible et coquette en apparence, grinçait à mille lieues de là. Et le calvaire de leurs mains douloureuses s'éternisait…

La mère d'Henri encaissait. *Un mauvais moment à passer*, se persuadait-elle en raccrochant sa raison au médaillon trimballé entre ses seins meurtris par des palpations brutales et incessantes. Suspendue au portrait souriant de son fils, elle laissa les quatre fauves s'emparer de son ventre.

À tour de rôle.

Tandis qu'ils s'accordaient une pause, puant de sueur, elle remarqua l'arsenal posé contre le mur. Elle n'avait jamais tenu d'arme à feu, ignorait leur précision, leur fonctionnement. Elle n'en connaissait que la fonction pour avoir échappé à ses ravages.

Appuyer sur la détente. Recharger. Autant de fois

qu'il le faudrait pour les abattre tous. Non, elle n'y arriverait pas... Effondrées sur le matelas, ses chairs en loques refusaient de bouger. Jamais elle ne parviendrait à manier efficacement le fusil face à une horde rompue à l'art de la chasse. Le canon se retournerait inévitablement contre elle, lui exploserait la cervelle.

Mais, dans le secret de leur complot, les mères s'étaient préparées à l'éventualité d'un tel scénario. Aussi avaient-elles envisagé une seconde option sur laquelle se rabattre pour débarrasser définitivement le monde de leurs tortionnaires.

La femme tâta sa blouse déchirée, rassurée de sentir la fiole au contenu mortel bomber le tissu rugueux.

« J'ai soif..., murmura-t-elle. Donnez-moi à boire... »

Le chef de meute fronça les sourcils. Ses yeux insondables se transformèrent en abîmes.

« Vous entendez, les gars ? La putain a soif... », lâcha-t-il, songeant déjà aux longues heures qu'ils passeraient à abuser d'elle sous toutes formes d'avilissement.

« Va falloir rester docile, ma mignonne, si tu veux picoler... »

Elle hocha lentement la tête tandis que les yeux de l'homme se réduisaient à deux fentes obscures. Il lui tendit une bouteille à moitié pleine. De quoi assommer un cheval. Ses mains robustes irriguées par des veines gonflées d'alcool déployaient une incroyable vigueur.

La mère d'Henri siffla la gnôle au goulot comme on s'administre une dose de courage. Soudain, totalement saoul, l'un des ravitailleurs envoya valser à travers la pièce la chope qu'il avait vidée d'un trait. Le fracas interpella le chef de meute. Il se retourna pour vociférer des injures censées mater son comparse.

Tremblante, la mère suppliciée tira la fiole de sa poche. La providence lui accordait un sursis.

Quelques secondes bénies.

Une pour chaque goutte de poison versée.

41

Ana

Nuit noire sous des cieux électriques.

Une de plus.

Ana n'avait pas fermé l'œil. Elle ne dormirait peut-être plus jamais. Pas après ce qu'ils avaient vécu dans les souterrains. *Terreur blanche, panique, effondrement, chagrin*. Son vocabulaire se limitait au mot « souffrance ».

C'était déjà trop.

Elle songea à la crainte éprouvée par Colette à la seule mention du vieil homme que Valère surnommait « le pianiste ». Celui qui les avait menacés d'une hache.

Ana frissonna. *Un tueur d'enfants*. Sans doute avait-il tué Arthur, peut-être même Henri ? Seigneur, pourquoi ? Écrasée de lassitude, elle se laissa retomber sur les draps.

Dehors, les Grisons succombaient aux hurlements macabres des bêtes sauvages. On entendait leurs cris s'élever depuis les profondeurs d'une nature hostile. Les éléments se déchaînaient comme un ultime avertissement.

Dedans, les portes grinçaient. Piétinés de pas feutrés, les couloirs s'éveillaient doucement.

La chambre rouge aussi.

« Ana, habille-toi, on s'en va… »

Les mères venaient chercher les enfants. Les leurs. Pas les autres. Elles avaient dit trois jours. Deux s'étaient à peine écoulés. Presque un siècle.

Ana rassembla ses affaires. Sa vie tenait dans un maigre baluchon. Son bien le plus précieux, elle l'emprisonnait entre ses bras. Elle finirait bien par lui trouver un nom. Quand ils rentreraient en France. Quand le monde serait guéri. Sûrement.

Klara la guida dans l'obscurité. Précaution inutile. Ana aurait pu l'alerter quant au guéridon qu'elle s'apprêtait à renverser. *Bing !* Trop tard. Le guéridon bascula dans l'insignifiance de sa présence. Personne pour le redresser. Il était invisible à leurs yeux, il n'était rien qu'un élément du décor.

Le temps pressait.

Ana se fondit dans le troupeau égaré. Les chuchotements l'effleuraient. Ceux des enfants encore tout somnolents. Ceux des mères pétries d'angoisse. Ceux du vent à travers les fissures.

Elle s'immobilisa au milieu du couloir animé de corps en mouvement.

« Je ne partirai pas sans Valère. »

De vagues protestations s'élevèrent tout près d'elle.

« On ne peut pas l'emmener, *meine Liebe*…

— Pourquoi ? demanda-t-elle, un ton plus haut.

— Chut… On ne peut pas, c'est tout. Les autres mouflets ne comprendraient pas…

— Parce qu'il y a quelque chose à comprendre ? Vous abandonnez les orphelins ! Y a rien à comprendre !

— Comment tu sais ça ?

— Je vous ai écoutées l'autre nuit !

— Tu n'entends rien aux affaires des grandes personnes, Ana ! Tu n'es qu'une enfant ! Une sombre idiote, de surcroît ! Nous n'avons pas le choix.

— Valère n'a qu'à prendre la place d'Henri ! insista-t-elle. Une bouche à nourrir contre une autre ! »

Klara s'étouffa dans un hoquet stupéfait.

« Ana ! Tu n'as donc aucun respect pour les morts ?

— Pas plus que tu n'en montres pour les vivants ! »

L'orage grondait désormais à l'intérieur du Val sous une pluie de larmes. Le déchirement et la peur fusionnaient dans un coin de leurs âmes. Ana pleurait si fort que le monde autour d'elle s'effondrait en morceaux, brique après brique.

Il aurait fallu l'intervention d'un ange pour l'extraire de ce gouffre empli de noirceur qui l'aspirait inexorablement.

La douce voix de Rose déposa un onguent sur sa détresse.

« C'est d'accord. Valère part avec nous, mais tu dois me promettre de rester bien sage jusqu'à ce que nous ayons quitté Sinestra. »

Ana se lança dans une étreinte maladroite pour exprimer son immense gratitude à l'égard de Rose.

« Je vous le promets, madame ! »

Cette nuit-là, six femmes accompagnées de six enfants quittèrent le Val vivants. Entassés à l'arrière du chariot encombré de vivres et d'armes, ils s'engagèrent sur des sentiers périlleux et entamèrent un long, très long voyage.

La mère d'Henri tenait les rênes, indifférente aux lacérations de la pluie diluvienne sur son visage déjà meurtri de mille façons. Le canasson obéissait aux coups de lanière assénés avec force.

À l'arrière, les autres demeuraient silencieux, protégés pas les couvertures entassées au-dessus de leurs têtes. L'incompréhension voilait le visage des enfants. On mettait les conflits en veilleuse pour une trêve silencieuse. Jacqueline, Jean, Marcel, Colette, Valère et Ana, tous baissaient les yeux sur les raisons de leur exode.

La tempête cesserait un jour de les ralentir. De marteler leurs souvenirs. Alors, ils oublieraient peut-être qu'ils avaient abandonné sept enfants.

Sept innocents.

Valère n'avait pas prononcé un mot depuis leur départ.

Il fixait la femme assise en face de lui.

« Qui c'est ? susurra-t-il à l'oreille d'Ana.

— Tu parles sûrement de Rose..., chuchota-t-elle.

— Rose ?

— La mère de Colette. C'est une longue histoire... Je te raconterai. Faudrait essayer de dormir..., dit-elle en se blottissant contre lui.

— Je l'ai déjà vue...

— J'en doute. Elle est morte. Enfin, pas vraiment... », rectifia Ana entre deux bâillements.

Valère l'aurait juré, il s'était déjà perdu dans ce regard d'ambre aux vertus hypnotiques. Bercé par le roulis du chariot bringuebalé sur les routes, il sombra à son tour dans un tourbillon de rêves dénués de réponses.

42

Arthur

Puiser la force de se mouvoir, ignorer le reflet terrifiant du squelette saillant sous le cuir élimé de sa peau.

Arthur gémit sous l'effort. Il vacilla jusqu'à la malle, imaginant une famille entière de cafards grouiller dans le renfoncement. Mais il n'en vit aucun. Sans doute les avait-on libérés, eux aussi ?

Ingurgiter de la nourriture s'imposait telle une urgence. Il devait recouvrer un semblant de vitalité pour affronter ce qui l'attendait. La vue des confiseries lui donna la nausée. Son organisme rejetait toute forme de désir. Il mordit dans le biscuit. Sa mâchoire claqua comme le mécanisme d'un piège à rats. Arthur perçut le goût de fer et le vide à l'intérieur de sa bouche. Deux morceaux d'émail échouèrent sur le sol. Ses dents déchaussées brillaient étrangement dans ce monde exigu teinté de gris.

En simple d'esprit, il considéra les deux perles à ses pieds sans réelle crainte mais avec un regret. Il ne pourrait plus sourire. Plus jamais…

Que penserait maman de cette chose qui se présenterait en jurant être son fils ? Reconnaîtrait-elle l'amour derrière les apparences ?

Le vieux fou avait tenu sa promesse. La porte déverrouillée grinça sur ses gonds. Arthur traîna des pieds. Son corps, pourtant si maigre, semblait peser des tonnes. Il avisa les bocaux alignés sans y prêter attention et se concentra pour garder l'équilibre. L'air vicié des sous-sols s'engouffra dans ses poumons, pourtant, ici, il respirait.

Arthur s'aida des murs pour percer le brouillard de ses idées confuses.

Le couloir l'aspirait étrangement. L'échelle se profilait au loin. Et la trappe, tout là-haut. Un barreau manquait. Une épreuve supplémentaire à surmonter. Encore un effort avant la délivrance.

Sa vision trouble ralentissait sa progression dans les boyaux souterrains. La cacophonie de l'eau ronflant dans les conduits l'étourdissait au point de provoquer la perte de tout repère. Il songea à se laisser glisser le long des parois, à fermer les yeux, sans dormir, sans mourir. Seulement lâcher prise…

Soudain, un souffle glacial mordit sa carcasse.

Le vieil homme avait ouvert les portes de l'enfer.

La luminosité se modifia imperceptiblement. Le monde souterrain s'éclairait sous le faible halo d'une lune capricieuse.

Doté de forces insoupçonnées insufflées par l'espoir et l'attente, Arthur se hissa par l'ouverture et inspira une grande goulée d'air. Le tapis de feuilles dissimulant l'issue se dispersa au gré des vents. La pluie cingla son visage. Et la nuit le remplit d'une noirceur insondable.

Combien de jours s'étaient écoulés au fond de ce cachot ? Une saison, peut-être… Rien ne ressemblait moins à une nuit d'été que cette nuit-là.

Une ombre gigantesque occulta la naissance des bois.

Le vieillard courba l'échine, ployant sous la tempête pour l'aider à s'extraire des entrailles de la terre. Sans un mot, il l'enveloppa d'une couverture et l'entraîna dans les profondeurs des Grisons.

Arthur était enfin libre.

Libre de suivre son étoile jaune.

43

Signur Guillon

Guillon émergea difficilement du coma artificiel provoqué par le mélange d'alcool et d'anesthésiant. Un marteau oscillait contre ses tempes prisonnières d'un étau. Au niveau inférieur, son estomac se contractait comme s'il était sur le point d'accoucher – mieux valait éviter d'imaginer l'aspect du bébé. Un arrière-goût au fond de la gorge lui arracha des haut-le-cœur. La bouche pâteuse, Guillon héla son voisin de chambre, mais ses appels pathétiques se perdirent dans les échos du deuxième étage.

La nuit stagnait derrière les carreaux. L'aube semblait hors d'atteinte. Le sifflement du vent persistait à malmener le Val et, dans sa perfidie, la tempête occultait toute manifestation de vie. Elle emportait les rires et les cris dans sa tourmente, créant un vide dans l'immensité de la sombre forteresse.

Étourdi, Guillon tenta d'imbriquer les événements survenus la veille. Les pensionnaires avaient soupé dans le silence collégial d'une famille en deuil. Il avait un peu trop forcé sur le vin dans l'espoir d'échapper aux désagréments provoqués par l'omniprésence de la *mort*. Il se rappelait Klara versant un énième verre, le tremblement de sa main délicate reposant la cruche devant lui, le vertige provoqué par la proximité d'Ana. Puis, plus rien. Rien que le trou noir de l'ivresse…

Mal en point, il quitta sa chambre pour s'en remettre aux bons soins d'*il docter*. *Diable, pourquoi ne répondait-il pas ?!* Le médecin se tordait sur son lit en jurant comme un charretier. Il leva la tête en direction de la porte. La douleur empourprait ses chairs bouffies.

« *Signur*, je crois qu'on m'a empoisonné ! »

Guillon fronça les sourcils. L'information cheminait lentement jusqu'à sa conscience. Un étrange pressentiment s'inscrivait dans les variations du silence. À cet instant, rien ne lui sembla plus cruel que le chant de l'absence.

« Levez-vous, ordonna-t-il. Il nous faut inspecter le Val.

— Vous présentez les mêmes symptômes…, constata le médecin.

— Bougez-vous ! »

Les deux hommes gravirent péniblement les marches pour atteindre l'étage des enfants. Le poids de l'abandon pesait comme une enclume sur le guéridon renversé, sur les jouets oubliés dans l'ombre du couloir tels des innocents largués sur un champ de bataille.

En dépit de son état, Guillon s'élança jusqu'à la chambre rouge. Le souffle court, il s'écroula dans la pièce vidée de son occupante. La maison de poupées le narguait dans un coin. Elle représentait tout ce qu'il n'aurait jamais. Un foyer, une vraie famille, quelqu'un pour l'aimer.

Il docter apparut sur le seuil.

« Six enfants manquent à l'appel, annonça-t-il d'un ton grave.

— Non…

— Colette, Jacqueline, Valère, Marcel, Jean et… Ana.

— Non ! »

Une petite voix empreinte de timidité fila par la porte entrouverte.

« Elles les ont emmenés…

— Qui ? rugit Guillon.

— Les mères… »

Sous le joug d'une colère noire, Guillon manqua dévisser la tête du jeune messager dont les yeux exorbités suppliaient qu'on l'épargne. Le médecin s'interposa.

« *Signur*, ne faites rien que vous pourriez regretter… »

Guillon lâcha l'enfant et le repoussa violemment. D'un même élan, les deux comparses se précipitèrent jusqu'aux quartiers des femmes. Leur crainte s'avérait fondée.

« Le gosse disait vrai. Ils sont partis…

— Et si les hommes de Vulpera avaient perdu la tête ? Y avez-vous songé ? »

Guillon en avait presque oublié la présence des ravitailleurs tant l'affront d'une probable évasion le suppliciait.

« Vous sentez-vous capable de descendre jusqu'à la *Berghaus* ? » interrogea-t-il.

Le médecin opina du chef.

Dans le grand salon, l'air s'engouffrait par la vitre brisée. Les voilages se déployaient comme les ailes d'un ange incapable de voler.

Ils s'enfoncèrent dans le tumulte de la tempête, insensibles au déchaînement de la nuit. En contrebas, la rivière débordait de son lit, léchant les abords de l'auberge.

« À vous l'honneur », dit sombrement Guillon.

L'odeur pestilentielle les frappa de plein fouet. Ils avisèrent la couche maculée de taches, les bris de verres, les timbales renversées sur le sol jonché de quatre cadavres.

Il docter s'approcha du corps étendu près de l'entrée. Il identifia le chef de meute à la tête de mort tatouée sur sa nuque.

« Alors ? interrogea Guillon.

— Alors, nous avons un problème. Quatre, pour être exact…

— Ils sont morts ?

— Si seulement…

— Expliquez-vous !

— Ils dorment à poings fermés… À en juger l'odeur de chloroforme, quelqu'un les a drogués, comme nous l'avons été. Je suggère que nous rentrions avant qu'ils se réveillent…

— Rassemblez les enfants dans le hall. Je m'occupe du vieillard et d'Arthur.

— Et après ? »

Le regard sévère, Guillon évalua le capharnaüm de la *Berghaus*.

« Après, nous lâcherons les chiens… »

44

Valère

Le destin s'acharna sur le convoi. Sa vilenie ne connaissait aucune limite. Les pluies diluviennes rendaient les routes impraticables et la foudre s'abattait dans leur dos comme une poursuivante machiavélique.

Au détour d'un virage, les roues esquintées s'enlisèrent dans la terre meuble. La secousse envoya valser la remorque reliée à l'attelage. Du chariot démantelé s'élevèrent des cris épouvantés. Le cheval se cabra en hennissant et le fer de ses sabots frôla la cavalière désarçonnée. Un busard effrayé s'élança d'un battement d'ailes dans l'opacité des Grisons.

De rêves en cauchemars, Valère éprouvait les sensations d'un exode soumis à la violence des chocs sans percevoir le danger réel. Il n'ouvrit les yeux qu'au moment où sa tête heurtait le sol spongieux.

Une vive brûlure remonta le long de son bras. Un liquide chaud coula de l'égratignure pour se mélanger à la bourbe. Trempé jusqu'aux os, il se mit à grelotter malgré la moiteur étouffante.

Ana !

La jeune aveugle gisait un peu plus loin, coincée sous une branche arrachée par l'impact. Valère rampa dans sa direction, limitant les appuis sur son épaule douloureuse. Une main s'accrocha à sa cheville. Jacqueline le suppliait d'un regard désarmé, son ventre rond écrasé sous un gros sac en jute. Il s'apprêtait à déloger le fardeau rempli de provisions quand la femme aux yeux d'ambre se pencha vers lui :

« Laisse, je m'occupe d'elle. Va aider ton amie. »

Ana ne bougeait pas. Elle aurait dû grelotter sous cette rivière tombée du ciel, mais son corps inanimé refusait de lutter. Au bout d'un bras mort, sa poupée fixait les cimes, un éternel sourire peint sur sa bouche de porcelaine.

« Ana, réponds-moi… Je t'en prie ! »

Les fuyards rassemblaient peu à peu leurs esprits. Ils se répandaient en lamentations, examinant la gravité de leurs blessures. Aucune fracture à déplorer. Plus de peur que de mal sous cette voûte sans étoiles.

« Par ici ! » appela Valère.

Klara tomba à genoux près de sa fille. Elle tremblait comme une feuille, effleurant la joue froide de l'enfant qu'elle avait mise au monde. Un gémissement d'impuissance monta de sa poitrine secouée de sanglots.

Ça ne peut pas finir comme ça ! protestait intérieurement Valère, dont le cœur, percé d'un javelot, saignait pour tous ceux que la guerre lui avait arrachés.

Colette s'agenouilla à son tour. Personne ne saurait jamais que sa muselière en acier l'avait épargnée d'une chute mortelle, mais la roche qu'elle avait percutée garderait longtemps les stigmates de l'accident. Sa main valide serra les doigts d'Ana. Son regard cerclé de fer plongea dans les yeux de Valère. Les mots étaient inutiles. Comprenant son intention, il demanda d'une voix hésitante :

« Ana, tu m'entends ? »

Tête basse, les pensionnaires formaient un cercle autour d'eux. Certains murmuraient des prières comme s'ils procédaient à un étrange rituel.

Valère répéta sa question.

Il aurait pu la poser un millier de fois pourvu qu'on lui rende Ana.

Mais, au lieu d'émerger de son immobilité funeste, sa figure s'enfonça lentement dans la boue, aspirée par les profondeurs d'un monde dont on ne revient jamais.

« Non, non, non ! Ne m'abandonne pas ! » hurla Valère en s'agrippant à sa chevelure détrempée.

Le reflet de sa sœur se superposa un instant aux traits d'Ana. Ainsi se révélait le visage de la mort. Immuable, intemporel, interchangeable.

Colette poussa un grognement. Ses yeux démesurés accrochaient une lueur d'espoir dans les ténèbres.

« Ana ? *Meine Liebe !* » sanglota Klara.

Une pression de la main pour un oui.

Colette peinait à hocher la tête sous le poids du casque, les doigts enlacés sur le miracle de leur étrange langage. *Oui*, Ana entendait leur désarroi. Frissonnante de vie.

*

On récupéra les denrées et les armes disséminées aux abords des bois. Les fusils enrayés ne leur seraient plus d'une grande utilité, mais les femmes décidèrent de les conserver auprès d'elles pour ériger une protection illusoire.

Désormais, les fugitifs devraient poursuivre leur chemin à pied. *Pour aller où ?* demandait-on. *Loin*, répondait invariablement Rose en précisant qu'ils reprendraient la route à l'aube.

Klara proposa d'établir un campement pour la nuit. Rose approuva et décida de répartir les missions avec la détermination d'un *Kapo*. Leur petit groupe s'enlisa dans l'obscurité des Grisons. La forêt dense s'éreintait sous les bourrasques, mais les hautes cimes déployées en rangs serrés offraient un abri naturel. Les sacs épaulés ralentissaient les mères, épuisées par la vie. Et les armes pendaient en bandoulière sur les cœurs des enfants.

À l'arrière du cortège, Ana s'accrochait au bras de Valère. Plus que tout autre, elle percevait l'hostilité de leur refuge habité par la faune hurlante.

« T'avais pas le droit de mourir, lâcha Valère.

— De toute façon, j'en avais pas l'intention, répliqua Ana d'un ton faussement badin.

— Comment tu te sens ?

— Et toi ? »

Valère sourit. Ana n'avait en rien perdu sa verve au fond du marécage. Elle boitillait légèrement mais ne se plaignait jamais. Il semblait désormais vain de compter les pas puisqu'ils ne menaient nulle part. *Loin*, ça signifiait ailleurs. Et les *ailleurs*, ils en avaient déjà tant traversé…

L'instinct de survie soudait momentanément les proies d'un destin marqué par la souffrance. Les vieilles rancunes s'effaçaient sous les gestes de solidarité.

Ils débouchèrent sur une parcelle suffisamment dégagée pour installer leur bivouac. On déploya les couvertures. On déballa les provisions avec maintes précautions. Les minots déposèrent les armes pour s'atteler au feu. Ils se chamaillaient dans un esprit fraternel comme une portée au premier jour de sa vie.

« Vas-y, chante, Ana ! » s'exclama Jean *l'hystérique*.

La beauté des flammes se reflétait dans ses yeux pétillants.

« Oui, chante ! » l'encouragea Jacqueline.

Alors Ana se mit à fredonner.

« Le petit roi des montagnes était un bon conquérant. Il a fait faire une armée de quatre-vingts paysans. Et rataplan, guerre, guerre, guerre, et rataplan, guerre au vent ! Et pour aller en campagne, quatre canons de fer-blanc, il les fit charger de raves pour nourrir son régiment. Et rataplan, guerre, guerre, guerre, et rataplan, guerre au vent ! Et suivi de demoiselles, pour lui servir d'officiers, il en fit de belles, de belles, qu'il voulait toujours marcher. Et rataplan, guerre, guerre, guerre, et rataplan, guerre au vent ! En les menant dans sa tente pleine de gâteaux friands, ils en mangèrent chacun trente, pas un de moins tout autant, et rataplan, guerre, guerre, guerre, et rataplan, guerre au vent ! »

Valère se frottait les mains près du feu. Curieusement, il se prit à détester cette comptine qui évoquait la guerre et le vent avec une apparente légèreté. La guerre et le vent étaient des ennemis redoutables. Ils emportaient tout sur leur passage.

Son attention se focalisa sur la mère de Jacqueline. Sous un drap tendu enroulé aux extrémités des branches basses, la femme au fichu gémissait doucement. Elle protégeait son ventre fertile à l'aide de ses mains. Le réconfort de Rose, blottie à ses côtés, ne suffisait pas à l'apaiser.

Sa bouche se tordait parfois de douleur.

Elle pleurait déjà son bébé. Ce monstre conçu par quatre pères enragés.

Valère observa les gestes attentionnés de Rose à son égard. Un profond malaise l'envahit. L'affliction peinte sur son visage lui était familière. L'émotion accusait quelques rides et la femme aussi.

Dans une fulgurance, il se remémora ses premiers jours au Val.

Rose avait toujours été là.

Elle faisait partie des murs…

45

Colette

Le feu s'étouffa sous la clameur des vents chargés de pluie. Il n'en resta bientôt plus que des cendres et des rires éteints par la fatigue.

Le campement sommeillait sur des paillasses inconfortables gorgées d'humidité. La mère de Marcel – une vieille femme austère et taciturne – toussait discrètement au creux de son poing, et la fièvre semblait la consumer par le front tant il perlait de sueur.

Une fois, Colette avait entendu dire qu'on pouvait *attraper la mort* à force de végéter en plein air. *Attraper la mort*… Ça n'avait aucun sens. On l'invoquait, on la provoquait, parfois même on l'espérait, mais on ne l'attrapait jamais. Au final, c'était elle qui décidait par quel bout s'accrocher.

La petite madone fusilla du regard les trois épouvantails qui l'avaient battue dans le pré ensoleillé. Jacqueline se nichait innocemment dans les bras de sa matrone. Jean ne cessait de gigoter dans son sommeil et Marcel l'imitait, ses jambes élastiques secouées de mouvements spasmodiques.

Sa main senestre la démangeait. Elle aurait pu s'emparer du fusil relégué contre un arbre et massacrer leurs crânes à coups de crosse. À défaut de l'attraper, on assénait la mort…

Le souvenir de cet après-midi-là aggrava ses élans de colère, contenus jusqu'alors sous son horrible masque d'acier. Quatre lâches l'avaient rossée. Henri aurait souhaité bien plus que quelques coups de savate. Elle avait lu la haine et le désir de vengeance dans son regard porcin. Mais les trois autres s'étaient dégonflés – non sans l'avoir marquée durablement – et le pauvre Henri s'était retrouvé soudain si seul… À califourchon sur son ventre, il l'avait écrasée de tout son poids, baladant la lame d'un couteau devant ses yeux. Il s'était mis à décrire mille sévices dont il ignorait l'art de la pratique. Il avait salivé à l'idée d'inscrire la terreur en elle. C'était méconnaître l'essence véritable de Colette. Elle n'offrait jamais ce plaisir, pourtant si convoité par les esprits criminels.

La brûlure du soleil sur sa peau tuméfiée semblait déjà si loin…

Colette avait attendu la faille inévitable qui viendrait rompre le cercle vicieux des vaines menaces. Le craquement d'une branche avait suffi à déjouer les plans macabres du garçon. Une seconde d'inattention, un revers de peur, et le tour était joué. Sa main malade avait frappé à l'endroit où les hommes trimballent des marmots encore larvés. Henri s'était mis à hurler, roulant sur le côté pour presser ses bourses comme s'il pouvait stopper la terrible douleur occasionnée en les comprimant de ses doigts boudinés. Il était aussi gros et répugnant qu'il était idiot…

Profitant d'un court répit, Colette s'était enfuie sans se retourner, trop nerveuse à l'idée qu'on l'accuse une nouvelle fois.

À présent, elle regrettait…

Elle regrettait de n'avoir pas elle-même infligé les mutilations. De s'être privée du spectacle délectable de ses geignements.

Les trois autres trinqueraient donc à la place d'Henri.

Mais le moment était mal choisi. Les mères veillaient à l'excès sur leur progéniture et le crime se révélerait trop criant.

Colette ferma les yeux. Un autre monde empli d'atrocités l'attendait derrière ses paupières closes. Des mots, pour la plupart. Ceux qu'elle avait entendus et assimilés. On pouvait bien prétendre que sa maladie n'existait que dans sa tête, personne ne logerait jamais sous son crâne pour vérifier…

La nuit s'éternisait. La tempête aussi. Mais la monotonie ne dura qu'un temps.

Alors qu'elle visitait ses idées noires, Colette *sentit* la forêt trembler sous les hurlements. Des cris de bêtes. L'appétence animale d'une horde carnivore.

« C'était quoi ? s'écria Valère en cherchant du soutien sur les couches voisines.

— Les fauves de Sent…, bégaya Jean, horrifié.

— C'est une légende, hein, maman ? » se rassura Jacqueline.

Mais la *légende* rugissait bien trop près du campement pour mériter ce titre.

Rose bondit comme un diable.

« Vous attendez quoi ? Levez-vous et prenez les armes !

— Elles sont bousillées, fit remarquer Klara.
— Alors elles serviront de baïonnette ! À moins que tu ne préfères utiliser tes poings ? Dans ce cas, je ne donne pas cher de notre peau… »

La mère de Colette saisit l'arme à sa portée et sonda la partie boisée déchirée par les feulements.

« Les enfants, attisez les braises ! La présence d'un feu les éloignera… »

Les petites mains s'activèrent autour du foyer.

Suivie des trois autres mères, Rose s'engagea sur le territoire des grands prédateurs. Les branches s'accrochaient à leurs cheveux et griffaient leur peau comme si la nature cherchait à les retenir. Embusquées dans les ténèbres des Grisons, ces femmes courageuses braquaient les armes comme des soldats, mais l'ennemi demeurait invisible.

« Retournons près des enfants, suggéra Klara.
— Attends… Je vois quelque chose là-bas !
— Rose ! Non ! »

La mère de Colette disparaissait déjà dans la tornade glaçante des cris. Le silence lui succéda. Puis un long rire hystérique s'éleva dans la fraîcheur de la nuit.

« Venez voir ça ! » s'écria Rose.

Les autres se concertèrent en silence.

Elles lui emboîtèrent le pas.

« Les voilà, vos fauves de Sent ! Des tuyaux d'orgue ! »

Disposées à la verticale, de grandes tiges en alliage d'étain et de plomb oscillaient sous la pression du vent. Les organes sonores suspendus aux arbres reproduisaient étrangement le bruit animal.

La mère d'Henri s'en approcha.

« Qui les a placés là ? »

Un sourire énigmatique flotta sur les lèvres de Rose.

« *Il docter* a certainement créé cette légende pour effrayer les enfants. Il a dû bien s'amuser en accrochant ces pièges…

— Pourquoi il aurait fait une chose pareille ?

— Pour les empêcher de quitter le Val… »

La vérité, c'est qu'on n'en sortait jamais vraiment, quels que soient les subterfuges. Sinestra happait le corps et l'âme. Même loin de ses barricades, le Val vous rattrapait toujours.

46

Val Sinestra

J'étais encore vivant, mais Dieu que ma mort fut lente !

J'agonisais à trop subir leur absence, comme si mes douze évadés me privaient de nourriture. Je mourais de faim à cause d'une trahison dûment planifiée. Il me restait juste assez pour survivre à leur départ. Quelques minots rassemblés dans les parties nobles de ma forteresse et leurs deux geôliers. Mais je comptais bien sur Guillon pour m'offrir une incroyable rémission…

Les orphelins abandonnés pleurnichaient sous les voûtes du grand salon. Ils ne comprenaient pas. Moi non plus, d'ailleurs. Je leur avais offert ma protection et, pour toute récompense, j'obtenais leur désertion.

Il docter interrogea les derniers pensionnaires à tour de rôle. *Savaient-ils pourquoi les autres s'étaient enfuis ? Qu'avaient-ils vu exactement ? Pourquoi ne les avait-on pas emmenés ?*

Leurs versions convergeaient en tout point.

« Elles ont pris leurs enfants et elles sont parties… Nous, on n'a plus de parents, c'est pour ça qu'elles nous ont laissés ici… »

Guillon fit claquer sa langue.

« Tu racontes n'importe quoi ! Colette et Valère sont aussi misérables que vous !

— Calmez-vous, *signur*, intervint le médecin. Nous n'arriverons à rien dans ces conditions…

— Que je me calme ? Mais oui, bien entendu ! Je n'ai que ça à faire, *me calmer* ! Pendant ce temps, vous écrirez à notre cher compagnon pour lui annoncer que sa femme a mis fin à ses jours ! Profitez-en pour rendre compte de la situation à l'Ahnenerbe[1] !

— Vous savez que j'ai quitté l'organisation…

— Officiellement, oui ! Mais combien d'enfants ont souillé votre table de dissection ? Combien d'expériences avez-vous menées sur ces cobayes humains ? Hein ?

— Mesurez vos propos, je vous en prie, murmura *il docter* en balayant la ronde silencieuse des enfants. Ma démarche ne s'inscrit pas dans l'idéologie du parti.

— C'est vrai, vous préférez courir après la gloire ! Un médecin n'est-il pas supposé aider les gens, éprouver de l'empathie ? Bon Dieu, assumez votre blouse noire ! Finalement, peut-être auriez-vous dû rejoindre le camp de Natzweiler-Struthof[2] plutôt qu'exercer votre sadisme scientifique à Sinestra.

— Et vous alors ? Avouez, vous prenez plaisir à me regarder faire !

1. Institut de recherches pluridisciplinaire nazi, créé – entre autres – par Heinrich Himmler en 1935.

2. Camp situé près de Strasbourg comportant dix-sept baraquements, théâtre des crimes « expérimentaux » du docteur Hirt.

— Moi ? Je peins. Sauf preuve du contraire, ça n'a jamais tué personne. »

Leurs stupides rejets de culpabilité n'échappaient guère aux marmots qui assistaient à ce spectacle de foire. Ils les observaient sans broncher, ignorant souvent la signification de certains mots, mais devinant bien que le sujet était sérieux.

Soudain, l'un d'eux se leva.

Les autres baissèrent la tête par peur des représailles.

« C'est pas la peine de vous fâcher. Pour Valère, je sais pas… Mais pour Colette, vous vous trompez. »

Guillon se rua vers le garçon.

« Répète ?

— Colette est pas comme nous. Sa mère l'a emmenée.

— Rose est morte, petit morveux ! On a retrouvé son cadavre dans les bois, tu te rappelles ?

— Elle avait l'air pourtant bien vivante cette nuit…

— Tu mens !

— Non, je le jure ! »

Aveuglé par la colère, Guillon lui abattit son poing en pleine face. L'enfant valdingua et s'écrasa sur le parquet telle une poupée de chiffon.

« C'est vrai, *signur* Guillon ! s'écria une fillette haute comme trois pommes. Je l'ai vue moi aussi ! »

C'était impossible. La dépouille de Rose moisissait dans les excréments des cochons. Elle avait succombé à son désespoir. Une mort providentielle tant que la nouvelle ne s'ébruitait pas aux frontières françaises… De toute façon, *il docter* ne serait jamais parvenu à empêcher la progression de la maladie insidieuse dont elle souffrait.

La folie était incurable.

« Mon cher *docter*, occupez-vous d'eux. Je vais m'enquérir de la santé d'Arthur avant de sombrer définitivement dans la démence. »

Je suivis le moindre de ses pas sur mes lattes grinçantes, la moindre expression sur son faciès atterré lorsqu'il découvrit la chambre à gaz totalement délaissée. La musique enchanteresse de sa rage combla mes attentes. Il n'avait pas su me préserver. À lui de réparer. J'espérais cependant qu'il épargnerait les enfants…

Décidément, je ne comprendrai jamais rien au genre humain.

Quand il remonta dans le grand salon, le cadran de l'horloge pointait l'aube. *Il docter* jouait du piano pour calmer les minots, mais le résultat s'avérait insupportable.

« Ils ne sont plus là ! » hurla Guillon.

Le piano souffla d'être ainsi délivré du massacre auquel on l'associait.

« *Signur*…

— Quoi ?

— Derrière vous… »

Guillon fit volte-face.

Les hommes de Vulpera se tenaient à un mètre de lui. Leurs regards étaient emplis d'une fureur meurtrière proche de l'aliénation.

« Messieurs, j'ai une mission à vous confier. »

Et la terre, un instant, s'arrêta de tourner.

47

Ana

Un soleil timide couronna l'aube. La tempête sévissait plus haut dans les montagnes autrichiennes et les frayeurs de la nuit s'estompaient à la faveur d'un vent tiède.

Ana serra sa poupée tout contre elle pour se réchauffer. En dépit du jour lumineux, elle grelottait sous la mince couverture qu'elle partageait avec Klara.

« Tout va bien, mon ange ? » demanda celle-ci.

Elle ne sut quoi répondre. On les avait arrachés à la chaleur du Val pour les traîner dans la fraîcheur des Grisons sans même une explication.

« Maman, je dois retourner là-bas… »

Sa mère la dévisagea. À ses trente-quatre ans se greffèrent les rides d'une existence infestée de regrets.

« Pourquoi, Ana ? Rien de bon ne t'attend là-bas.

— Guillon a promis de me guérir, éluda la fillette.

— *Guillon*…, répéta sa mère avec une pointe de mépris. La parole d'un traître ne mérite pas ta confiance. »

La voix de Rose claqua dans leur dos.

« Klara, laisse-moi le lui prouver. Viens par là, Ana. »

Elle se laissa guider. Près des cendres, Jean jouait seul avec des osselets confectionnés à partir de petites pierres ramassées sur un sentier.

« Retire ta chemise, s'il te plaît, demanda Rose à l'enfant.

— Madame ?

— Je voudrais montrer à la fille de Klara ce qu'*il docter* a pratiqué sur toi.

— Mais elle voit pas !

— Ana se contentera de te toucher », assura-t-elle.

Le jeune garçon ôta sa liquette.

Son abdomen couvert d'ecchymoses semblait rongé par endroits et des marques de piqûres constellaient sa peau. Ana effleura les cicatrices puis elle retira précipitamment sa main comme si leur contact lui brûlait les doigts.

« Qu'est-ce qu'on lui a fait ? demanda-t-elle.

— Ils ont prélevé des morceaux de sa peau pour étudier l'origine de son hystérie à partir de tissus humains. Une pratique barbare qui n'a donné aucun résultat. Chaque enfant a subi de mauvais traitements sous couvert d'avancée médicale. Le Val Sinestra n'est pas moins qu'un centre pour cobayes humains, Ana…

— Ils ne m'ont rien fait à moi !

— En es-tu sûre ? »

Ana garda le silence. Le regard de Rose pesait trop lourdement sur son mensonge.

« Comment vous savez tout ça ? Je veux dire… à propos des prélèvements et du reste. »

Rose hésita un instant.

« J'étais infirmière avant d'atterrir ici… Nous sommes venues en Suisse pour Colette. J'ignorais évidemment quel genre de traitement lui serait réservé. Crois-moi, j'ai côtoyé le Mal de bien trop près pour l'ignorer quand il se présente. Sinestra n'est pas un endroit pour toi… Pour aucun de vous. »

Jean renfila précipitamment sa chemise. Jacqueline se joignit à ses jeux innocents. Elle fit rouler les osselets jusqu'à ce qu'ils forment un cercle autour d'eux. La signification était claire. Elle marquait leur territoire, et personne n'était autorisé à en franchir les limites.

Depuis sa couche inconfortable, Valère avait assisté à la démonstration de Rose. Elle se montrait incroyablement attentionnée et douce à l'égard des enfants.

Excepté envers sa propre fille.

Jamais un regard attendri. Pas même un mot affectueux. Elle mettait une distance par sa froide indifférence.

Rose fit cependant une exception et s'approcha de la petite madone. Elle soupesa le cadenas à l'arrière de la muselière.

« Qui a gardé le trousseau ? lança-t-elle à la cantonade.

La mère de Marcel se renfrogna.

« C'est moi.

— Donne-le-moi.

— Je ne l'ai plus, s'excusa la femme austère. Il a dû m'échapper pendant l'accident.

— Alors, retourne le chercher. J'en ai besoin pour retirer cette horrible machine de la tête de ma fille.

— Mais je ne retrouverai jamais mon chemin… Nous avons marché en pleine nuit et…

— Et donc tu y verras plus clair puisqu'il fait plein jour, dit sèchement Rose.

— Je l'accompagne, intervint la plus triste des mères.

— Non, j'ai besoin d'aide ici. Il nous faut trouver de l'eau, répartir équitablement les rations, nous occuper de la mère de Jacqueline et de son futur marmot. Leur santé à tous les deux me préoccupe », ajouta-t-elle en désignant la femme au fichu allongée sur un lit de feuilles.

Son front brillait sous l'effet d'une forte fièvre et son corps frileux supportait le poids d'un ventre en forme de cloche.

La mère de Marcel se résigna à partir seule. Le manque de vigilance l'obligeait à réparer sa négligence. D'un pas déterminé, elle s'éloigna du campement, happée par l'hostilité de la nature foisonnante.

Rose s'enquit de volontaires pour inventorier les maigres réserves de nourriture. Cette mission accomplie, ils se remettraient en marche pour trouver une source à laquelle s'abreuver.

Valère observait attentivement Colette.

Dans une indifférence générale, la petite madone déchirait le bas de sa robe pour en faire des bandelettes qu'elle glissait ensuite discrètement dans les poches de sa cape. À défaut de collecter la mie, Colette s'était tournée vers une occupation tout aussi mystérieuse.

« Valère, est-ce qu'ils t'ont fait du mal aussi ? » questionna Ana en s'asseyant près de lui.

Il se souvint de l'humiliation lorsque Guillon l'avait exhibé avant de le fouetter en public. Rien de comparable avec les expériences menées sur le petit Jean.

« Ils n'ont pas eu besoin. Je suis pas malade, moi… »

Ana garda le silence. Une expression insondable flottait sur son joli minois estampillé d'une belle bosse.

Valère lui trouvait un air différent. Plus… vivant. Comme si l'éloignement du Val ravivait en elle la flamme de l'innocence.

« Ton bras te fait toujours souffrir ? s'enquit-elle.

— Un peu. Et ta tête ?

— Ça lance par moment. Rose dit que j'ai eu de la chance… »

Valère fit la moue. Il ne partageait pas la confiance aveugle que ses compagnons de voyage vouaient à la femme aux yeux d'ambre. Son instinct lui dictait de taire ses soupçons tant qu'il n'aurait pas la certitude que Rose mentait à propos de sa récente venue au Val.

Que Dieu ressuscitât Arthur s'il se trompait, mais Valère reconnaissait formellement la mère de Colette.

Elle trônait dans le grand salon.

Figée pour l'éternité sous des couches de peinture.

Un enfant mort blotti dans ses bras de velours.

Reflet d'un amour fugace immortalisé par le talent de Guillon.

48

Valère

« Une belle journée s'annonce », déclara soudain Ana, son visage exposé au doux rayonnement du soleil ascendant.

La petite semblait contrer volontairement les idées sombres de Valère, tant et si bien qu'on l'aurait crue capable de percer le secret de ses pensées.

Ana se trompait cruellement sur les arcanes du destin.

Les belles journées se démarquaient parfois par leurs virages mortels.

Mais, à l'heure où le monde s'éveillait sous un ciel paisible, rêver devenait alors possible.

La première lueur d'espoir tinta au cœur des bois suffocants. La mère de Marcel revint victorieuse d'une longue errance, brandissant, tel un sceptre sacré, le trousseau récupéré sur le bord de la route. Trompés par la tempête et l'obscurité, ils avaient parcouru moins de chemin qu'ils ne l'imaginaient, assurait-elle, soulagée de rentrer saine et sauve au campement.

Rose la remercia d'un bref hochement de tête et s'empara des clefs.

Elle dut s'y reprendre à maintes reprises, s'acharna sur ce maudit cadenas en pestant après chaque échec.

Puis vint le déclic.

La libération.

Avec délicatesse, Rose fit pivoter les facettes amovibles du casque qui emprisonnait la tête de sa fille.

Tandis qu'elle procédait au retrait du visage de fer, les enfants retenaient leur souffle, craignant de voir surgir un faciès défiguré par une trop longue claustration.

C'est alors que Colette poussa un cri effroyable, des sanglots plein la gorge, déclaration déchirante d'une délivrance. Par-delà les cimes, des busards effrayés prirent leur envol vers les cieux frémissants. Les fourrés s'échauffèrent sous la cavale de la faune, provoquant la panique au sein du groupe. La vie se manifestait de mille façons pour célébrer la liberté retrouvée.

« C'est fini », assura Klara en serrant la petite madone dans ses bras.

Rose s'était déjà détournée de son enfant. Elle avait repris sa besogne, fermait les sacs à l'aide de cordelettes nouées aux extrémités et s'échinait à les déplacer.

Valère ne parvenait pas à détacher son regard de la femme aux yeux d'ambre. La fascination virait à l'obsession…

« Tu es bien silencieux », dit Ana.

Elle s'accrochait aux bretelles de sa salopette encore humide.

« Tu veux que je dise quoi ?

— Tu pourrais commencer par me dire comment va Colette ?

— Ta mère dit qu'elle souffre d'escarres… Elle doit parler des croûtes noires sur ses joues.

— C'est horrible…

— Les croûtes finiront par tomber, assura-t-il. Mais il y a plus inquiétant…

— Ah ?

— Elle a perdu sa langue…

— Quoi ?

— Pas pour de vrai… Colette refuse seulement de parler.

— À moi, elle parlera. »

Klara l'avait isolée sous un abri de fortune tressé de branchages. Elle tentait de la nourrir comme on donne la becquée à un oisillon égaré, mais son estomac rejetait toute matière solide.

Valère s'apprêtait à guider Ana sous le refuge quand Rose rassembla ses troupes pour sonner le départ.

« Allons-y ! Une longue marche nous attend… »

Pour aller où ?

Loin.

Alors ils s'éloignèrent. Traînèrent leurs savates et leurs pieds nus dans le paysage désolé des Grisons.

Aux vastes massifs forestiers succédaient des étendues rocheuses à ciel ouvert. La femme au fichu ralentissait le convoi silencieux. Elle se plaignait de douleurs au bas-ventre. Klara se voulait rassurante, craignant que Rose ne décidât de l'abandonner sur le bord de la route. Mais les élancements qu'elle décrivait auraient alarmé toute mère. C'était mauvais signe.

Colette, elle, contenait son supplice sous le masque impassible d'un visage constellé de plaies enflammées. Et les sanglots étouffés de la mère d'Henri rappelaient sans cesse les raisons de leur triste pérégrination.

Soudain, le doux ruissellement d'une rivière insuffla un regain d'allégresse dans leurs cœurs asséchés.

« De l'eau ! » s'écria Marcel en s'élançant jusqu'à la berge.

Ils s'abreuvèrent à la source, puis quittèrent leurs frusques et plongèrent dans les cascades qui leur brûlaient la peau à force de la décrasser. Les rires pleins de légèreté résonnèrent comme du cristal tandis que les enfants s'éclaboussaient dans un bain d'insouciance.

Les cicatrices laissées par le Val luisaient sous l'éclat du soleil, mais on prenait plaisir à les ignorer, à les mépriser par l'indifférence. Elles faisaient désormais partie de leur histoire commune, chacun s'appropriant les blessures de l'autre comme étant siennes.

Une fois la baignade achevée, ils se remplirent la panse de pain rassis que les mères agrémentaient de confiture pour en ramollir la mie.

Puis, ragaillardis, ils reprirent le chemin de l'exode et ne s'arrêtèrent qu'au crépuscule.

« Installons-nous pour la nuit », décida Rose.

La clairière se nichait au pied des montagnes.

Demain, il leur faudrait escalader ses parois de granit, affronter le danger des roches friables – aucune issue à des kilomètres à la ronde ne permettait de contourner l'obstacle. Mais tous savaient que les lendemains se paraient de mystères et d'imprévus. On ne pouvait compter que sur le temps présent. Le seul à exister vraiment.

Épuisés par leur expédition, ils se blottirent au coin du feu.

Ils ne craignaient plus les fauves de Sent, et le Val semblait déjà loin derrière eux. Mais le sentiment d'insécurité couvait toujours dans l'obscurité.

Un bruit insolite perturba leur sommeil en demi-teinte. Celui des pas étouffés par un tapis d'aiguilles.

La menace insidieuse gagnait du terrain.

Valère s'éveilla sous la fadeur du clair de lune. Il oscillait encore entre veille et cauchemar lorsqu'il se mit à hurler.

Les silhouettes émergeaient de l'insoutenable pénombre longeant la clairière. Instinctivement, l'enfant s'empara d'un fusil, ses bras tremblants visant au hasard dans l'espoir de repousser l'ennemi, à défaut de pouvoir le tuer.

Car les trépassés ne mouraient pas deux fois.

« C'est impossible… », lâcha Valère, désarmé par sa propre stupeur.

Ses compagnons s'agglutinèrent pour former un rempart humain entre eux et le diable.

« Arthur… C'est bien toi ? »

L'émotion mourut dans sa gorge.

Sur les terres sauvages d'un *ailleurs* que tous convoitaient, le diable au nez crochu avançait péniblement au bras du musicien.

49

Arthur

La nuit s'infiltrait sous sa peau à la manière de milliers d'insectes anthropophages. Ses jambes décharnées portaient le fardeau d'un mal aggravé par de longues heures d'errance. Après leur évasion du mouroir qui méritait amplement ses lettres de bassesses, le vieil homme l'avait hissé à dos de cheval.

Deux cavaliers, malmenés par la tempête. En quête de liberté.

En dépit de ce souffle étourdissant, le gaz expérimental poursuivait sa lente destruction en attaquant ses cellules nerveuses au point qu'Arthur ne contrôlait plus les tremblements convulsifs. L'inhalation prolongée du remède censé le guérir de son hypersomnie avait causé de graves brûlures pulmonaires.

L'air pur des Grisons n'y changerait rien. Ses besoins vitaux s'étaient enclavés dans le territoire du chaos.

C'est à peine s'il reconnut celui qui pointait une arme sur son front. Valère flottait devant lui comme un vague souvenir dont on perçoit seulement le caractère désagréable.

« Tu es mort… », lâcha le garçon.

Arthur songea qu'il disait peut-être vrai. Quelque chose avait péri dans le cloisonnement des souterrains. Sa raison, sans doute. Et la fraîcheur de l'innocence, sûrement.

Dans un élan d'affection, la fillette se jeta contre lui pour l'étreindre de toutes ses forces. Déséquilibré par l'impact, il manqua basculer, mais le vieil homme le rattrapa comme on récupère une plume au creux de sa main.

La fillette s'appelait Colette.

Arthur se souvenait de la petite madone à la chevelure flamboyante.

Qu'était-il arrivé à sa frimousse ? Où se cachait son air mutin ?

Il balaya les visages d'un œil hagard.

Maman ? Où es-tu ? Maman !

L'homme s'était trompé... Maman n'était pas là... Peut-être le cherchait-elle en ce moment même ? Maman... Me reconnaîtras-tu malgré ce qu'ils ont fait de moi ?

Sous la contrainte de Klara, Valère abaissa son arme.

« Ils sont des nôtres, dit-elle.

— Non, madame ! Jamais ! Le vieux fou a bien failli nous tuer ! Demandez à Colette et Ana ! »

L'homme avança d'un pas. Ses traits fatigués s'exposèrent à la lumière fluctuante d'une lune discrète.

« Laissez-moi vous expliquer, implora-t-il. Je vous en prie… »

De sa voix éraillée par trop de prières, il évoqua leur arrivée à Sinestra par le même convoi. Les épreuves traversées ensemble tandis qu'ils se traînaient sur les routes pour rejoindre la frontière. L'épuisement, la peur, l'espoir. Autant de raisons de croire en sa parole.

Alors, tandis qu'on rallumait un feu, le vieillard livra sa propre version des faits.

Son regard baissé sondait les ombres projetées sur le campement comme s'il évitait de croiser les leurs.

Oui, il avait brandi une hache dans les sous-sols insalubres du Val. Mais jamais il n'avait eu l'intention de faire du mal aux enfants. Coupable de les avoir effrayés, *oui*, il plaidait. Afin de les inciter à fuir ce lieu de malheurs. Pour mener à terme et sans encombre son unique objectif: sauver Arthur d'une mort atroce. Ils avaient volé la monture que Guillon cachait derrière la ferme aux cochons sans trop savoir où leur escapade les mènerait. La destination avait peu d'importance. C'est alors qu'ils avaient distingué l'agitation dans la clairière…

« *Trouve-moi*, coupa Valère. C'est vous-même qui m'avez donné le mot écrit par Arthur ! Vous vouliez m'attirer en bas…

— Non. *J'ai* écrit ce message pour jauger ta compassion à l'égard de tes semblables…

— Arthur n'est pas comme nous ! » s'écria Valère.

Une lueur triste traversa les yeux du musicien.

« Ne laisse pas la guerre attiser la haine en toi, ni les gens te juger pour ta nature profonde, simplement parce qu'ils la considèrent impure…

— Vous jouez mieux du pipeau que du piano ! » se défendit maladroitement le jeune garçon.

Son cœur chiffonné battait à la cadence des notes sublimes qu'il n'entendrait plus jamais.

Valère se leva brusquement et, sans un regard pour Arthur qui gisait près du feu, il se réfugia sous la bâche du dortoir en plein air.

« Vous l'avez contrarié, remarqua la femme aux cheveux roux.

— Pardon… Vous êtes ? demanda-t-il, l'air étrangement soucieux.

— Je m'appelle Rose. La maman de Colette. »

Un hoquet de stupéfaction échappa au vieil homme. D'aucuns l'auraient attribué à la méconnaissance des faits récemment dévoilés tant son effarement frôlait l'apoplexie.

Rose se mit à rire.

Le vernis des flammes révélait le sourire d'une hyène.

« Ma parole, on vous croirait confronté à un fantôme ! »

Les enfants gloussèrent. Plus que les mères, dont la décence interdisait de s'amuser de la mort.

« Je suis bel et bien vivante. Mais c'est une longue histoire et il se fait tard… »

Sur ces mots, on coucha les minots.

Klara déblaya un emplacement afin d'accueillir les nouveaux venus puis elle attisa le feu pour éloigner d'invisibles prédateurs.

Cette nuit-là, le vieil homme refusa de s'abandonner au sommeil. Il savait la vie rude et les dangers imprévisibles. *On chasse le diable par la porte, il revient par la fenêtre*, disait le proverbe.

Il pourrait désormais en témoigner.

Tâtonnant le fond de sa poche comme on s'assure d'un secret bien gardé, il veilla sur le souffle saccadé d'Arthur.

Sur cet enfant désormais prisonnier d'un monde teinté de gris.

50

Val Sinestra

J'avais assisté aux terribles déchirements des familles endeuillées par la perte d'un enfant. Je m'étais abreuvé au puits de leurs larmes et nourri au sein de leur chair. La vigueur de l'affliction s'était répandue jusque dans mes fondations. Une rivière de lave coulait dans mes artères depuis si longtemps que le magma refusait désormais de s'éteindre. On cherchait à étouffer le feu, mais, en dépit des cendres dispersées par l'absence, je demeurais ce volcan insatiable qu'un simple cri réveillait.

Mes plus fastes années s'étaient émoussées sous le pinceau de Guillon, mais son art me garantissait le souvenir d'une gloire éternelle. Mes murs soutenaient les maux du monde et leurs fissures n'étaient que les cicatrices de mes échecs.

Par leurs indélicatesses, ils m'assassinaient à petit feu en contraignant mes pensionnaires à s'échapper. Mais j'étais bien décidé à lutter contre les revers du destin.

Quand Guillon lâcha les ravitailleurs sur la piste des déserteurs, une formidable bouffée d'air me traversa en profondeur. Je suintais l'excitation par tous les pores, sifflais d'allégresse par le biais des conduits et me délectais des sursauts que mes rires grinçants provoquaient.

J'entrai en éruption.

Sans causer le moindre tort.

Cependant, les heures défiaient ma patience et le retour d'un ciel clément n'adoucissait pas ma rancœur.

Réfugié dans son antre maudit, Guillon fulminait tel un possédé sur le point d'être exorcisé. Les toiles inachevées le resteraient à jamais. Le peintre se mit à lacérer au couteau la tristesse de ses œuvres. Il déversa sa rage à coups de marteau, détruisant les chevalets dont le bois finirait aux feux de l'hiver. Les échardes piquaient le cuir de sa peau, mais elles l'atteignaient en plein cœur.

Guillon fracassa les ébauches imperfectibles de modèles souillés par des chagrins simulés. Il piétina l'essence même de leur damnation. Et les palettes saignèrent sur le sol fendu par de sombres humeurs.

Sa vie volait en éclats de verre et de sciure.

Tout ce qu'il avait bâti – un empire orné des plus beaux désarrois – se réduisait désormais à des fragments misérables.

Une seule œuvre échappa au carnage.

Celle qu'il avait enduite d'amour.

Las et brisé, Guillon observa longuement la représentation d'Ana, agenouillée près de son père mort sous le canon. Il voulait tant qu'elle revienne pour la bercer encore de cruelles illusions ! Mais sa propre cécité lui refusait tout discernement.

Ana ne l'aimerait jamais.

Pas même s'il lui rendait ses yeux – ce qui, au demeurant, s'avérait une folle utopie sertie d'un pieux mensonge.

L'âme déchirée, Guillon capta le regard en silex du soldat illustré dans la matière. Il n'avait eu aucun mal à reproduire un portrait ressemblant.

L'homme en uniforme se prénommait Otto. Engagé émérite, il avait servi dans le 18e régiment d'infanterie et s'était particulièrement distingué au sein de l'unité allemande lors de la bataille du Kaiser.

Nul besoin d'être devin pour soupçonner la violence dégagée par ses mains solidaires d'une arme. Leurs veines saillantes bouillonnaient du sang des vainqueurs. Ce même sang qui, vingt-quatre ans plus tôt, les avait sauvés dans les tranchées…

Guillon se laissa choir dans son fauteuil. Puis il se servit un verre de pur malt. Son gosier enflammé n'exprima aucun regret. Rien que le souvenir de retrouvailles qui avaient changé le cours de son existence.

À l'époque, Sinestra prospérait grâce aux propriétés curatives de ses eaux. On venait de loin pour prévenir la consomption et s'adonner aux plaisirs indécents qu'offrait l'isolement. Ce qui entrait au Val demeurait au Val. Le secret des alliances adultères et les remords ne franchissaient pas les portes.

Les couples illégitimes venaient accoucher du fruit de leurs péchés. *Il docter* s'en accommodait moyennant quelques francs bien pesés.

Mais la recrudescence des enfants mort-nés avait inévitablement modifié la vocation du Val.

Désormais, Guillon proposerait ses services en qualité d'artiste lorsqu'un tel drame surviendrait. Et sa clientèle connut un accroissement massif durant l'après-guerre. Sans discrimination de race ou de religion, on peignait la mort.

Un matin, Otto s'était présenté en compagnie de sa femme.

Rose.

Guillon se souvenait de sa difformité témoignant d'une grossesse gémellaire. Un mois plus tard, elle accouchait sous l'assistance de son fidèle *docter*. Mais de sévères complications avaient rendu l'accouchement affreusement douloureux.

Un magnifique bébé survécut néanmoins au bain de sang dans lequel gisait son jumeau.

Ses parents décidèrent de l'appeler Colette.

Guillon se ressaisit. Ressasser ces vieilles histoires le ramenait à une question stérile.

Comment Rose pouvait-elle être en vie ?

Sa dépouille démembrée avait servi de festin aux cochons…

« Oui ! » hurla Guillon, agacé qu'on vienne l'importuner.

Voûté comme le chœur d'une église, *il docter* pénétra dans le repère dévasté. Son air ahuri singeait toutes les grimaces du monde.

« *Signur* Guillon, les enfants réclament à manger…

— Et c'est pour cette raison que vous me dérangez ?

— C'est que je ne sais pas cuisiner… »

Guillon éclata d'un rire désespéré.

« Les loups se dévorent entre eux, mon cher *docter*. Nourrissez-les de vos mots d'esprit en attendant le retour des mères.

— Supposons que les hommes de Vulpera échouent…

— Ce ne sont pas des hommes. Ce sont des bêtes. Et qui, mieux que des fauves, pourrait dompter la bergerie ? »

*

Partageant le point de vue de Guillon, je soufflais d'impatience. Un souffle puissant digne des pires tragédies.

Mes portes claquèrent dans les silences de l'absence.

À travers mes fentes meurtrières, je sondais attentivement la noirceur des Grisons. Les ravitailleurs reniflaient la piste des brebis égarées. Je les voyais fouler leurs traces dans un labyrinthe de sentiers détrempés.

Je priais secrètement pour que le troupeau revienne à mes enclos.

Car, affamé, je l'étais, moi aussi…

51

Ana

Ana accueillit l'aube la fringale au ventre mais la risette aux lèvres. Le soleil chauffait déjà les frimousses assoupies. Enfouies sous leurs couvertures, les marmottes rechignaient à se lever. Rien ne pressait. Les mères s'étaient éloignées pour cueillir des baies, excepté la femme au fichu qui gémissait doucement dans l'angle d'un fourré.

Les réserves de nourriture s'épuiseraient bien vite avec l'arrivée du vieil homme et de son protégé. Il faudrait remplir les panses. Et pour combler la faim, peut-être devraient-ils se mettre à chasser, tuer, dépecer, dépiauter…

Ana frissonna sous le souffle brûlant d'un jour d'été.

L'idée de ses mains plongées dans les entrailles animales la hantait.

La veille, Arthur avait à peine avalé le quart d'une pomme de terre cuite au feu, mais l'appétit finirait par lui revenir. Et, même si chacun priait pour qu'il se rétablisse, sa guérison signifierait une bouche supplémentaire à nourrir. Les gamelles en fer-blanc ne supporteraient bientôt que du vide.

Ana se cramponna à sa poupée. Une bouée dans l'océan. Un rempart face à l'ennemi. L'amie du silence.

Le campement s'éveillait doucement, à grand renfort de bâillements. On se languissait d'une vie ordinaire.

La fillette compta les pas sur l'herbe sèche, par automatisme. Se heurta au bois mort, le contourna et reprit son décompte à voix basse.

« Colette ? Tu dors ? »

Ana s'agenouilla près de la rouquine aussi froide et inerte qu'un caillou.

Derrière le silence des mots, elle sentait son cœur palpiter plus vite qu'à l'accoutumée. Ana dégagea délicatement les mèches qui pendaient sur son front comme des queues de rats, puis elle effleura le grain dur provoqué par les frottements de la muselière en fer.

« Je suis heureuse que le vieil homme nous ait ramené Arthur... Je sais que tu ne l'aimes pas, mais tu n'as jamais dit pourquoi... Tu peux te confier à moi, tu sais. »

Colette recula pour échapper à l'insistance d'Ana.

Elle ne causerait pas.

Ni aujourd'hui ni demain.

Ana finirait par accepter le fait que leur amitié n'était pas un dû qu'on trimballe allègrement. Davantage un fardeau dont il faudrait se contenter pour continuer sur le chemin d'un avenir hasardeux.

L'instant d'après, sa main senestre s'activa nerveusement, déchira des lambeaux de robe pour signifier que leur échange stérile devait cesser. Qu'on la laisse à son mutisme. Qu'on l'oublie jusqu'au prochain chapitre de sa vie. C'était peu demander.

Peu avant midi, les mères revinrent les poches

pleines de baies sauvages. Un festin pour ce peuple d'indigents formé de leurs propres enfants.

« Les fruits rouges piquent un peu la langue ! bougonna Jacqueline.

— Les mûres sont bien meilleures ! » répondit vivement Jean, au comble du délice.

Il flottait un air de légèreté, une saveur sucrée étalée sur l'amertume des prochaines disettes. Un espace de paix préservé de la cruauté du monde.

Un espace qu'il leur fallait quitter à regret.

« Nous devons passer la montagne », déclara soudain Rose.

Sourires en biais. Regards en coin. On se consultait pour déterminer si, oui ou non, Rose avait perdu l'esprit. L'ascension du pic revenait à les tuer tous, aussi sûrement que la sale guerre qu'ils avaient laissée derrière eux.

« C'est trop dangereux, contra finalement Klara. Bon nombre d'entre nous sont affaiblis. Ils n'auront pas la force… »

Elle désigna du menton la mère de Jacqueline qui râlait toujours. Et le jeune Arthur dont les poumons sifflaient comme des ballons de baudruche.

Le vieil homme avança d'un pas hésitant.

« Klara a raison. Mes vieux os ne me porteront pas là-haut… Quant à Arthur, il se rompra les reins avant d'atteindre la première corniche. »

Rose le sonda curieusement.

« Alors, séparons-nous en deux groupes. Le mien partira en éclaireur.

— Et que deviendront les autres ? s'inquiéta la mère de Jean, d'ordinaire si discrète.

— Ils resteront ici jusqu'à ce que nous trouvions de l'aide. »

Son raisonnement ne fit pas l'unanimité. Aux soupirs de soulagement se mêlaient ceux du mécontentement.

« Ça n'avancerait à rien, reprit le vieil homme. Nous ne serons pas plus en mesure de gravir ce monstre dans un jour que dans dix ! On pourrait presque croire que vous cherchez à vous débarrasser des faibles. Pour sûr, ceux-là vous ralentissent… »

La mère d'Henri se planta face à lui. Elle lorgnait le vieillard d'un mauvais œil.

On avait ôté la vie de son enfant. De la plus cruelle des manières. Et puisque la piste des fauves de Sent s'écroulait, elle se démènerait pour trouver un coupable à son incommensurable chagrin. *Il docter* avait bien vite conclu à une attaque animale. Fallait-il être aveugle pour s'apercevoir qu'il s'agissait de l'œuvre de l'homme ?

« Vous étiez moins bavard au Val… Où est donc passée votre vilaine toux ?

— Un état de faiblesse passager, madame. Les concoctions élaborées par le médecin ont fait preuve d'efficacité. »

La femme haussa les épaules et tourna les talons. Puis elle reprit le deuil.

« J'ai repéré un chemin qui contourne la montagne, continua le musicien. Je n'exclus pas le danger, mais l'assurance d'avancer à défaut d'escalader… »

Dans son dos s'éleva une rumeur d'approbation.

« Très bien. Alors, rassemblez *votre* troupeau », céda Rose.

Le vieil homme afficha un air satisfait.

Les massifs comptaient plus de victimes que les ponts suspendus. Du moins, l'espérait-il…

Alors qu'ils replongeaient dans les ténèbres des Grisons, le vieil homme ralentit la cadence pour se laisser distancer. Ana fermait la marche, comptant aveuglément les pas.

« Tu tiens beaucoup à ta poupée, n'est-ce pas ? »

La petite hocha vivement la tête, écrasant son jouet contre son buste frémissant. La main affreusement fripée menaçait de le lui arracher.

Le musicien sourit de sa propre dextérité. Son geste ne l'avait pas même effleurée que la petiote s'en effrayait.

« Dis-moi, Ana, depuis quand as-tu recouvré la vue ? » lui chuchota-t-il à l'oreille.

Elle ne répondit pas.

C'était parfois dans le silence qu'on cernait l'intention du Mal.

Quand le diable murmurait, Dieu se taisait.

52

Colette

Dès son plus jeune âge, on lui avait enfoncé ces idées dans la tête. Des clous plantés dans la cervelle. Elle appartenait à l'engeance des enfants maudits. Ceux dont on se détournait pour préserver sa vie.

Sa main senestre, pourtant semblable à tant d'autres, était la preuve irréfutable du trouble arrimé à son âme. Rose le lui répétait depuis si longtemps. *Sa main avait tué le bébé dans son ventre*. Elle était malade. Coupable d'avoir tué son garçon.

Il n'existait point de pardon pour ce genre de crime.

Aucun traitement pour éradiquer un mal obscur.

Espérant que, peut-être, Rose se trompait, il lui était arrivé de douter. Mais quand une valse-hésitation survenait, sa mère se chargeait de l'en détourner. Elle démontrait alors la véracité de ses accusations en la confrontant au fruit de ses abominations.

Il y avait eu les oisillons morts au bas du nid, leurs cous tordus comme des bâtons de réglisse. Le chaton de la voisine écrasé sous une brique, le départ de feu dans l'atelier du père, les coups de griffes à l'entrejambe…

De ces derniers, Colette se souvenait. *Ça grattait !* se défendait-elle. Pour le reste, incapable de se remémorer ses forfaits, elle s'attachait à la parole de Rose.

On lui avait enfoncé ces idées dans la tête.

Alors, désormais, sa main agissait en pleine conscience.

Elle avait malmené Henri, c'est vrai.

Mais quelqu'un d'autre l'avait tué.

Sciemment désolidarisée du groupe, Colette porta son attention sur les marcheurs alignés comme des écoliers disciplinés.

Le vieux *qui-ne-toussait-plus* se comportait étrangement. Il s'était rapproché d'Ana, susurrait des choses qui semblaient fort la contrarier. Colette n'avait rien oublié du contact douloureux de ses mains plaquées autour de sa gorge, la nuit où elle avait perdu son pain près de la *Berghaus*. Ni l'aspect menaçant de la hache dans les sous-sols du Val. Et puis, elle n'aimait pas ce regard qui lui fouillait l'esprit. L'homme aurait beau creuser, rien de bon n'en sortirait jamais…

Devant eux, Arthur avançait péniblement, tête basse et bras ballants. Il avait l'air d'un pantin coupé de ses ficelles. Le trio d'épouvantails, soudé par une camaraderie fondée sur le secret de leur cruauté, l'entourait d'une insouciance artificielle.

Les mères ouvraient la file d'un pas décidé, soutenant la plus faible d'entre elles – bien qu'il fût évident que la femme au fichu ne passerait pas l'été.

En chemin, Colette semait ses rubans blancs. Elle en accrochait aux branches basses, les oubliait sur des taillis épineux, délestait ses poches comme le petit Poucet de ses miettes.

Une lumière aveuglante tomba soudain au bout du tunnel formé par la voûte des arbres. Les rayons du soleil éclaboussaient le vide pour mieux les attirer vers ses précipices. Là où le monde coulait à pic.

« La traversée risque de secouer », appréhenda Rose.

Le pont suspendu ralliait deux versants escarpés. Ses cordages usés flottaient au-dessus d'une rivière bouillonnante sous laquelle la mort se nichait assurément.

La mère de Jean se mit à trembler. Ses yeux horrifiés sondaient le gouffre et ses mains moites s'accrochaient à la blouse qu'elle portait.

« Je ne peux pas…, dit-elle d'une voix à peine audible.

— Je ne crois pas que tu aies le choix. »

Un avenir s'ouvrait devant eux tandis que le passé résonnait encore du claquement de leurs pas.

« Rose a raison, intervint le vieil homme. Nous n'avons aucun autre moyen de quitter la vallée…

— Pour aller où, hein ? Dites-moi ! s'emporta soudain la mère de Marcel dont l'austérité s'étiolait au fil des pertes qu'égrenaient les heures.

— Nous finirons bien par atteindre un village où nous ravitailler…

— Et ensuite ?

— Ensuite, nous rentrerons chez nous. »

Chez nous.

Ça signifiait reconstruire sa vie sur les cendres de ceux qui y avaient sacrifié la leur. Bâtir des lendemains sur les cimetières d'hier.

« J'ai entendu Guillon prétendre que l'armée allemande commençait à reculer sur le front, dit la femme au fichu, la voix teintée d'espoir. Peut-être que la guerre sera bientôt finie ?

— La guerre, sûrement, répondit Rose. Mais pas l'idéologie nazie… »

Chancelant au bord de l'abîme, Arthur émit un râle désespéré.

« Je veux rentrer chez moi ! Maman… elle m'attend… »

Le cœur du musicien se serra. Il tâta nerveusement le fond de sa poche. À l'endroit où le sort de sa mère resterait scellé.

« Alors, il nous faut traverser le pont. Ne regardez pas en bas. Restez fixés sur l'horizon. »

Rose s'engagea la première sur le pont flottant. Les autres suivirent dans un élan prudent. La mère de Jean fermait les yeux sur sa peur. Ses paupières brûlées de soleil papillonnaient de larmes.

Valère avait saisi la main d'Ana. Elle-même se cramponnait à celle d'Arthur. Et les trois épouvantails se chamaillaient pour former les maillons de cette étrange chaîne humaine.

L'ouvrage en bois oscillait sur ses câbles à trente mètres des torrents gonflés par les crues. Il symbolisait la passerelle entre eux et le Val. Une passerelle qu'ils franchiraient quoi qu'il en coûte.

Mais, dans son esprit formaté, Colette envisageait bien plus qu'une escapade tourmentée.

Elle y voyait une formidable opportunité de se venger.

Un accident était si vite arrivé…

Elle abandonna les derniers lambeaux de robe dans le sillage de ses pas et laissa sa main malade décider de la destinée des enfants bourreaux.

53

Valère

Une secousse immédiatement suivie d'un cri bref et perçant comme celui d'un busard. Mais cet oiseau-là ne savait pas voler. Ses bras battaient l'air sans succès.

En quelques secondes, le monde chavira dans le tumulte des cris. Molestée par Colette, Jacqueline avait malencontreusement bousculé Valère et, dans le chahut d'une mésentente consumée, une planche avait cédé.

Plus loin sur le pont, les mères hurlaient, tétanisées, si proches de la terre ferme. Les mains en porte-voix, elles appelaient les enfants, cherchaient à comprendre comment un tel malheur pouvait s'abattre sur leur tribu.

Valère prit conscience de l'agitation autour de lui. Il tenta d'assembler les morceaux d'une réalité qui refusait obstinément de prendre forme. C'était un spectacle de figurines se déplaçant sur le socle bancal d'un échiquier sans parvenir à maîtriser le jeu. Une partie d'ores et déjà vouée à l'échec.

Ses jambes pédalaient dans le vide mortel qui l'aspirait comme une bouche insatiable. Coincé à hauteur du buste, Valère poussait des coudes pour s'extraire de la faille, mais plus il paniquait, plus il s'enfonçait, ses ongles griffant les lattes encore saines pour accrocher un peu d'espoir à sa terreur. La douleur remonta comme un courant électrique le long de son bras fragilisé par l'accident.

Son corps s'affaissa brusquement dans un craquement sinistre.

Cramponnée à la balustrade, Ana poussa un cri effroyable. Impuissante, Colette plaqua une main sur sa bouche tandis que les trois épouvantails fuyaient le danger à reculons. Trois lâches sur le point d'abandonner l'un des leurs.

« Aidez-moi ! » supplia Valère, à bout de forces.

À l'extrémité du pont, les mères tardaient à rebrousser chemin. Les câbles grinçaient, redoutables obstacles au moindre mouvement. Et le bois craquait, et l'ouvrage tanguait comme une barque ballottée par la houle. Les cordages lâchaient, ébranlant l'équilibre précaire menacé par leurs souffles affolés.

Comme s'il avançait sur des braises, le vieil homme évalua d'un pas mal assuré la solidité de la plate-forme. Rejoindre les enfants les condamnait à un suicide collectif. Ses jambes de coton pédalèrent en marche arrière. Il repoussa les mères. Le pont menaçait de s'effondrer, et leurs cœurs avec.

Ne subsistait sur les lèvres que le murmure d'une prière, un appel désespéré au Dieu qui les avait abandonnés.

Les yeux baignés de larmes, ils attendaient un miracle, se débattant comme ils le pouvaient avec leur foi anesthésiée.

Au centre du passage dévasté, Valère commençait à

lâcher prise. Personne pour lui venir en aide. Seulement le silence qui précède l'inéluctable. La chute. Il avait la sensation d'avoir déjà vécu cet instant. L'effondrement intérieur provoqué par le souffle glacial de la mort planant si bas qu'on pouvait renifler son odeur méphitique. Il en avait exploré la noirceur dans ses cauchemars, jumeaux d'une réalité qui ne s'effacerait jamais. Il s'était battu contre elle et l'avait vaincue, lui, *l'immortel*…

Valère ferma les yeux qu'il avait si grands qu'on aurait pu s'y perdre. Le sourire de sa petite sœur l'accompagnait dans un dernier soupir…

Un ultime craquement des planches descellées.

C'était la fin. Ou le début, il ne savait plus très bien.

Une respiration saccadée flotta un instant sur son visage. Contre toute attente, ses poignets s'aplatirent contre le bois, écrasés par une force colossale. Puis cette voix éraillée qui l'implorait de *tenir bon, parce qu'il ne mourrait pas aujourd'hui*.

Résigné, Valère rouvrit les yeux.

C'est alors qu'il regarda le diable en face.

Allongé sur le ventre, Arthur usait de son corps décharné comme d'un levier. Ses os saillants basculaient sur un point d'appui formé de planches. Colette et Ana tiraient sur ses jambes écartelées, implorant qu'on vienne les aider.

Jacqueline ignora les mises en garde de Jean, dont l'hystérie confinait à la folie, et s'agenouilla près de la rambarde, empoignant Valère par les bretelles, l'agrippant sous les aisselles parce que le reste de son corps flottait dans des abîmes inaccessibles.

« Tirez encore ! » criait Marcel, occupé à contenir la crise de Jean.

Les grincements inquiétants se succédaient sous leurs efforts conjugués, mais les enfants n'en avaient cure, le corps épuisé de Valère pouvait désormais s'extraire et ramper vers la clameur bénie des mères.

De l'autre côté de l'enfer, le diable au nez crochu fut accueilli en héros.

Même Valère se joignit au concert des grâces dont on l'entourait.

Dans le trouble qui l'avait englouti, le jeune garçon avait occulté le cri d'Ana au moment où la planche avait cédé.

Ce cri qui avait vu.

54

Arthur

Les louanges glissaient comme de l'huile sur sa peau et ses os.

Il ne les méritait pas.

Dans la détresse de Valère, il avait lu la sienne, accompli ce qu'un autre avait fait pour lui. Ce trou qui l'avait avalé ressemblait à la cache sous laquelle il s'était réfugié lors de la rafle de la rue Lestienne. La même peur dans les yeux. Les mêmes chances d'en réchapper. Infimes. Cette fois, le soldat, c'était lui. Armé de courage. D'humanité.

Mais tous leurs chants glorifiés le gardaient confiné au fond de cette cellule infestée de cafards. Car aucun ne célébrait le rire cristallin de sa mère.

Pour elle, il se battrait.

Alors, ensemble, ils s'élèveraient, tels deux anges intouchables, rentreraient dans le nid douillet de leur amour, enfourneraient des tartes croustillantes, s'émerveilleraient du bonheur retrouvé.

La félicité s'émoussa graduellement. Le soir venu, les préoccupations des mères l'emportèrent sur son acte héroïque. Il fallait établir le campement, panser les plaies du corps et du cœur, calmer les humeurs chagrines, cuire les dernières portions au feu de la nuit, rassurer les plus faibles, encourager les plus forts, se forcer à sourire de tout pour combler les riens, gloutonner chaque jour pour s'autoriser d'autres lendemains.

« Tu peux t'installer là, si tu veux », avait proposé Valère en désignant l'espace libre près du sien.

Ses marques de gratitude demeuraient timides. Jamais il ne croisait son regard, mais Arthur sentait son insistance dès qu'il tournait le dos. Sans vraiment les commander, les deux garçons enterraient leurs différences sous un linceul de respect en prenant garde de ne plus évoquer ces natures incompatibles qui les opposaient.

Peut-être prenaient-ils conscience que la guerre les unissait par le bannissement de leurs travers. Qu'on fût Juif ou homosexuel, l'espérance de vie cessait aux portes des camps de déportés.

Bien que le Val eût tenté de les exterminer à sa manière, ils étaient vivants ! Rien ne comptait davantage pour le moment.

Alors, quand Valère embrassa son front pour le remercier, Arthur ne réfléchit pas, il lui rendit son baiser, écouta ce cœur, semblable au sien, marteler l'espoir, puis il s'allongea sur une paillasse d'épines jaunies et fixa l'immensité du ciel d'encre.

Point d'angles ni de recoins où se tapir pour dissimuler ses larmes. Pas même le refuge d'un songe pour l'en libérer.

Combien de temps survivait-on à l'absence de sommeil ? Combien de clignements las à trop scruter ses propres ténèbres ? Les questions tournaient en boucle sur le disque rayé de sa cervelle gazée aux stimulants.

Soudain, l'obscurité se mit à tourner comme un manège fou. Pris de vertiges, Arthur planta ses ongles dans la terre. Il ne tomberait pas plus bas, au pire s'enfoncerait-il lentement dans le sol remué par les vers.

Une plainte asthmatique creusa son thorax. Le crissement insolite des fougères derrière lui faisait étrangement écho à sa souffrance. Il aurait juré que les bois contemplaient sa lente agonie. *Des yeux,* pensa-t-il en scrutant la nature foisonnante des Grisons.

Un mouvement détourna son attention de la forêt lugubre.

Colette slalomait jusqu'à sa couche telle une ombre silencieuse. Elle s'allongea près de lui et posa délicatement sa tête sur son épaule. Une tendresse douloureuse qu'il accueillit sans sourciller. Pour cause, le traitement déréglait sa pilosité au point qu'il ne subsistait que des bandes décolorées là où, d'ordinaire, s'inscrivaient deux courbes broussailleuses comme tracées au feutre noir.

Plus loin, les épouvantails couraient autour du feu de camp, se disputant les fripes qu'on avait trempées dans le ruisseau et mises à sécher sur les branches.

Affublé d'une blouse empruntée aux dames, le vieil homme criait après eux, son pantalon tournoyant dangereusement près des flammes.

Colette riait sous cape de ce grotesque spectacle.

Elle avait observé la fâcheuse habitude que prenait le bonhomme à fouiller compulsivement ses poches. Le détail passait inaperçu pour peu qu'on fût dénué de troubles similaires. Or, Colette en connaissait un bout sur les désordres obsessionnels.

Avant de frotter le linge comme on le lui avait ordonné, la petite madone s'était aventurée dans le secret des plis, dénichant une lettre dont elle ne savait que faire. Elle balbutiait dans l'art de la lecture, à peine déchiffrait-elle quelques mots, alors, blottie contre l'aîné de ses camarades, l'idée de partager sa découverte lui traversa l'esprit.

Et puis, Arthur aimait lire, à ce qu'on disait. Ça lui ferait certainement plaisir de se mettre une histoire sous la dent, qu'elle pensait.

Sans un mot, Colette déplia la feuille cornée et l'accrocha au regard du garçon. Ce n'était certes qu'un vulgaire bout de papier, pas le genre d'objet savamment relié, mais quand même, pourquoi Arthur se mettait-il à sangloter ?

Plus elle comptait les grimaces, plus Colette prenait conscience de son erreur.

Les pupilles dilatées sur des vaisseaux éclatés conféraient à son ami un air cadavérique. *Faut pas geindre comme ça, mon grand...*, murmurait à l'intérieur une petite voix désolée.

« Où as-tu... trouvé cette lettre ? gémit-il. Qui... ? »

Colette termina mentalement la question tronquée par trop d'émotions. Arthur cherchait visiblement à identifier le précédent détenteur de son malheur.

Elle désigna le vieux fou qui reprenait son souffle en dissertant sur la conduite immature des jeunes générations. Arthur, tordu comme un martyr sur son affliction, considéra l'homme qui l'avait sauvé de la chambre à gaz. Il sermonnait les enfants indisciplinés sans se préoccuper du trouble qui frappait son protégé.

« Non... Non... Il m'en aurait parlé... », balbutia Arthur en s'effondrant.

Le musicien avait menti.

Maman ne reviendrait jamais. Plus maintenant.

Son cœur affaibli manqua un battement. Puis deux. L'espérance s'essoufflait. Elle n'était plus de ce monde. Et lui n'y avait désormais plus sa place.

En guise d'adieu, Arthur serra Colette dans ses bras. Doucement d'abord. Plus fort ensuite. Il plaqua sa chevelure flamboyante contre son nez, sa bouche, tous ces orifices qui le maintenaient en vie. La gamine pesait bien lourd sur sa carcasse, à tel point qu'il entendit ses côtes craquer, ses os se briser comme les biscuits secs enfermés dans les sous-sols du Val.

La rouquine se débattait. Elle avait compris, ne voulait pas. Arthur forçait sa main meurtrière pour qu'elle enfonce sa trachée. Il suffoquait. Plus d'oxygène dans ses poumons brûlés. Il s'étonnait de contenir encore assez de vigueur pour contraindre la petite à augmenter la pression. La douleur lui parut naturelle, presque belle. Une délivrance. Il savait compter sur sa plus fidèle amie pour lui forger un cercueil sur mesure.

Complice d'une mort programmée, Colette accomplissait un acte d'amour.

C'est du moins l'image qu'il emporterait dans cet ailleurs où sa mère l'attendait. Un ailleurs où scintillaient un millier d'étoiles jaunes, libres et fières devant l'Éternel.

Et dans un dernier souffle, s'endormir, enfin…

55

Ana

Le petit matin révéla la tragédie qui avait frappé l'étrange fratrie durant la nuit. Les enfants rapportèrent d'improbables histoires à propos d'une présence maléfique flottant dans l'ombre des arbres depuis leur évasion de Sinestra.

Des sornettes, rabrouaient les mères.

Les peurs infantiles s'exprimaient en babillages, vite étouffés par la défiance de la maturité. Arthur était mort d'épuisement. Nulle créature monstrueuse à incriminer, sinon leur imagination débordante.

Harassés par les épreuves traversées, les déserteurs du Val s'étaient endormis sur leurs matelas de solitude. Il y avait bien eu Jacqueline, réveillée par l'un de ses terribles cauchemars, et Jean, en proie à une crise de panique, mais les paroles réconfortantes des mères avaient mis un terme à l'agitation.

Jusqu'à la pointe de l'aube.

La dépouille d'Arthur gisait au milieu des vivants. Leurs lamentations n'y changeraient rien. Ils devraient encore composer avec le deuil d'un enfant.

Effondré, le vieil homme, d'ordinaire peu démonstratif, s'agenouilla jusqu'à ce qu'on l'arrache à son corps famélique. Il avait cru bien faire en dissimulant cette maudite lettre à destination de Guillon, se reprochait de l'avoir même subtilisée lors de leur départ précipité. Par superstition, sans doute. Il aurait eu maintes occasions de s'en débarrasser – dans l'accident, les bois, le feu, mais ne l'avait pas fait. Il fouilla ses poches, s'aperçut qu'elle n'y était plus. Emportée par le ruisseau ? Perdue dans la tourmente ? Qu'importe... Sa folle ambition n'avait pas suffi à sauver Arthur. Mais tant d'enfants méritaient d'être secourus... Il ne s'arrêterait pas là. Jamais. Le diable pouvait bien chanter sous les ramages, il en couperait les brins un par un.

Rose proposa d'ériger une sépulture à la mémoire d'Arthur dont on ignorait le nom. *Arthur de la rue Lestienne* ferait l'affaire. La gorge nouée, Ana et Valère déposèrent la dernière pierre. Dans leur dos, Colette ne parlait pas, étouffait ses cris au creux de sa main souillée de péchés inavoués.

Il y avait un temps pour pleurer. Un autre pour oublier.

Alors, ils remballèrent leurs maigres réserves pesant de moins en moins sur leurs épaules et reprirent la route inhospitalière des sentiers.

« Tous ces chemins se ressemblent », dit sombrement Valère à l'attention d'Ana.

La petiote haussa les épaules comme si la chose ne la concernait pas.

« J'ai l'impression qu'on tourne en rond, ajouta-t-il.

— Qu'est-ce que j'en sais ! s'emporta-t-elle.

— T'énerve pas... Je disais ça pour causer un peu...

Colette décroche pas un mot et les trois autres font mine de rien. T'as pas le cœur à sa place, Ana… Je sais pas ce qui t'arrive, mais je préférais celle d'avant… »

Avant quoi, il n'aurait su le dire. *Avant les Grisons ? Avant l'accident ? Avant la mort d'Henri ?*

Avant aujourd'hui.

Ana avait changé.

Elle baissait le menton quand on l'approchait, déclinait le dialogue en se focalisant sur ses souliers comme une coquette mal fagotée. Ana culpabilisait à l'idée de mentir à Valère, mais elle avait fait le choix de taire le miracle pour se préserver. Le vieil homme savait… Mais visiblement il gardait précieusement son secret sur un coin de langue. Elle voulait encore profiter de son statut privilégié désormais familier, acceptait la pitié pour les marques d'affection qu'elle offrait sans partage.

Enfermée dans une bulle, la vie devenait si douce.

Le monde lui semblait bien plus beau les yeux fermés.

Quand le sort s'était-il inversé ?

Ana se souvenait de sa tête heurtant le sol, d'un goût de vase remplissant sa bouche, de la sensation de flotter sur un lac paisible et silencieux et, subitement, du tonnerre fracassant des voix, de la lueur aveuglante de la nuit. Oui, que l'obscurité pouvait se révéler lumineuse au sortir de la cécité ! Puis il y avait eu ces visages vibrionnant autour d'elle comme une nuée d'insectes, des inconnus, abîmés par la représentation qu'elle s'en était faite.

Des leurres accrochés à ses yeux ressuscités.

Valère cernait ses défaillances. C'était mauvais signe. D'autres que lui remarqueraient ses attitudes changeantes, et rien ne serait plus pénible que de détourner leur compassion.

Alors, Ana reprit assidûment le décompte des pas, se heurta aux obstacles bénins qui lui éviteraient de se blesser. Pria pour que le vieux fou ferme son clapet.

« C'était quoi ? s'enquit soudain Valère.

— On dirait le clocher d'une église… »

La puissance lointaine des carillons crevait la misère des Grisons. La promesse d'un renouveau ligotée à une sourde appréhension leur fit accélérer le pas. Après des jours entiers à côtoyer l'enfermement, la faune et le désastre, se profilaient un peuple civilisé, des marchandises à chaparder, des foyers à conquérir, des lits chauds où se blottir.

« Un jour de marche suffira pour atteindre le village », estima Rose.

Un jour de trop, persifla le Val.

56

Val Sinestra

Mon œil suivait chacun de leurs mouvements et dénonçait les mensonges révélés par la nuit. Mes traîtres égarés livraient un combat inéquitable. J'applaudissais leur vaine tentative d'échapper à mon emprise et pleurais la mort du garçon au nez crochu, bien que son déclin eût pris naissance en mon sein.

J'aimais cet enfant étoilé. Autant que les autres, mal nés, mal-aimés, mal formés. Leur saveur ne présentait aucune différence. Ils incarnaient l'innocence dans un monde exempt de fraîcheur, et le vieux rustre que j'étais s'en nourrissait pour prolonger l'éternité au-delà des limites sacrées.

Mes jardins bruissaient des cris de frustration. Ceux que je ne parvenais pas à contenir. Je crevais de leur absence, entraînant dans ma folie Guillon et son boucher au tablier noir.

J'enviais surtout les hommes de Vulpera, ces fauves insatiables, leur sadisme diabolique brandi comme un étendard au-dessus des Grisons. Je sondais leurs pensées les plus intolérables et m'en délectais comme d'un fruit juteux que le Mal tranche en deux.

Dans le village isolé de Tarasp, le clocher d'une église me défiait par ses tintements cristallins. Je grinçais de toute part en réponse à ses attaques assourdissantes, si bien que j'effrayais par mégarde mes petits survivants, confinés dans le grand salon sans en connaître la raison. Je ne m'en souciais guère. *Il docter* veillait à maintenir l'ordre établi en les dressant par la menace de sévices qu'un autre que moi aurait certainement désapprouvés.

Plus bas, Guillon devenait fou dans mes entrailles saccagées. S'il avait pu brûler les toiles sans risquer de me réduire en cendres, sans doute l'aurait-il déjà fait. Je redoutais qu'il remonte à la surface et lacère les visages funestes accrochés à moi comme une seconde peau. Par chance – pour lui –, il n'en fit rien.

Je réfléchirais plus tard à la manière de le remercier pour ces égards.

Dès que mes petits pensionnaires seraient rentrés…

Dans cette interminable attente, je m'abîmais au cœur des Grisons et suivais la progression des hommes de Vulpera.

Mes ravitailleurs.

Le chef de meute foulait les chemins de terre, sa machette fauchant les branchages qu'il jugeait encombrants. La lame fendait l'air dans un concert inaugural de sifflements. Les trois autres grognaient comme des bêtes lorsqu'ils reniflaient la piste des déserteurs et le chaos s'allongeait sous leur foulée punitive.

« Par ici, grommela le plus chétif en assumant son rôle d'aide de camp.

— T'en as trouvé un autre ?

— Vise un peu le buisson. »

Le meneur ramassa un lambeau de tissu blanc. Il le fourra dans sa veste de chasseur. C'était déjà le cinquième qu'il cueillait.

« Une bonne moisson, dit-il en arborant un sourire bestial.

— Regarde, les cendres sont encore chaudes. »

Il s'accroupit, écrasa le sol du plat de la main. Un cercle noir délimitait les restes d'un feu qu'on avait tenté de dissimuler sous des feuillages.

« On va les bouffer par-derrière, ces sales petites putes !

— C'est pas ce qui était prévu…, contra son partenaire. On a promis de les ramener sains et saufs.

— Personne me dit ce que j'ai à faire ! Surtout pas un cinglé qui peint des gosses crevés pour de l'oseille ! »

Galvanisé par la traque, le chef autoproclamé plissa les yeux et caressa le manche de son arme pour leur rappeler sa position. Le sous-entendu s'échauffait sous la lame : il n'hésiterait pas à trancher la tête de ceux qui lui barreraient la route. Dans un réflexe animal, il bondit et leur fit signe d'avancer. La soumission s'inscrivait sur leurs lèvres incurvées par des sourires idiots.

« Ils ont traversé le pont », fit remarquer son lieutenant en imitant un cri de sirène.

Au creux de sa pogne calleuse, un autre ruban cousu de fil blanc.

« Ils se dirigent vers le village de Tarasp… On va couper par les carrières. Nous les rattraperons avant la tombée de la nuit.

— Ouais ! On gagnera au moins trois heures de marche ! s'enflamma le troisième avec un air benêt.

— Du bon gibier pour le souper…

— Un festin », enchérit le chef, fasciné par le reflet de la lame encore vierge.

Ils reprirent la traque.

Un jeu sanguinaire exécuté dans le cadre bucolique des Grisons. Le contraste saisissant s'opposait à leurs intentions. Le pépiement des oiseaux, le bruissement des feuilles sous le souffle tiède d'une brise légère, la féerie des flots argentés et, au milieu, la maturation d'un carnage planifié.

Mais le ciel était plein de prémonitions…

Une banderole sombre s'accrochait déjà au sommet des montagnes. La tempête ronflait à l'horizon du jour inachevé.

Je pouvais sentir l'électricité remonter le long de mes racines fortifiées, parcourir mes veines empierrées, mes fenêtres murées dans le silence.

Alors même qu'on tentait de m'assassiner en me privant de leur présence et de leurs rires, jamais je ne m'étais senti plus vivant qu'à cet instant, car je savais qu'ils me reviendraient.

Moins innocents, peut-être plus vaillants, mais toujours mes enfants.

57

Colette

« Pourquoi elle parle plus ?

— Ma mère prétend qu'elle est folle.

— Et on parle pas quand on est fou ?

— Sais pas. Mais, pour sûr, on cause un peu trop quand on est sot !

— Ah ? »

Jacqueline cracha un rire moqueur au creux de sa main.

Jean insista :

« Tu crois qu'elle a avalé sa langue ?

— T'as qu'à lui demander !

— Non, je m'en fiche.

— Dis plutôt que t'as la frousse !

— T'as vu sa façon de nous fixer ? Avoue que t'irais plus lui faire la misère après ce qui est arrivé à Henri…

— Tais-toi. Tu vas nous attirer des bricoles. »

On n'entendit plus que le vent souffler dans les branches, un sas où respirer.

« Elle m'a poussée sur le pont, assura Jacqueline.

— *C'est Valère qu'est tombé.*

— *Oui, mais c'est moi qu'elle visait !* »

Un silence pesant ferma la parenthèse. Ils avançaient en balayant le chemin du bout de leurs godillots quand Jean reprit :

« On joue ?

— *Marche, bougre d'âne. On va perdre le reste du groupe.*

— *Tiens, j'ai senti une goutte...*, fit remarquer Jacqueline.

— *C'est ta cervelle qui bouge.*

— *T'es pas gentil, Marcel !*

— *Les gentils, ils terminent toujours les pieds devant et le cercueil de travers.*

— *Ça veut rien dire !*

— *Tais-toi, tu me fatigues.* »

Pensaient-ils vraiment qu'elle n'entendait pas les rouages de leur manège ? Ces trois-là se liguaient contre elle, échafaudaient un plan pour lui faire payer la mort de ce gros lard d'Henri. Elle se moquait de leurs intentions. Les épouvantails mouilleraient leurs culottes bien avant qu'elle ait levé son petit doigt sénestre.

Le ciel s'assombrissait, lourd de menaces. L'état de la mère enceinte empirait. Elle ralentissait le groupe en se traînant de la sorte… Ses plaintes continuelles rendaient le voyage plus pénible et le moral des troupes s'en ressentait. Fallait-il vraiment supporter ses vagissements sans rien dire ? *Cousez-lui les lèvres !* pensa Colette dont l'humeur virait au rouge.

« On va s'arrêter pour manger, annonça Rose. La mère de Jacqueline a besoin de repos.

— On risque d'être pris dans la tempête avant

d'atteindre le village…, plaida Klara, les yeux rivés au plafond bas des nuages.

— Elle perdra son bébé si on ne ralentit pas… »

De mauvaise grâce, les clans se formèrent autour de la souffrante. C'est vrai qu'elle avait mauvaise mine sous son fichu, la poule pondeuse ! Son ventre s'arrondissait bien vite… *Peut-être portait-elle deux petits monstres qui s'entre-dévoraient dans ses entrailles ?* s'interrogeait Colette en dissimulant sa main sous la cape.

« Tu ne devrais pas. »

Le vieil importun s'était approché sans bruit.

« Ta main n'est pas malade, je te l'ai déjà dit, seul ton esprit veut t'en convaincre. »

Il s'adressait à elle comme un ami de longue date, prévenant et attentionné. Le genre de paroles creuses qu'on murmurait dans un confessionnal pour absoudre l'agneau de ses péchés. Et il continuait, inlassablement :

« Colette, tu as traversé beaucoup d'épreuves et je comprends parfaitement que tout cela t'effraie, mais tu ne devrais pas nous priver de ta jolie voix… »

Ses mots glissaient comme de la soie, se heurtaient à la rudesse d'un roc. Et lui, qui voulait-il convaincre avec son discours mielleux et ses bonnes manières ? Il avait serré sa gorge comme on tord le cou d'un poulet, brandi une hache au-dessus de leurs têtes et simultanément secouru Arthur… C'était à n'y rien comprendre. Le vieillard passait d'une contradiction à l'autre.

Elle ne causerait pas malgré la tentation d'expulser la détresse logée dans sa chair, depuis son premier cri. Encore moins à un inconnu se présentant sous les traits d'un ange.

S'apercevant de l'embarras de leur amie, Ana et

Valère vinrent en renfort sans savoir de quoi il retournait. L'union faisait la force des désespérés. Ils ne disaient rien, fusillaient le musicien de regards insistants qu'ils s'efforçaient de rendre menaçants, une lueur triste au fond des yeux.

Le vieil homme esquissa un sourire amer. Les enfants l'évinçaient comme un insecte nuisible. Ils ne comprenaient pas la raison de sa présence, et c'était peut-être mieux ainsi… Vaincu par l'esprit de camaraderie, il s'éloigna, l'échine courbée par l'impuissance.

Près du ravin, les femmes se concertaient au sujet de la mère de Jacqueline. La fièvre ancrait le délire derrière son front luisant.

Rose se tourna vers Klara :

« Trouve un point d'eau et remplis une gamelle. »

La mère d'Ana acquiesça.

« Y a des compresses quelque part…, fit l'une.

— Les trouve pas, répondit l'autre.

— Essaie l'autre sac.

— Il est vide…

— Ramasse des baies de sureau ou des reines-des-prés, s'impatienta une troisième.

— J'vois que des épines.

— Regarde mieux ! »

Derrière eux s'étendait la pinède. Devant, le ravin. Plus loin, un sentier pentu qu'ils dévaleraient séant à terre s'ils n'y prenaient pas garde. Le territoire hostile accueillait les peurs primaires, les mères le savaient, elles sentaient l'insécurité durcir leurs voix, la fatigue éteindre leur discernement.

Pendant ce temps, les enfants dévoraient les maigres rations sans se soucier du lendemain.

On devrait encore camper cette nuit.

La dernière, jurait Rose.

Promis, demain ils trouveraient un foyer pour les héberger, du pain frais, des confitures à étaler copieusement et du bon lait. En attendant, il faudrait marcher le ventre vide. Ne pas se plaindre. Avancer. Survivre. Et les enfants consentaient à tous les sacrifices sans sourciller, leurs yeux pétillants tournés vers l'horizon.

Au crépuscule, ils s'endormirent, la panse rassasiée et l'esprit apaisé. La mère de Jacqueline ne gémissait plus que pour réclamer un peu d'eau ou solliciter de l'aide pour les besoins intimes. Les linges humides et les concoctions de Rose à base de plantes médicinales avaient fait chuter la fièvre.

Ils étaient si proches du but. Si près de la liberté.

Au milieu d'une nuit sans lune, des crépitements réveillèrent Colette.

Les paupières lourdes, elle devina les lueurs orangées qui dansaient dans les ténèbres. Soudain, des ombres gigantesques recouvrirent sa couche. Alors elle referma les yeux de toutes ses forces afin d'échapper à la vision des monstres qu'elle avait appâtés. Pas besoin de distinguer leurs visages pour reconnaître l'odeur des fauves en action. Juste une intuition, mauvaise. Comme les ravitailleurs.

La petite madone supporta les cris étouffés de terreur, les grésillements du bois qu'on enflamme, l'odeur de chair brûlée. Elle plaqua les mains sur ses oreilles pour atténuer les hurlements inhumains des trois mères rôtissant sur leurs bûchers.

Le *Mal Sinestra* les avait rattrapés.

58

Valère

Il allait où ses rêves le portaient, se coulait dans la douce chaleur d'un émoi retrouvé. Arthur visitait ses nuits, ranimait la flamme d'un amour proscrit contre lequel il n'existait plus aucune raison de lutter. Arthur était parti en laissant une empreinte indélébile dans le cœur des vivants, une trace de son bref passage sur terre.

Il arrivait à Valère de se réveiller en pleurant. Le diable au nez crochu lui manquait tant… Il avait fait de son visage une icône, de son absence un leitmotiv pour vivre plus fort, de l'amour sa religion. Le vieil homme avait raison, qui étaient-ils, ces prêcheurs de bonne morale, pour juger contre nature des sentiments si purs ? Il avait haï Arthur pour mieux l'aimer, l'avait renié pour préserver ses propres déviances. Et que lui restait-il à présent ? L'image d'une histoire décharnée par l'intolérance et la cruauté de ces hommes qui faisaient entrer la guerre dans la paix du cœur.

Au début, ça ressemblait aux hurlements du vent, à la frappe foudroyante d'un violent orage… Mais cette odeur… Celle de la peau racornie par les flammes, des corps calcinés…

Les flammes ravageaient déjà le village et leur ferme empestait la mort… On avait embroché sa mère au crochet à viande. Il avait vu ses entrailles se vider de leur sang encore chaud. Il avait hurlé le nom de sa sœur, mais il arrivait trop tard. Les Allemands l'avaient pendue à la branche d'un olivier comme un vulgaire bout de chiffon. Avant d'y mettre le feu.

Cette odeur était celle du souvenir.

Le buste projeté vers l'avant, Valère écarquilla les yeux sur l'épouvante d'un passé qui ressurgissait plus vrai que jamais.

Trois torches humaines enflammaient les Grisons en projetant un feu d'artifice haut dans la nuit noire. On s'effondrait autour de lui, on vomissait l'horreur d'un cauchemar dont personne ne se remettrait jamais. Et les mères épargnées hurlaient autant que celles qui étaient ligotées aux bûchers, et les rires cruels fusaient au milieu de l'abominable carnage.

Valère détourna son regard du brasier.

Contenu par les bras de Klara, Jean s'égosillait à réclamer sa mère. *Qu'on la décroche, qu'on lui rende la peau et les yeux !* Empêché par le musicien, Marcel griffait la terre, la morve aux nez à force de geindre comme un forcené.

Rien de tout cela ne pouvait être réel ! Ça ne *devait* pas être réel… Pourtant, près de lui, les têtes enfouies dans leurs bras trop courts pour embrasser tant de souffrance, Ana, Colette et Jacqueline étouffaient leurs cris sous la menace des hommes de Vulpera.

« Ils devraient être morts…, entendit-il chuchoter. Tu as toi-même fourni le poison destiné à les tuer ! »

L'horreur ne cessait de se dévoiler. Bien qu'il ne saisît pas immédiatement la portée de leurs échanges, Valère devinait l'affrontement opposant Klara et Rose.

« La mère d'Henri a dû emporter les mauvaises fioles…, répliqua cette dernière.

— Qu'est-ce qu'ils vont faire de nous ?

— N'y pense pas, Klara.

— Non, pas ça… pas ça !

— Calme-toi, je t'en supplie… »

Les quatre vautours tournoyaient au-dessus des proies clouées à terre. Le plus costaud jouissait de la soumission engendrée par le spectre de sa machette fendant l'air saturé de sanglots muets.

« On dégage », lâcha-t-il à l'attention de ses comparses.

Valère coula un regard plein d'espoir. Peut-être allaient-ils épargner ce qu'il restait de la fratrie et disparaître comme ils étaient apparus ? Mais déjà on traînait les mères par les cheveux pour les obliger à se redresser et les minots remontaient le sillage de leurs sorts condamnés.

« Où vous nous emmenez ? osa le musicien, défiguré par l'épouvante.

— Là d'où vous venez, vieillard ! fit le chef de meute. Vous devriez faire preuve de reconnaissance, vous rentrez à la maison… »

Le ravitailleur éclata de rire. Il dépassa les bûchers en sifflant comme s'il arpentait un décor pittoresque, semant sur son passage des morceaux de tissu blanc.

L'impensable fracassa l'esprit de Valère.

Il se remémora Colette déchirant des lambeaux de robe.

À défaut de récolter la mie, la petite madone s'était amusée à semer la mort.

59

Ana

Ils marchèrent durant de longues heures sous la pluie sans échanger un mot. Les hommes de Vulpera veillaient sur leur silence, mais ils ne dompteraient jamais leurs cœurs. L'enfilade des chemins détrempés et des carrières de calcaire leur paraissait étrangère. Ils ne reconnaissaient rien, et en déduisaient qu'ils empruntaient un itinéraire moins périlleux ou plus rapide, qui les conduirait vers une finalité redoutée.

Pourquoi les ramenait-on au Val ?

Les ravitailleurs auraient pu s'offrir du bon temps en les brutalisant sans risque d'être inquiétés. Ils avaient brûlé vives trois des mères avec la complicité des Grisons qui, par leur immensité, étouffaient sournoisement les massacres perpétrés.

Si tu parles, nous irons nourrir les bûchers…, lui répétait souvent sa mère comme si on l'avait dotée de sombres prémonitions. Alors, désormais, elle se tairait. Pareillement à Colette.

Ana traînait ses guêtres aux côtés de Valère, le cou rentré dans les épaules, sa poupée accrochée à son corps frémissant. Elle avait vu les corps s'embraser, les restes calcinés, l'incompréhension et l'effroi sur les visages des rescapés. Mais elle n'avait rien dit, s'était mordu la langue jusqu'au sang pour préserver le miracle empoisonné de sa guérison.

La petite compta discrètement sur ses doigts, une lueur morte au fond des yeux, plus insoutenable encore que la cécité.

Ils n'étaient plus que dix. Brisés, affamés. Six enfants, trois femmes et un vieil homme, tenus en respect par quatre barbares armés de machettes et de fusils. Quelle résistance auraient-ils pu opposer, pourvus de leurs seuls poings squelettiques en guise de défense ?

Le triste bataillon marchait dans la résignation d'une guerre perdue. Pas celle de la France, mais la leur…

« Il en manque un ! » s'écria soudain l'homme à la machette.

Ana se sentit prise de vertige quand la lame frôla sa gorge. À la moindre réaction inappropriée, les autres comprendraient. Elle ne voulait pas, se déroba au regard du vieil homme qui, lui, savait.

Tout comme elle, le ravitailleur s'était mis à compter. Et le résultat décuplait sa colère, noire comme le temps.

« Le gamin juif, où il est, bordel ?

— Il est mort…, marmonna le musicien.

— Crevé ? T'es bien sûr, dis ?

— *Crevé* », cracha-t-il au visage du baraqué.

Son second approcha nerveusement et, d'un coup de crosse, défonça les côtes du vieillard.

« Arrêtez ! s'interposa Klara, aussitôt consciente de son erreur.

— Je te reconnais… T'es la garce qu'a fait buter son

mari et qui nous promettait le même sort. On a passé de bons moments ensemble, pourtant… J'suis sûr que ça t'a plu ! Pas vrai, les gars, qu'elle a eu l'air d'aimer ça ?

— Taisez-vous…, supplia Klara, sentant déjà peser sur ses épaules la vindicte générale.

— On réglera ça plus tard, lança le moins bavard. On a un problème plus urgent à gérer… »

Il pointait du doigt la rivière, folle, enragée, gonflée par les pluies diluviennes.

« Les courants sont trop forts pour traverser, dit-il, contrarié.

— On va les encorder. »

Les hommes de Vulpera arrachèrent leurs sacs aplatis sur du vide. Ils tranchèrent dans le chanvre puis assemblèrent les bandes rugueuses en coulant des nœuds serrés.

Tandis qu'on ceignait une laisse autour de leurs tailles comme on sangle des esclaves, les mères sentaient les mains calleuses s'attarder sur des désirs avides, traverser le fin tissu des robes trempées qui épousaient trop bien ce qu'il restait de courbes à leurs corps amaigris.

Courbé sur les élancements qui matraquaient ses côtes, le vieil homme peinait à avancer, mais les ravitailleurs se montraient décidément très persuasifs. Ils n'hésiteraient pas à tuer quiconque riposterait. C'était inscrit sur leurs gueules animales.

La femme au fichu se rattrapa de justesse à Rose qu'on avait placée première de cordée. Suivaient, dans un ordre aléatoire, Jacqueline, Marcel, Klara, Colette, le vieux, Jean et Valère. On préférait laisser Ana en fin de chaîne, pauvre aveugle dont le handicap mettait en péril la traversée.

Désolidarisés du groupe, les hommes de Vulpera surveillaient leurs moindres gestes. Qu'auraient-ils bien pu tenter, enchaînés dans ces eaux tumultueuses et bouillonnantes qui les aspiraient vers le fond ?

Sa poupée levée au-dessus de sa tête, Ana avait la sensation d'être plongée dans un chaudron. Les roches dissimulées dans les remous tordaient ses chevilles et les à-coups provoqués par l'équilibre précaire de la cordée risquaient de la noyer. Elle but la tasse, recracha, s'étouffa dans les efforts déployés pour demeurer à la surface.

Malgré tout, ses pensées tournaient continuellement autour des accusations portées contre sa mère. *T'es la garce qu'a fait buter son mari.* Le chef à la machette mentait. Papa avait été tué par le soldat allemand pour son appartenance à la Résistance. Maman le lui avait expliqué. Ana repoussa mentalement les images de l'exécution de peur qu'elles n'entraînent une récidive, une rechute infernale dans la cécité.

Elle concentra son attention sur le piège liquide dans lequel ils se débattaient.

Ana voyait bien les tentatives hésitantes du galérien attaché devant elle. Les bras de Valère ramaient à contre-courant. De temps en temps, sa tête oscillait sur les côtés et sa bouche s'arrondissait comme s'il cherchait à communiquer. Depuis le massacre des mères, il se comportait étrangement, avançait en solitaire sans décrocher un mot. Quelque chose l'effrayait, pire que la sauvagerie des ravitailleurs, mais, à l'instar de tous, il se taisait. Ce n'était qu'une intuition, mais Ana percevait son trouble aussi sûrement que les griffures sur ses cuisses immergées.

Ils allaient atteindre la rive quand la mère de Jacqueline, épuisée, s'effondra brutalement, emportant avec elle le reste du groupe.

L'eau boueuse s'engouffra soudain par son nez et sa bouche. Ana se débattit contre les flots galopants, cherchant un appui dans le tourbillon de cris stupéfaits. Elle pensait : *Peut-on mourir à si peu de profondeur ?* Et le courant se riait d'elle sous une pluie cinglante.

Brusquement, on la tira vers le haut. Elle eut l'impression qu'une force colossale soulevait une poupée au point qu'elle ne touchait plus terre.

Poupée...

Quelque chose manquait dans le prolongement de ses bras… Elle palpa le vide puis saisit avec douceur le poignet de l'homme qui l'avait sauvée de la noyade.

« S'il vous plaît, monsieur, ma poupée, là bas… »

Ana regardait la porcelaine s'éloigner, emportée par les vents célestes.

Elle dérivait déjà si loin dans le déluge… Comble de l'ironie, les secrets qu'elle renfermait flottaient à l'intérieur sans s'être dévoilés.

« Comment s'appelle ta poupée ? » interrogea l'homme avec un sourire en coin.

La fillette réfléchit un instant.

« Célestine, improvisa-t-elle.

— Eh bien, Célestine a bien de la chance de s'être échappée. Contrairement à la petite menteuse que tu es… »

Le monde vacilla à nouveau.

Ana n'avait commis qu'une seule erreur.

Pointer du doigt ce qu'elle n'était pas censée voir.

60

Valère

Ana avait menti…

Enfin, pas vraiment puisqu'elle n'en avait rien dit. Quand même, elle l'avait trahi en lui dissimulant sa guérison !

Elle, son amie…

Enfin, plus vraiment, à présent.

Debout sur la rive, trempé jusqu'aux os, Valère enrageait. Il regardait les ravitailleurs hisser son petit corps grelottant. Ana avait trompé sa confiance, et le soupçon pesait aussi sur Colette et ses rubans blancs. Jusqu'où pouvait-on être meurtri ? La sensation de descendre un peu plus profondément dans le mensonge des jours écoulés fournissait une réponse alarmante. On pouvait chuter, indéfiniment… La traîtrise humaine était un puits sans fond.

Valère cracha un peu de bile. Son estomac vide protestait contre la famine et l'injustice.

Personne n'y prêta attention.

Même hors de l'eau, les hommes de Vulpera jugèrent amusant de resserrer les liens de chanvre qui enchaînaient les peurs les unes aux autres. Une escouade de pantins aliénés remonta les collines engorgées, traversa la route accidentée à laquelle le chariot s'était heurté. Bientôt ils atteindraient le toit du monde. Là où le Val Sinestra érigeait son trône. Celui d'un royaume amer et macabre.

Alors qu'ils arpentaient la vallée, le vieillard se mit à tousser à s'en déchirer le gosier.

Cette fois, ça avait l'air bien sérieux…

Le musicien tenta de reprendre son souffle. Valère l'entendit s'adresser à la petite Ana, que tout le monde boudait sans vraiment se l'expliquer. Même Klara regardait sa propre fille de haut.

« Je suis heureux que tu aies recouvré la vue. Je n'aurai plus à m'échiner pour déplacer ces affreux bibelots…

— C'était vous ? s'étonna la fillette. Pourquoi ?

— Je ne connais pas de meilleure astuce pour obliger quelqu'un à retrouver ses repères qu'en les lui faisant perdre. »

Valère surprit la complicité qui s'installait à l'aune de leurs sourires. Un sursaut de jalousie noua le creux de sa poitrine. Sans ces manigances, Ana se serait-elle résignée ? Oui, sans doute. Mais elle avait préféré puiser dans le vivier de ténacité insufflé par un vieux fou plutôt que dans leur amitié… Une enclume supplémentaire jetée sur sa sensibilité.

« Nous y voilà ! » s'exclama soudain le chef de meute, guilleret comme un pinson.

Tous levèrent la tête vers le mouroir isolé qu'ils avaient tenté de fuir sans succès. Perché dans les hauteurs, le Val

Sinestra déchirait les lambeaux de brume flottant comme des étendards funestes.

Il n'y avait qu'un moyen de lui échapper, chacun le savait.

Mais aucun d'eux n'était prêt.

61

Signur Guillon

Dehors, la tempête emportait tout et, au-dedans, les espoirs en étaient balayés avec la même force destructrice. Les ravitailleurs tardaient à revenir, et les chances de revoir un jour Ana s'amenuisaient au fil des heures trop longues. Le manque d'elle bourdonnait et piquait à la manière insupportable d'un insecte niché en lui.

L'atelier saccagé brillait aux lueurs timides des bougies rallumées par Guillon comme un hommage à sa propre existence. Reclus dans son antre, oublieux des besoins vitaux, l'artiste maudit s'enivrait tel un vagabond réchauffé à la saveur d'un vin liquoreux. Il buvait pour tuer la bête immonde qu'était l'absence.

Depuis le départ des *chiens* de Vulpera, les regrets d'une vie sans attaches défilaient au fond des verres qu'il vidait pour les remplir ensuite de tristesse. Lui qui appréciait tant la compagnie des enfants se voyait dépossédé de sa plus précieuse innocente, Ana.

Son regard se porta une dernière fois sur la toile encore intacte. La fillette incarnait la perfection. Il avait su rendre honneur à sa beauté en laissant ses pinceaux chanter l'hymne d'un amour désœuvré par tant de solitude.

La vie était une garce pleine de bons sentiments.

Guillon remonta le temps aussi loin que l'ivresse le lui autorisait. La gorge serrée par l'émotion, il se remémora les premières œuvres commandées à la faveur des parents endeuillés. La peinture était encore fraîche qu'on recouvrait déjà leur enfant d'un linceul comme on tourne la page d'un livre tout juste imprimé.

Tout avait basculé le jour où Otto s'était présenté au bras de son épouse enceinte. *Rose*. Il disait préférer un accouchement discret mais encadré afin d'éviter le déliement des langues quant à leur différence de nationalité. L'union franco-allemande était considérée comme une trahison compte tenu de la fonction militaire qu'il occupait, rappelait-il en guise de sous-entendu.

Mais Sinestra s'était chargé d'entretenir sa triste réputation.

« L'un des jumeaux n'a pas survécu », avait déclaré le médecin.

Alors, après la naissance de Colette, terrassés par le chagrin, mari et femme avaient accepté d'immortaliser le second enfant dans la tradition du Val.

Cependant, Rose avait développé des symptômes inquiétants. Elle lorgnait d'un œil mauvais les mères détentrices d'un garçon et se détournait de sa propre fille. *Il docter* avait noté des signes de confusion et des troubles de la perception. Le délire s'installait sous forme d'hallucinations aggravées par des propos sinistres.

Durant ce pénible épisode, Otto avait fait preuve

d'une patience exemplaire, jusqu'au jour où il perdit l'esprit en leur faisant promettre de trouver un remède à la démence dont souffrait Rose. Plus tard, son ambition s'étendit aux enfants atteints de maux étranges. À commencer par sa propre fille…

En guise de consolation, *il docter* affirmait à Guillon que l'entreprise viserait à rendre les décès prématurés utiles à la science. *Pour que le destin ait enfin un sens*, expliquait-il.

Mais ses pratiques avaient justement engendré l'insensé. Un centre expérimental conçu en plein chaos, un sous-sol rempli de bocaux exposés en guise de trophées. Des membres sciés, des crânes chauves désolidarisés de leurs corps minuscules. Des reliques macabres recouvertes par des poussières d'années.

La vie était une chienne enragée.

Mû par l'envie d'en finir – et saoul comme un cochon –, Guillon se décida à rédiger une missive à l'attention d'Otto. Il écrirait combien il se montrait redevable envers lui de l'avoir secouru dans les tranchées. Il expliquerait aussi son intention de rompre leur alliance en dénonçant la vocation du Val aux autorités. La presse française en ferait ses choux gras.

Et Guillon, sa rédemption.

Il balaya son secrétaire encombré de paperasse dans l'espoir de mettre la main sur les pages arrachées au registre confidentiel des «déportés» de Sinestra. Une liste de noms et de dates qu'il avait minutieusement tenue à jour. Une preuve irréfutable qui les incriminait tous les trois. *Il docter* pour ses pratiques médicales douteuses. Otto pour avoir fourni matière à ses recherches, et lui-même pour y avoir consenti sous couvert d'une promesse faite dix ans plus tôt…

« Guillon ?

— Je vous ai pourtant demandé de ne plus me déranger… »

La blouse noire du médecin dansait dans l'ombre des bougies. Un spectre terrifiant sous bien des aspects.

« Vous êtes ivre, ma parole !

— On ne peut davantage ! Et j'ai l'honneur de vous annoncer ma décision d'écrire à notre fidèle compagnon ! »

Il docter fronça les sourcils. Broussailleux comme les propos de Guillon.

« Vous devriez peut-être reprendre vos esprits avant de vous lancer dans un faire-part de décès…

— Qui parle de décès ? Rose est bien vivante. Cette putain m'a arraché Ana !

— Vous vous êtes entiché d'une gamine aveugle parce qu'elle n'avait aucune chance de voir l'odieux personnage dissimulé sous vos façades affables…

— Je vous défends de parler d'elle ! Que connaissez-vous à l'amour, *docter* ?

— Vous évoquez l'amour ? Moi, je n'y vois que du vice.

— Vous n'êtes qu'un dépeceur sans scrupules, un incompétent déguisé en savant ! »

Guillon déraillait. Il se défoulait sur lui parce qu'il n'avait personne d'autre à qui se raccrocher.

Le médecin soupira et reprit posément :

« *Signur*, nous ne pouvons pas nous fier à la parole des enfants… Et pour tout vous dire, je crains que les ravitailleurs ne rentrent bredouilles… »

Guillon frappa du poing sur la table.

« En vertu de quoi sapez-vous mon moral ? Je leur ai offert une belle récompense, et Dieu sait si ces porcs sont cupides et méprisent toute morale !

— Ça fait déjà trois jours… Et je suis désolé de vous apprendre que votre moral n'a aucunement besoin de moi pour ça.

— Vous n'avez pas tort. C'est la raison pour laquelle j'envisage de fermer définitivement le Val. »

Une étrange transformation s'opéra sur le faciès d'ordinaire goguenard du docteur. Il connaissait suffisamment Guillon pour deviner les motivations induites par l'abus d'alcool.

« Vous comptez nous dénoncer…

— J'ai perdu la foi, s'excusa son partenaire.

— Vous ne pouvez pas faire ça ! Je refuse de tomber avec vous !

— Alors, partez, mon cher *docter*… Personne ne vous retient. »

Le médecin saisit un filin d'acier destiné à suspendre les toiles. Enroulé autour de ses mains exsangues, le cordage s'étira d'un coup sec puis se relâcha presque aussitôt.

« Vous devriez peut-être faire de même, lâcha-t-il avant d'envoyer valser son mépris sur le secrétaire.

— J'y songerai, *docter*. J'y songerai… »

L'huis s'était déjà refermé en claquant.

Guillon avala une dernière rasade pour se donner du cœur à l'ouvrage. Il prit la plume d'une main, le câble de l'autre. À cet instant, il lui sembla que l'encre sympathique portait bien mal son nom…

Isolé dans ses souterrains, il n'entendit pas grincer les portes du Val.

Ni les pleurs des enfants enchaînés ni les plaintes des mères harassées.

Tout à ses aveux coupables, il n'entendait plus rien.

Pas même les cris de victoire des hommes de Vulpera.

62

Ana

Un hurlement guttural résonna sous le hall plongé dans la pénombre.

« Hé ! Guillon ! Devine qui est de retour ? »

L'onde de terreur déferla sur la horde enchaînée. Ils tenaient à peine sur leurs jambes sciées par l'épuisement. Frappé d'hystérie, Jean se mit à crier le prénom de sa mère, alors le vieil homme plaqua doucement une main sur sa bouche pour le faire taire. Rappeler les morts ne servirait qu'à attiser la cruauté des monstres qui les maintenaient captifs. Mais le silence du Val prolongeait leur calvaire et personne ne semblait s'inquiéter de l'absence d'*il docter* dont les soins étaient urgemment requis.

Soudain, de toutes petites voix chuchotèrent dans la pièce adjacente. *Le murmure des anges,* songea le musicien.

« Va voir », ordonna le tatoué.

Son subalterne hocha la tête et s'éclipsa. Désappointés, les deux suiveurs trépignaient comme des gamins impatients de déguster leur part du gâteau.

« Y a des mioches attachés dans le salon », fit le plus chétif en revenant dans le hall.

Le chef de meute se mit à japper comme un chacal.

« C'est quoi ce merdier ! Guillon, tes ouailles sont rentrées au bercail ! Vas-y, montre-toi ou j'en coupe un ! »

Et, sans attendre, il incisa la chair à portée de la pointe de sa machette.

Les yeux révulsés, Klara s'effondra en comprimant l'entaille superficielle qui pissait le sang en haut de sa cuisse.

« *Mama !* » cria Ana en chutant à son tour dans une mare rougeâtre.

Ses compagnons d'infortune n'osaient pas broncher. La nausée au bord des lèvres, ils fermaient les yeux, sollicitant la clémence du Dieu qui les avait abandonnés. Bien avant qu'ils franchissent la frontière.

« Ligote-moi tout ça comme y faut et fous-les à côté. »

Dévastée, Ana suivit péniblement le cortège vers le salon où les portraits funéraires, troublants de réalisme, sublimaient étrangement la mort. Le Val se conformait peu à l'image qu'elle s'en était faite. Tout semblait plus petit malgré la démesure des lieux. Ses yeux s'ouvraient sur un monde étriqué couvert de poussière.

Médusée, elle remarqua les traces au sol. Le sang de sa mère s'écoulait en traînée linéaire à ses pieds. La fillette attendit d'être à la hauteur de son bourreau et, d'un geste brusque, elle l'agrippa par le poignet.

« Je sais où se cache Guillon… », murmura-t-elle tandis que le mouvement de la horde l'entraînait déjà sous la voûte du salon.

Ana espérait qu'il reviendrait à la charge.

Et par quel malheur, son vœu fut exaucé.

« T'avise pas de me raconter des bricoles... Ou je cuirai ta mère comme j'ai grillé les autres. »

Sous ses airs arrogants, la morveuse cachait bien mal l'épouvante gravée sur ses rétines miraculées.

« Tu es la préférée de Guillon... », minauda-t-il en pourléchant ses babines de porc.

Puis le monstre leva le bras au-dessus de sa tête. Le couperet s'abattit violemment, sectionnant la corde de chanvre.

« Ramène-le-moi. Et passe-lui un message de ma part... Sans rétribution, aucun survivant. Pas d'entourloupe ou je t'attacherai moi-même sur le bûcher... Compris ? »

Ana hocha vivement la tête.

Elle sentit le poids de la trahison peser sur ses épaules tandis que Valère assistait à sa dérobade. Elle aurait tant voulu lui avouer qu'elle ne l'abandonnerait jamais. Elle avait agi sans réfléchir. Sans certitude. Une pulsion spontanée de vie.

Mais, comble de l'ironie, à recouvrer la vue, Ana perdait tout repère. Ses paupières papillonnèrent un instant puis s'abaissèrent sur l'obscurité. *Comme avant.* Ses mains moites s'attardèrent sur les parois rugueuses. Elle compta les marches. Les pas. Se laissa guider par les émanations de la cire brûlée. Les souterrains empestaient l'humidité, comme stigmatisés par des tempêtes successives. Elle entendit respirer, quelque part, une présence tapie dans ce boyau de moisissures.

Ne pas ouvrir les yeux, se concentrer, avancer...

Elle était là, la porte des enfers. Étroite et banale, gondée sur la rouille d'un temps qu'on néglige.

Ana abaissa la clenche et recula d'un pas, les mirettes arrondies sur l'antre feutré du peintre. L'air vicié consumait les chandelles haussées dans le capharnaüm des toiles lacérées.

Elle écouta soudain l'atelier s'animer de borborygmes répugnants.

Dévia le regard.

La forme tombée du plafond se tortillait dans le vide en produisant un râle continu.

Ana se rapprocha.

Alors elle vit. Guillon, pendu au bout de sa corde, les mains agrippées au collet dans un ultime geste de regret comme s'il voulait redescendre, toucher terre, la toucher *elle*, l'amour perdu… Sa bouche béante happant l'oxygène, ses yeux effarés plantés dans les siens, larmoyant de remords, ces yeux qui criaient *il est trop tard*.

63

Valère

Tout attachés qu'ils étaient, les survivants jouissaient d'une liberté restreinte au périmètre déterminé par la longueur du cordage. Si l'un d'eux se redressait, l'ensemble bringuebalait, et s'il levait les yeux, c'est une pluie de regards qui coulait dans la même direction.

Valère accrocha le sien aux tableaux suspendus au-dessus de leurs têtes. Ses compagnons l'imitèrent. Des lucarnes vitreuses tournées vers les crève-cœur de ces familles prisonnières d'une affliction. En scrutant leurs visages éteints, on cherchait du réconfort, se disant qu'il existait pire sort qu'être enchaîné au milieu d'un salon, mais on ne trouvait qu'un écho tristement semblable.

Excepté Rose.

Elle lançait des œillades furtives en direction du hall où les ravitailleurs se concertaient quant à la meilleure manière de célébrer leur triomphe. Ils ne daignaient pas baisser le ton, conscients de leur suprême domination, s'amusaient des tortures évoquées en une surenchère de superlatifs. Aucun des résidents n'était en mesure de contrer leurs décisions, pas plus que leurs actions. Et la soumission leur procurait une jouissance absolue.

Dans un coin, Valère dévisageait la mère de Colette. Tantôt le portrait accroché au-dessus du piano, tantôt la vraie, extraite de son cadre aux moulures dorées. Elle feignait bien mal l'effroi tandis que Klara se vidait de son sang aux côtés de la femme au fichu, dont les plaintes reprenaient de plus belle.

Puis, mal à l'aise, le garçon s'attarda longuement sur sa réplique miniature. La petiote entortillait une main anarchique sous les plis de sa cape comme on dissimule un danger. Si elle avait pu s'y cacher tout entière, sans doute aurait-elle tenté l'exploit.

Valère s'inquiétait, bousillait ses forces à ronger ses ongles sales. Ana tardait à remonter. Nul doute, elle savait où chercher… mais quelle mouche l'avait piquée ? Pourquoi collaborer avec ces brutes ? Il devenait évident que Guillon avait lancé les hommes de Vulpera à leurs trousses sous la promesse de jours fastes et de nuits agitées.

Le cauchemar remonterait avec lui et se poursuivrait inlassablement, jusqu'à ce que la mort les étouffe.

Soudain, une main se referma sur son épaule. Valère pivota brusquement. Le vieil homme peinait à respirer.

« Elle va revenir, ne t'en fais pas, dit-il avec un air entendu.

— Qu'est-ce que vous en savez, vous ?

— Fais-moi confiance.

— Je connais même pas votre nom ! »

L'index posé sur la bouche, l'homme l'invita à parler plus bas.

« Roman, souffla-t-il enfin.

— Roman ?

— C'est pas des histoires ! plaisanta le vieil homme en dépit des circonstances. Croix de bois, croix de fer », ajouta-t-il en dévoilant celle qui ornait discrètement son cou.

Valère fronça les sourcils.

« Vous êtes quoi, au juste ? Une sorte de sermonneur ?

— Pire. Je suis prêtre. »

Sceptique, le garçon lui planta un pieu en plein cœur :

« Et il est où votre Dieu ? Qu'a-t-il fait de nous ? »

La langue engourdie par des convictions éculées, le vieil homme, le musicien et le prêtre muselèrent de concert les propos creux qu'on servait à l'heure de l'homélie, si déplacés en cet instant qu'on aurait voulu y remettre de l'ordre. Bénir au lieu de souffrir. Répondre au lieu de se taire. Insuffler l'espoir quand il semblait ne plus y en avoir.

Dieu avait ses raisons. Lesquelles, tout le monde l'ignorait. Un orphelin de douze ans, expatrié et maltraité, plus qu'aucun autre.

La voix alarmée de Rose s'éleva soudain dans l'assemblée du désespoir.

« On a besoin du médecin ! »

Elle rameutait les ravitailleurs. Crevait leur piètre espace de liberté.

Mais, contre toute attente, la silhouette d'Ana se profila sous la voûte du grand salon. Derrière elle, *il docter* déplaçait les ombres du Val.

« Je suis là. Et regardez donc la jolie plante que j'ai trouvée ! »

Il torturait les épaules de la gamine, ses grosses mains exerçant une pression qui la ratatinait en contre-jour de la toile qu'elle portait à bout de bras.

« Où est Guillon ? s'emporta le chef de meute.

— Je crains qu'il ne vous faille attendre un peu avant de le rejoindre… », fit-il, énigmatique.

Et tandis qu'*il docter* affichait une mine patibulaire, l'ébauche d'un sourire flottait sur les lèvres de Rose.

Valère l'aurait juré devant ce Dieu qui, pour lui, n'existait plus.

64

Rose

Il docter expliqua aux hommes de Vulpera la tragédie dont il venait d'être témoin. Guillon s'était donné la mort, sans même une lettre pour éclairer les raisons de son geste désespéré. Plus étrange encore, tous ses documents personnels avaient disparu, sans doute jetés au feu. S'ils ne le croyaient pas, qu'ils aillent vérifier ! Son cadavre se balançait toujours au bout du câble qui lui avait presque tranché la gorge.

« Et notre pognon ? s'excita l'un des ravitailleurs sans le moindre état d'âme.

— J'honorerai moi-même sa dette. Mais je vous demande de rester encore quelques jours au Val… Le temps de m'organiser », précisa *il docter*, le regard vissé au groupe des rescapés.

Sous leurs grognements, les mercenaires acceptèrent bien évidemment l'hospitalité du médecin. Leur stupidité s'arrêtait là où les plaisirs foisonnaient. Un toit où s'abriter, des réserves de gnôle à siffler, de quoi grailler et du vice à volonté, comment refuser ?

« C'est quoi cette croûte ? s'étonna le tatoué en désignant la toile.

— La petite tenait à l'emporter… »

Puis, sur le ton de la confidence, *il docter* ajouta :

« Je crois que Guillon expérimentait l'abréaction sous forme artistique pour guérir la cécité d'Ana. Il semblerait qu'il y soit étrangement parvenu… Cette chose immonde représente l'exécution de son père… Une sale affaire. »

Le chef de meute demeura de marbre. Les justifications du médecin prenaient le large dans une langue étrangère dont il n'escomptait pas percer les mystères.

Interdit, Valère décryptait la scène inscrite sur la toile. De près, l'assemblage des matières s'avérait malheureux, mais avec le recul on distinguait clairement trois personnages. Ana, agenouillée près de son père recroquevillé sous un geste défensif à l'encontre du soldat armé. L'uniforme épinglé d'un aigle, le blé ras des cheveux, ce profil taillé à la serpe, les fossettes maintes fois rêvées, chaque détail renforçait ses certitudes. Le bourreau allemand l'avait aidé à s'enfuir alors que les troupes foulaient encore les cendres d'un village incendié.

Valère lutta pour ne pas hurler. Se mordit l'intérieur des joues en dernier recours, goûta le fer dans sa bouche et l'associa à celui de la démence, cette confusion de l'esprit qui faisait de son sauveur un meurtrier.

« Détachez-moi… », implora soudain Rose.

Les ravitailleurs échangèrent des œillades gourmandes.

« T'as envie de t'amuser, ma mignonne ?

— La mère de Jacqueline a besoin de soins, coupa-t-elle. Il faut aussi recoudre la cuisse de Klara, et les enfants devraient être placés en observation. Je suis infirmière, je pourrais seconder le médecin…

— Vous avez vraiment besoin d'elle ?

— Eh bien, vu les circonstances…, hésita le médecin.

— Bon, on libère la jolie rousse », décida le chef de meute.

Estimant le risque minime, il trancha le lien. Par chance, Rose était première de cordée. Les suivants resteraient donc d'inséparables esclaves soumis à leur volonté.

La mère de Colette délia ses jambes ankylosées. Elle manqua trébucher et se rattrapa de justesse au bras de l'homme à la machette. Ils échangèrent un regard fugace, troublant.

« Nous ne pourrons pas les soigner sans les relâcher…, fit remarquer Rose à l'abruti qui la surplombait.

— Et on fait quoi des autres ? »

Elle s'abîma un instant dans un silence indécis.

« Enfermez-les et assurez-vous qu'ils se tiennent tranquilles. »

L'assemblée roulait des yeux ronds.

Il docter se pinçait les lèvres comme s'il avait toujours redouté cet instant. Klara en oubliait de souffrir, Ana de respirer et Valère de douter. L'âpreté de ses propos légitimait désormais le malaise éprouvé en sa présence.

« Rose ? » souffla la mère de Jacqueline, abasourdie.

La mère de la petite madone s'agenouilla près d'elle et lissa les plis sur son front fiévreux.

« Ne t'inquiète pas, tout se passera bien… Toi et ton bébé ne risquez rien. Maintenant, emmenez les mômes ! » cria-t-elle à l'intention des quatre brutes.

Tandis qu'on traînait les enfants et le vieillard hors du salon, Rose se planta devant le médecin :

« Ravie de vous revoir, cher *docter*.

— C'est à peine croyable… Cette femme, dans les bois…

— N'était pas moi, acheva-t-elle.

— Et vous m'en voyez comblé.

— Gardez vos salades bien au frais, je vous prie ! Nous savons tous les deux ce qu'il en est… Vous ne m'appréciez pas, et la réciproque est vraie. Je tiens seulement à m'assurer que vous collaborerez.

— Coll… collaborer ? bredrouilla-t-il.

— Le Val m'appartient désormais. Il me doit bien ça, après ce qu'il m'a fait… »

Rose tournait sciemment le dos au portrait accroché près du piano, reniait la récurrence de son calvaire.

« Aidez-moi à les déplacer jusqu'au laboratoire », dit-elle en désignant les mères aussi vulnérables que des oisillons tombés du nid.

Il docter s'exécuta.

Allongées sur des tables de dissection pourvues d'un conduit d'écoulement, les deux souffrantes écoutaient sans broncher, espérant peut-être se fondre à un monde invisible.

« Vous l'ignorez sans doute, mais Guillon s'apprêtait à dénoncer mes pratiques expérimentales…

— Et vous l'avez tué ? s'étonna Rose.

— Mon Dieu, non ! Je me suis contenté de brûler les preuves… »

Rose émit un rire glaçant.

« Peut-être arriverai-je un jour à vous pardonner, *docter*. Mais pas aujourd'hui. Pas encore… Passez-moi l'éther. »

Il prit machinalement le flacon sur l'étagère.

« Je suis tellement désolé… », dit-il enfin.

Rose planta la seringue dans la cuisse de Klara. Celle-ci s'arc-bouta sous la piqûre de l'aiguille avant de retomber sur l'acier.

« Votre pitié ne me rendra pas mon garçon. Pas plus que ma fertilité. Vous m'avez privée de mes organes, de mes devoirs d'épouses et de femme, *docter*. Mais vos bistouris ont également endommagé une partie non incisée…, déclara-t-elle, un doigt tapotant sa tempe. Et tous vos électrochocs n'y auraient rien changé.

— Votre époux… Otto… »

Ignorante des mères étendues sur le métal froid, Rose se mit à cracher sa morgue.

« Otto ? Il m'a envoyée ici parce qu'il vous croyait en mesure de me soigner ! *Tu as perdu l'esprit, mon amour*, qu'il disait ! Sauver la veuve et l'orphelin était devenu une obsession pour lui ! Regardez ! Il a exécuté l'abuseur qui servait de mari à Klara pour les préserver, elle et sa fille. Il n'a eu de cesse de protéger tous ces chiards atteints de tares incurables… Tout ce qu'il voulait, c'était s'aider lui-même, fournir un alibi au destin qui avait brisé notre famille. Guillon nourrissait les mêmes motivations, à peu de vices près… Mais vous, vous êtes différent. Je le sens. Non, corrigea-t-elle, *je le sais*. Votre blouse noire sert de prétexte à la souffrance, comme à tous les membres de l'Ahnenerbe… »

Le médecin déglutit. La vérité s'avérait parfois difficile à avaler. Son goitre trembla lorsqu'il demanda :

« Votre époux prend régulièrement des nouvelles… Que lui dirons-nous ? Avez-vous songé qu'il pourrait s'enquérir en personne de votre santé ? »

Les lèvres crispées sur le fruit acide de son mépris, Rose répondit :

« Otto a été tué lors d'une émeute à Paris, il y a plusieurs semaines déjà…

— Vous devez vous tromper. Guillon a reçu une lettre…

— Oh ! Le timbre est fort bien imité. Les hommes de Vulpera ont des talents insoupçonnés… Je ne regrette pas de les avoir soudoyés. Vous parlez du faire-part de décès ? Ma foi, ce pauvre Arthur a dû sacrément déguster en apprenant la nouvelle… À dire vrai, sa mère se porte comme un charme. Je crois même qu'elle a rejoint leur appartement de la rue Lestienne… »

L'esprit embrouillé par l'injection, Klara marmonna.

« Les ravitailleurs ne t'ont jamais forcée… Tu nous as vendues à ces porcs… Et le poison que tu as fourni à la mère d'Henri, c'était quoi ? Une saleté d'eau-de-vie ? »

Rose haussa les sourcils, comme si elle prenait soudain conscience de sa présence.

« Un mélange anesthésiant. Efficace et sans danger.

— Pourquoi as-tu monté ce plan d'évasion si ton but était de nous enfermer définitivement à Sinestra ?

— *Docter*, expliquez-lui comment vous avez tenté de me griller la cervelle… Guillon envisageait même la lobotomie ! J'ai trouvé le moyen d'en réchapper en me faisant passer pour morte… Je pouvais agir en toute impunité. Si vous saviez comme ce pauvre Henri m'a suppliée avant que je lui arrache les yeux ! Il n'aurait pas dû s'en prendre à Colette, bien qu'elle n'attire que les malheurs depuis son premier cri… Et ces femmes tellement fières de leur progéniture ! Je leur ai pris leurs fils, à toutes…

— C'est insensé… Tu es malade, Rose… Pense à Colette… Pense à ma fille ! Je veux revoir Ana ! Par pitié…, implora Klara.

— Insensé ? C'est tout le paradoxe de la folie ! Tenter de trouver une excuse rationnelle à mes actes serait anéantir le concept même de la démence ! Crois-moi, Klara, le mal dont je souffre n'a pas besoin d'explications pour exister… Attendre une fin morale ou rocambolesque à nos histoires de mères serait un manquement aux caractéristiques de l'aliénation. Les choses arrivent parfois sans raison. Si on considère que perdre un enfant n'est pas suffisant… Tu en prendras conscience bien assez tôt. »

C'était un euphémisme.

Suppliciée par la saignée, Klara ne verrait plus jamais poindre les jours qui feraient grandir Ana, *ihre Liebe*[1].

---

1. « Son amour » en allemand.

65

Ana, Colette, Valère, Jacqueline, Marcel, Jean, Roman… et les autres

Ils les avaient parqués dans une pièce sans fenêtre, jetés sur des lits en bois, puis ils avaient verrouillé la porte en s'esclaffant.

« Pourquoi ils font ça ? Qu'est-ce qu'on a fait de mal ? pleurnicha Jacqueline.

— Demande donc à Colette ! Tout ça, c'est la faute de sa mère ! » s'emporta Marcel.

Le silence retomba sur la couche de la malheureuse.

« J'ai vu les rubans dans la forêt…, dit Valère. Colette arrachait sa robe et cachait les morceaux sous sa cape…

— Tu sais bien que sa main fait des choses bizarres… »

Ana sondait l'obscurité pour se rapprocher de la petite madone qui ne pipait mot en dépit des accusations portées contre elle.

« Non, reprit Valère, elle les a semés pour guider les ravitailleurs jusqu'à nous… J'ai surpris l'un d'eux en fourrer un au fond de sa poche…

— C'est vrai ? demanda Jean.

— Tu vas parler ! s'énerva Marcel en secouant les épaules de la fillette dont il ne distinguait rien du visage impassible.

— Laissez-la ! »

Le craquement d'une allumette calma la hargne contagieuse. Les enfants reculèrent en rampant sur le plateau de bois. Les traits fatigués du vieil homme dansaient derrière la tige qui dispensait si peu de lumière. Une lueur éphémère qu'il rallumait aussitôt éteinte.

Soudain, la toile située près de la porte se renversa sur le béton en produisant un bruit mat. Des hoquets stupéfaits s'étouffèrent dans les gosiers serrés.

Ana se précipita pour bien la caler contre le mur. Jean s'approcha doucement, les yeux rivés à l'étrange composition.

« C'est vrai que c'est l'homme qui a tué ton père ? »

La fillette hocha la tête, sentant déjà s'agglutiner les curieux autour de l'œuvre de Guillon.

« Il ressemble au soldat qui m'a mise dans le chariot avec ma mère…, fit Jacqueline.

— Je crois qu'il m'a sauvé, moi aussi… », avoua Valère.

L'un après l'autre, les minots approuvèrent, interdits.

Le vieux prêtre souffla l'allumette qui lui brûlait les doigts. Enflamma la dernière.

« Dis-leur, Colette. »

L'enfant replia les genoux contre sa poitrine, petit animal acculé au fond d'un trou crasseux. Le vieil homme lui arrachait les mots d'un regard compatissant. Comme s'il avait toujours su que ce moment finirait par arriver.

« Il s'appelle Otto. C'est mon père… »

Une salve de questions fusa dans la pénombre du bloc. On s'étourdissait à force d'exiger des précisions. Mais l'obscurité subite souffla la véhémence des petits résidents.

« Ne l'accablez pas de reproches, clama le vieil homme. Colette n'est pas l'unique responsable de vos malheurs. N'avez-vous jamais commis de péchés ? Trahi un ami ou malmené un autre ? Nous réparons nous-mêmes nos fautes. Et la première étape consiste à pardonner. »

Leurs cœurs chiffonnés battaient la mesure d'un sentiment coupable. Les trois épouvantails rentraient leurs regrets tout au fond d'eux tandis que les deux autres s'approchaient de la petite madone.

Valère déposa un baiser sur son front.

Ana lui prit délicatement la main.

« Ça va aller… », dit-elle.

Colette exerça une légère pression. Une seule, pour un *oui*.

Au bout de ce qui leur sembla une éternité, Jean s'enquit :

« Qu'est-ce qu'on va devenir ?

— Nous veillerons les uns sur les autres en attendant les secours… Ils finiront bien par venir nous chercher… »

Le prêtre y croyait dur comme fer. Il avait lui-même rédigé une lettre à l'évêché avant de la glisser dans la pile des courriers que Guillon gardait près des pages arrachées au registre des déportés. Comment aurait-il pu savoir que ses espoirs épistolaires flottaient dans le corps d'une poupée ?

Aux tréfonds de la misère oubliée de Dieu s'éleva

la voix d'un ange. La mélodie crevait les ténèbres pour rappeler la lumière de l'insouciance.

Alors, des heures durant, les enfants reprirent en chœur le chant d'Ana.

« Le petit roi des montagnes était un bon conquérant. Il a fait faire une armée de quatre-vingts paysans. Et rataplan, guerre, guerre, guerre, et rataplan, guerre au vent ! Et pour aller en campagne, quatre canons de fer-blanc, il les fit charger de raves pour nourrir son régiment. Et rataplan, guerre, guerre, guerre, et rataplan, guerre au vent ! Et suivi de demoiselles, pour lui servir d'officiers, il en fit de belles, de belles, qu'il voulait toujours marcher. Et rataplan, guerre, guerre, guerre, et rataplan, guerre au vent ! En les menant dans sa tente pleine de gâteaux friands, ils en mangèrent chacun trente, pas un de moins tout autant, et rataplan, guerre, guerre, guerre, et rataplan, guerre au vent ! »

66

Rose

Sinistre Val, tu avais soufflé les bougies sur l'existence de Guillon en révélant subtilement l'inutilité des passions morbides dans lesquelles il avait forgé sa misérable vie. Ton inestimable cadeau pour le remercier d'avoir lâché les *chiens* avant qu'il ne songe à plonger ton empire dans la calomnie.

Ils avaient cherché à t'assassiner en te privant d'âmes, mais tu renaissais plus fort que jamais lorsque, sept mois après leur retour, la femme au fichu mit au monde un joli mouflet, entouré de ses quatre pères.

Ils ne versèrent pas une larme quand la mère étouffa un dernier souffle sans même avoir eu le temps de tenir son bébé. On s'acoquinait avec la mort comme on tolère par habitude le radotage d'une très vieille dame.

Pendant des années, tu as senti bouillonner en toi le désarroi de nos petits pensionnaires, leurs pieds de cobayes frappant tes parquets. D'ablations en mutilations, tu écoutais leur sommeil perturbé par les souffrances ou la peur des sangles. Te souviens-tu de ce soir d'automne où je décidai de procéder à la castration de

Valère ? Le vent chuchotait sa comptine sous tes fenêtres éclairées comme s'il tentait d'apaiser l'enfant ligoté sur la table de dissection. Ses vagissements hanteront à jamais tes couloirs comme ceux de ma détestable fille quand, six jours plus tard, *il docter* l'amputa de sa main assassine.

Les saisons défilaient et tu te nourrissais de leurs ambitions perdues, de leurs amitiés déracinées, comme elles le sont à cet âge où l'herbe n'est jamais plus verte qu'ailleurs.

Un ailleurs qu'ils finiraient par enterrer aux côtés de compagnons moins chanceux.

Ainsi partirent successivement Marcel, ravagé par les infections ; Jean, victime d'une crise cardiaque ; Jacqueline, d'une chute stupide depuis les falaises. Et tant d'autres qu'il nous serait impossible de les énumérer tous. Dès que l'un d'eux mourait, le diable aussitôt accourait…

Les convois avaient cessé bien avant la fin de la guerre, avec le décès de mon époux, et nous manquions cruellement de patients à « étudier ». *Pour les besoins de la science*, précisait toujours *il docter* afin de se donner bonne conscience.

Mais les survivants de nos expérimentations continuaient de grandir, poussant comme de la mauvaise graine. Leurs voix éraillées vrillaient les gonds sur tes charnières et la maturité modifiait leur apparence. Nous ne reconnaissions plus en eux que des étrangers aux barbes naissantes et aux seins lourds.

Les ravitailleurs, restés à demeure, jetèrent leur dévolu sur ces attraits croustillants fraîchement éclos. La nuit venue, ils emmenaient une jeune pensionnaire choisie au hasard de leurs envies et la gardaient captive à la *Berghaus* jusqu'à l'aube colorée de sang. Nous fermions les yeux sur l'horreur, invoquant secrètement le succès de l'entreprise. Leur fertilité toute neuve agrandirait le cercle d'une famille créée sans le moindre raffinement. C'est ainsi que les fillettes devinrent mères à leur tour…

L'été 1950 marqua le début de ton déclin. Ou devrais-je dire *le nôtre*…

Profitant de nos organismes fragilisés par la canicule, une épidémie foudroyante gagna tes alcôves et se répandit sous ta charpente. Le regard contaminé d'*il docter* signifiait son impuissance à vaincre le mouvement d'une si vilaine fièvre. Je maudissais son incompétence dans mes accès les moins délirants et le crucifiais mentalement quand la température dépassait un seuil irraisonnable.

Les hommes de Vulpera redoutaient la contagion. Lassés de tes atours, leur présence se faisait plus rare et leurs assauts moins fréquents. À tel point qu'en te réveillant un matin, tu constatas qu'ils s'étaient évaporés en abandonnant nos chers petits ainsi que leur propre descendance. Sans la terreur qu'ils inspiraient, nous devenions vulnérables.

Tu n'étais pourtant pas au bout de tes peines…

J'étais alitée, trouvant à peine la force de respirer lorsque, en ce 9 août 1950, le grincement de la porte me tira de la torpeur. J'étais restée si longtemps dans la pénombre que la lumière crue me piqua les yeux.

Colette avait ouvert les rideaux de la chambre de son unique main et ses yeux me défiaient sous la capuche rabattue sur sa tête.

Elle grognait. Une chienne enragée libérée de l'enclos

psychique que nous lui avions forgé sur mesure. Déjà mère de deux enfants en parfaite santé, elle semblait pourtant fraîchement expulsée de mon ventre. Je ne l'avais pas vue grandir. Et je n'ai rien vu venir…

Plantée au bas du lit, elle me fixa longuement, puis son timbre caverneux emplit l'espace :

« *Il docter* s'est jeté volontairement de la tourelle. Il n'y a plus que toi… et nous », lâcha froidement ma fille diabolique.

Sa silhouette évoluait dans un brouillard culminant à quarante de fièvre. Je n'étais pas certaine de comprendre l'insinuation distillée dans sa voix alambiquée d'intonations contraires. Je percevais la colère noyée dans un soupçon de tristesse.

« Nous ? » répétai-je péniblement dans l'espoir de cerner un danger latent.

C'est alors qu'ils pénétrèrent dans ma chambre. TOUS.

Impuissante, je regardai nos enfants s'approcher de ma couche souffreteuse, identifiant les objets brandis aux poings de leurs abominables intentions.

Ana leva une hache au-dessus de ma tête. Suspendue dans l'air, la lame étincelait au point de m'éblouir.

Puis Valère pointa une baïonnette dans ma direction. La tige rouillée me transperça le flanc dans un geyser de sang. La gorge rompue par les hurlements, je suppliais, mais ils affluaient, petits et grands, armés jusqu'aux dents pour venir à bout du monstre.

« Arrêtez ! » hurlai-je, terrassée par la violence de leurs coups.

Ils s'acharnèrent. Inlassablement. Réduisant mes chairs en bouillie. J'implorai ma petite Colette de mettre fin au supplice. Jamais je n'aurais envisagé que cette folle me prendrait au mot…

Sa main droite entra dans mon champ de vision. Écarta ma mâchoire. L'enfonça au fond de ma gorge, brisant mes dents en forçant le passage.

« Maman, tu n'amputeras jamais ma nature… Rappelle-toi, j'ai tué mon frère de l'intérieur », murmura-t-elle en exhibant son moignon.

J'avais engendré un démon à mon image, mais désormais le monde devrait compter sans moi pour le combattre.

Je lâchai prise sur un lit d'agonie.

La mort figurait un mets exquis comparée à la démence.

Ce matin-là, cher Val, ils m'ont massacrée et une partie de toi s'en est allée à mes côtés. Vaincu, tu as décidé d'ouvrir la cage aux oiseaux en laissant partir nos enfants meurtriers. Ils se sont envolés sans même se retourner.

Valère, l'eunuque, marchait d'un pas décidé en serrant le membre fantôme d'une jeune fille à la chevelure d'ambre. Orphelins de père, les fruits des nuits violées trottinaient derrière eux sans se soucier du lendemain.

Dans le pré ensoleillé, tu entendis Ana demander :

« Où on va ? »

Et le vieux prêtre lui répondre :

« On rentre chez nous. »

Tes murs suintaient de tristesse tandis qu'ils s'évanouissaient au cœur des Grisons chantants.

Nous n'avons jamais revu aucun d'eux.

Nous ignorons ce qu'ils sont devenus *après nous*.

Mais ça, c'est une autre histoire…

Épilogue

« Maman, maman ! Regarde ce que j'ai trouvé ! Dis, je peux la garder ? S'il te plaît ! »

La femme jeta son torchon sur son épaule et se pencha dans l'encadrement de la fenêtre entrouverte. D'un regard émerveillé, elle embrassa le paysage baigné des lueurs vespérales. Elle était si fière de son potager qui donnait bien cette année. Suffisamment pour nourrir encore sa famille quelques mois. Ses frères ne tarderaient pas à rentrer, et l'appétit des quatre gaillards vous mangeait la grenouille ! La majeure partie du temps, ils parcouraient les routes pour ravitailler les nécessiteux, mais ne manquaient jamais la date anniversaire de leur nièce chérie. L'attachement qu'ils vouaient aux chérubins était connu jusqu'aux confins de Vulpera, où leur humanisme inspirait le respect des campagnards. La femme sourit en songeant au retour de ces frères qui manquaient cruellement aux enfants. Surtout à la petite.

« Maman ! cria la fillette d'un ton autoritaire.

— Oui, oui, j'arrive ! »

Elle quitta la maisonnette et s'arrêta aux abords du ruisseau qui traversait le village de Tarasp. Elle n'aimait pas que sa cadette s'amuse si près des branchages. Cette partie noueuse du terrain ressemblait à une erreur de la nature greffée telle une ombre au paradis.

« Eh bien, qu'est-ce qui mérite tant d'attention au point que je laisse brûler un bon gâteau d'anniversaire ?

— Là ! » s'écria l'enfant.

Enchevêtrée dans les rameaux, la poupée les fixait de ses grands yeux d'émeraude. La porcelaine flottait comme un coquillage sur le rivage paisible. La femme enjamba prudemment un petit tas de pierres. Elle détacha le jouet du buisson, ôta machinalement les brindilles accrochées à ses cheveux. La tête dévissa curieusement en formant un angle improbable. Une masse compacte émergea de l'intérieur. Le contenu enfoncé dans la gorge en porcelaine l'intrigua. Elle pinça les feuillets froissés, tout juste humides, cala la poupée sous son aisselle et déplia minutieusement l'étrange trouvaille. Une liste de noms précédés d'une date s'étirait en lettres minuscules tracées à la plume. *Emma Lanon, Andrée Fitz, Michèle Haussman, Danielle Malo, Louis Vernet, Pierre Protat, Henri Vinet, Arthur Zemmour, Jacqueline Fichaux, Jean Blanc, Marcel Millot, François Berthel, Klara Becker...* En bout de ligne leur succédaient bien souvent des croix pour signifier un décès. Rien n'indiquait la provenance de ce registre mortuaire ni pourquoi on en avait rembourré le corps inanimé d'une poupée... Le deuxième document semblait plus récent. Une lettre manuscrite illisible dont on distinguait à peine le paraphe d'un certain « Roman ». Elle s'attarda un moment sur la troisième feuille parfaitement vierge et, n'en tirant qu'un long silence, fourra le tout dans la poche de son tablier.

« Alors, je peux la garder ?

— Je ne sais pas, ma chérie… Elle est vraiment très abîmée. Il faudrait recoller sa tête… Et puis, elle doit manquer à une autre petite fille, tu sais… Elle est peut-être en train de la chercher ?

— Ou alors elle l'a jetée parce qu'elle n'en voulait plus », s'opposa, polissonne, la demoiselle haute comme trois pommes.

Sa mère s'esclaffa. Sa fille avait le chic pour trouver des arguments convaincants. Elle songea aux bougies que la petite soufflerait sans déballer de cadeaux. Faute de moyens. La providence lui avait envoyé un présent, et elle jugeait malvenu de le refuser en ces temps capricieux. L'expression radieuse plaquée sur le visage de la pitchoune entérina sa décision.

« Bon anniversaire, mon ange. »

La cadette poussa un cri de joie et serra le précieux cadeau tout contre son cœur.

Plus tard dans la soirée, la femme jeta au feu le bagage inutile gonflant son habit de cuisine puis, s'éloignant du foyer, elle se détourna de la vérité. Pourtant, révélée par la source de chaleur, l'encre sympathique inscrivait patiemment son accablant message sur la feuille en apparence immaculée. Un message bien vite soufflé par l'incandescence des flammes…

« Mon cher Otto,

Tu ne liras probablement jamais ces mots, mais il me faut les confesser en guise de garantie, au cas où te viendrait l'idée de planifier mon assassinat…

Car je suis le seul homme à savoir où est ton fils. Celui que je t'ai arraché pour lui substituer un enfant mort-né. Vois-tu, l'appât du gain transforme parfois les hommes en les menant sur des sentiers ravagés par l'abomination. Qui, mieux qu'un soldat du Troisième Reich, peut comprendre cela ? Vendre votre bébé au plus offrant fut de ces actes dont je ne me targue d'aucune fierté, et pourtant je l'ai fait dans le but de prospérer. De jeunes mariés, plus puissants et fortunés que tu ne le seras jamais, ont remporté l'enchère sur cette âme précieuse que Rose et toi n'avez cessé de pleurer sans jamais soupçonner la vérité. L'entreprise fut aisée. Le jumeau de Colette tardait à pousser son premier cri, et cette absence apparente de vie nous facilita la tâche.

Aux dernières nouvelles, Louis – c'est le prénom que lui ont donné ses parents adoptifs – jouit d'une bonne éducation au sein d'un foyer favorisé. Au cas où ma parole serait mise en doute, il porte un signe distinctif sur l'épaule gauche, une marque de naissance assez intrigante, je dois l'avouer.

Alors, si d'aventure tu hésitais à me trancher la gorge, n'oublie pas que je détiens des informations capitales qui t'aideraient à retrouver ton bâtard de fils.

Guillon »

Et, dans un crépitement d'agonie, le papier racorni acheva de se consumer.

La mère se précipita vers la fenêtre.

L'agitation soudaine de sa fille l'électrisa. Elle comprit aussitôt les raisons de son exaltation.

Ses frères revenaient enfin à la maison…

Mais, tandis qu'elle les regardait chahuter au bonheur des retrouvailles, la femme éprouva soudain un sentiment de malaise.

Elle l'aurait juré…

Dans la torpeur d'un soir d'été, la brèche d'un sourire fendait étrangement les lèvres de la poupée.

Note de l'autrice

Une fois n'est pas coutume, la fiction s'inscrit dans un lieu qui me tient particulièrement à cœur…

Pour la petite histoire, les sources naissant au Val Sinestra sur le territoire communal de Sent en firent un établissement thermal inauguré en 1912. Un lent déclin débuta en 1914 en raison d'une loi restreignant le commerce des eaux curatives par le biais unique des pharmacies. La Première Guerre mondiale accentua le déclin du tourisme thermal.

Depuis 1978, le Val Sinestra est un hôtel respecté et tout à fait respectable accueillant une clientèle internationale.

Cependant, les légendes de hantise persistent encore. Notamment concernant un hôte du nom de Guillon…

REMERCIEMENTS

Brefs mais intenses remerciements à mon fils, Adrien. Tu m'as bercée de ton amour pour que j'accepte d'apposer le mot fin…

À Sybille Marion-Dujardin, psychologue. Vos messages quotidiens m'ont permis de garder le cap sur les chemins de l'écriture.

Au docteur Lecoq-Bonneau. Vos conseils avisés et votre soutien indéfectible ont éclairé la voie.

À Thierry Van Quickenborne, artiste peintre. Tu m'as inspiré une palette d'idées au sein même de ton atelier et j'en garde un souvenir très coloré !

Un grand merci à toute l'équipe du Livre de Poche pour la présente édition, et plus particulièrement à Zoé Bellée qui offre une seconde vie aux enfants du Val.

De la même autrice :

Criminal Loft, Bragelonne, 2016.
Majestic Murder, Bragelonne, 2018.
L'Empereur blanc, Mazarine, 2021.
Enigma, Fayard, 2023.

PAPIER À BASE DE FIBRES CERTIFIÉES

Le Livre de Poche s'engage pour l'environnement en réduisant l'empreinte carbone de ses livres. Celle de cet exemplaire est de :
350 g éq. CO_2
Rendez-vous sur
www.livredepoche-durable.fr

Composition réalisée par Soft Office

Achevé d'imprimer en avril 2023 en Espagne par
Blackprint
Dépôt légal 1re publication : mai 2023
LIBRAIRIE GÉNÉRALE FRANÇAISE
21, rue du Montparnasse – 75298 Paris Cedex 06

55/4023/8